KB114803

FUSION FANTASTIC STORY

미더라 장편 소설

괴짜 변호사 : 악마의 저울 9

미더라 장편 소설

초판 1쇄 찍은 날 § 2015년 10월 27일
초판 1쇄 펴낸 날 § 2015년 11월 3일

지은이 § 미더라
펴낸이 § 서경석

편집책임 § 이창진

펴낸곳 § 도서출판 청어람
등록번호 § 제387-1999-000006호
등록일자 § 1999. 5. 31
어람번호 § 제1-2271호

주소 § 경기도 부천시 원미구 부일로 483번길 40 서경B/D 3F (우) 14640
전화 § 032-656-4452 팩스 § 032-656-4453
http://www.chungeoram.com
E-mail § chungeorambook@daum.net

© 미더라, 2015

ISBN 979-11-04-90484-4 04810
ISBN 979-11-04-90196-6 (세트)

※ 파본은 구입하신 서점에서 교환하여 드립니다.
※ 저자와 협의하여 인지를 붙이지 않습니다.
※ 이 책은 도서출판 청어람과 저작자의 계약에 의해 출판된 것이므로,
무단 전재 및 유포 · 공유를 금합니다.

ODD LAWYER

Devil's Balance

괴짜 변호사 9

악마의 저울

도서출판 청람

FUSION FANTASTIC STORY

미더라 장편 소설

CONTENTS

Chapter 1

모이고 흩어지고

“글쎄? 실형은 쉽지 않을 수도 있는데…….”

명예훼손이나 모욕죄를 가지고 실형을 받는 경우는 그리 많지 않다. 차동출도 그런 사실을 잘 알기에 그렇게 이야기를 한 거였다.

“그거야 저도 잘 알죠. 그런데 이번 건 사안이 좀 다르잖아요. 애가 자살 시도까지 했잖아요. 제가 증거 찾는 거나 법리적으로나 팍팍 도와드리죠.”

“니가 도와준다면야 나야 좋지. 사실 나도 이런 케이스는 엄벌해야 한다는 쪽이거든. 자유도 좋기는 한데, 인터넷 문화가 너무 막 나가. 정도라는 게 있는데 말이야. 그래서 한 번은 경종을 울릴 필요가 있다고 봐.”

혁민도 거기에는 전적으로 동감했다. 자유나 권리도 존중되어야 하지만, 정도를 넘어선 것까지 보호해서는 안 된다는 게 혁민의 생각이었으니까.

"제가 잘 준비해서 드릴게요."

"오케이. 안 그래도 바쁜데 잘됐다."

이런 식으로 나오면 싫어하는 검사도 있을 것인데 차동출은 전혀 개의치 않았다. 그는 법을 어긴 사람을 처벌하는 게 우선이었다. 그러니 그걸 누군가가 도와준다고 하면 당연히 좋다고 받아들였다.

물론 그렇다고 아무나 다 이렇게 나온다고 받아주는 건 아니었다. 혁민을 잘 아니까 그럴 수 있는 거였다. 보통은 이런 걸 해주면 다음에 대가를 바란다거나 한다. 하지만 혁민은 이번에 한 걸 가지고 다음에 청탁을 한다거나 그러지 않을 거라는 걸 잘 알기에 흔쾌히 받아들이는 거였다.

"안 그래도 진술만으로 처벌하는 게 좀 그랬었거든. 이게 돈이라도 왔다 갔다 했으면 다행인데, 그런 것도 아니라고 하고."

"그래요? 그러면 뭐 가지고 꼬드긴 건데요?"

차동출은 데뷔를 시켜주겠다는 게 조건이라고 했다. 김민아는 예라와 중학교 때부터 같이 춤을 추던 친구였다. 그런데 예라만큼의 재능은 없었다.

"항상 주목받는 건 예라였던 거지. 왜 그런 거 있잖아. 제갈공명하고 주유 같은? 그것보다는 모차르트하고 살리에리 같다고 해야 하나?"

아무튼, 예라는 춤도 잘 추고 예뻐서 인기도 좋았다고 했다. 김민아는 그렇게 다가가려고 해도 가까워지지 않던 남자들이 먼저 예라에게는 먼저 말을 걸었고, 같이 다정스러운 포즈로 사진도 찍었다.

그리고 오디션에도 김민아는 계속 떨어졌지만, 예라는 오히려 기획사에서 먼저 제안이 들어왔다. 비록 작은 기획사이기는 했지만 말이다. 자신도 각고의 노력 끝에 기획사에 연습생으로 들어가게는 되었지만, 데뷔는 또 다른 이야기였다.

"연습생만 하다가 끝나는 애들도 많다던데? 그래서 연습생끼리도 장난이 아니라고 하더라고. 나는 그렇게 경쟁이 치열한지 이번에 처음 알았다니까."

"요즘 노래 잘하고 춤 잘 추는 애들이 얼마나 많은데요. 예전 생각하면 큰 착각이에요."

혁민은 요즘 아이돌 그룹에 있는 애들 실력이 장난이 아니라면서 당연한 거라고 했다.

"음… 증언만 가지고 할 수도 있긴 하지만, 증거가 있는 편이 좋기는 하죠."

이런 경우 배후에 있는 사람은 교사범이 된다. 일반적으로는 정범인 김민아의 진술만 가지고 처벌하는 게 전혀 가능성이 없는 건 아니다.

"직접증거 없이 행위자의 진술과 정황증거만으로 교사범을 처벌한 예는 많잖아요."

"그렇긴 하지. 그런데 그러려면 간접증거가 명확해야 하는데 이번에는 그게 좀 약하거든."

"맞다. 사안이 복잡해서 간접증거는 증거 효력을 인정하지 않을 수도 있겠네요."

아직 수사를 해봐야 알겠지만, 가장 좋은 건 돈이 오간 흔적이다. 둘 사이에 금전적인 교류가 있으면 충분히 증거라고 볼 수 있으니까.

"사건을 앞두고 전화가 빈번하게 있었거나 뭐 그런 게 좀 나와줘야겠군요."

"그러면 좋긴 한데, 혹시 그런 게 전혀 없을 수도 있으니까 니가 실력을 좀 발휘해 봐."

차동출은 혁민에게 어떨 때는 경찰이나 검찰보다 증거를 더 잘 찾지 않느냐면서 웃었다.

"제가 무슨 탐정이에요? 다른 것보다 혜나 사건이기도 하고 아는 애들이 그러니까 신경 좀 더 쓰려는 거죠."

"그래도 너 이쪽에서 꽤 유명해. 증거 찾아내는 게 거의 탐정 수준이라고들 한다고."

"에이, 무슨요. 어차피 저야 수사권이 있는 것도 아니잖아요. 한계가 있죠."

혁민은 일부러 앓는 소리를 했다. 그러면서 증거보다는 법리적으로 신경을 더 쓰겠다고 이야기했다. 차동출도 고개를 주억거렸다. 처음부터 그쪽으로 기대하고 있었으니까.

"좋지. 아이고, 난 가봐야겠다. 혜나한테 안부나 좀 전해줘."

"예, 그럴게요."

혁민은 차동출과 헤어지고 혜나의 회사로 향하면서 기억을 떠올렸다. 미래에는 지금보다 훨씬 처벌이 강했다. 어떤 이유에서 그렇게 된 것인지를 떠올리면 이번 사건에 적용할 수 있을 것 같아서 곰곰이 기억을 떠올려 보았다.

자신과는 별다른 상관이 없어서 신경을 쓰지 않아서인지 잘 생각이 떠오르지 않았다. 그렇게 생각을 하다 보니 어느새 혜나의 회사 근처에 도착했다.

"나가지 않아도 된다니까."

"제가 있어봐야 폐만 되는데 이렇게 있을 수는 없죠."

혁민이 사장실 근처로 가니 둘이 티격태격하는 소리가 들렸다. 이야기를 들어보니 나가겠다고 하는 남자가 작곡가인 듯했다.

"어? 왔어? 잠깐만… 아니다."

혜나는 먼저 이야기를 끝내려고 하다가 그냥 같이 이야기하자고 했다.

"내가 얘기한 적 있지? 이쪽은 정혁민 변호사. 그리고 이쪽은 작곡가 루지."

혁민은 인사를 나누고는 둘이 대화하는 걸 지켜보았다. 잘 알지도 못하는 자신이 끼어드는 것도 좀 이상한 일이니까. 그런데 혜나가 자꾸만 혁민을 대화로 끌어들였다.

"지금 사건 어떻게 돌아가는지 좀 이야기를 해줘."

혜나는 루지가 자신 때문에 이번 사건이 터졌다는 걸 알고는 큰 충격에 빠졌다고 했다. 자신 때문에 이런 일이 벌어졌고, 자신의 곡을 받은 아이가 자살까지 시도했다는 사실에 가만히 있을 수 없었던 것이다.

"사건은 그렇게 진행되고 있습니다. 조만간 싹 다 정리가 될 겁니다."

"그런데 어차피 나중에 고소 취하하고 그렇게 되지 않나요?"

루지도 이런 일을 여러 번 보아왔다. 끝까지 가는 경우는 거의 없다. 끝까지 가봐야 연예인 입장에서 좋을 게 하나도 없었으니까.

"중간에 고소 취하하면 뭔가 있으니까 그런 거라고 하겠죠. 하지만 끝까지 가면 인정도 없는 인간이라느니 별 이야기가 다 나올 거 아닙니까."

"더구나 상대가 나이가 어리면 더 하겠죠. 어린애한테 어떻게 그럴 수가 있느냐는 식으로 나올 테고, 그게 아니더라도 좋지 않은 이야기가 돌 테고요."

루지의 말을 혁민이 받았다. 하지만 이번에는 조금 다를 거라고 했다.

"이번 거는 좀 다르죠. 사람이 죽을 뻔했으니까요."

"나도 그냥 넘어갈 생각 없어. 이번에는 절대로 중간에 취하하고 그러지 않을 거라고."

혜나도 단단히 결심한 듯했다. 그녀도 큰 충격을 받았으니까. 그래서 반드시 이런 분위기를 고쳐야겠다고 마음먹었다.

"그리고 뒤에서 사주한 사람도 처벌을 받을 겁니다."

"그래요? 그게 가능하겠습니까?"

루지는 배후 인물까지 처벌받을 거라는 이야기에 반색하면서 흥미를 보였다.

"지금 조사 중인데 허위 사실에 의한 명예훼손죄하고 업무방해죄가 될 겁니다."

"그 인간하고 사장까지 제대로 처벌받는 거 봤으면 좋겠네요."

루지는 배후 인물에 관해서 잘 알고 있는 듯했다. 루지는 이를 갈면서 그놈들은 꼭 처벌받게 해달라고 이야기했다.

"그러려고 지금 하고 있어요. 그러니까 계속 여기서 좋은 곡 만드세요. 지금 그만두면 그 사람들이 원하는 대로 되는 거 아닙니까."

혁민은 지금 그만두면 지는 거라고 이야기했다.

"보여줘야죠. 그 사람들 마음대로 되지 않는 것도 있다는 걸요."

"흐음……."

작곡가 루지는 고민이 되는 듯했다. 그래도 이 회사나 아이들의 미래를 위해서는 자신이 그만두는 편이 더 좋을 것이라는 생각을 하는 듯했다.

"참 답답하시네요. 왜 싸우기도 전에 질 거라는 생각부터 합니까."

"예?"

"그렇지 않습니까. 지금 이길 거라고 아예 생각하지 않는 것 같아서 하는 말입니다."

혁민은 이길 수 있다고 생각하지 않는데 어떻게 승리할 수 있겠느냐면서 말했다.

"반드시 이길 거라고 생각해도 이길까 말까 한데 처음부터 이렇게 질 것만 생각하면 어떻겠어요. 이길 수 있습니다. 덩치가 작고 돈이 없으면 항상 지는 겁니까?"

혁민은 거창하게 정의가 승리한다거나 그런 이야기는 하지 않겠다고 말했다.

"의지가 운명을 만드는 겁니다. 이기려는 의지 없이는 승리도 없습니다. 그들에게 이기고 싶은 마음이 있다면 먼저 자신의 의지부터 바꾸세요."

루지는 고개를 숙였다. 잠시 후 그가 다시 고개를 들었을 때, 그는 웃고 있었다.

"그동안 너무 지쳤었나 보네요. 지는 것에 너무 익숙해져 있었던 것 같기도 하고요."

오혜나는 루지의 어깨를 툭툭 두들겼다. 그녀는 알 수 있었다. 루지가 웃으면서 그런 이야기를 한다는 건 이미 그걸 이미 넘어섰다는 뜻이라는 걸.

"잘 생각했어."

"뭐, 해보죠, 이긴다는 거. 그거 우리도 한번 해보죠."

루지는 밝은 표정으로 그렇게 말했고, 오혜나는 눈을 찡긋하면서 혁민에게 엄지를 들어 보였다.

* * *

"얘들 진짜 웃긴다. 지들 공격하는 게 탄압이래."

혁민은 어이가 없어 하면서 위지원 변호사에게 핸드폰을 보여주었다. 거기에는 온갖 말도 되지 않는 이야기들이 적혀 있었다. 언론의 자유부터 자신들은 죄가 없다는 식의 내용도 있었고, 화제를 돌리거나 딴청을 피우는 내용도 있었다.

"전 포기했어요. 제 머리로는 도저히 이해할 수 없는 사람들이어서요."

"이해가 안 되는 거야 나도 마찬가지지. 자기들이 불리하니까 자꾸 말 바꾸고 그러는 건가 본데, 그래 봐야 이미 늦었지."

간혹 검찰 조사 그거 아무것도 아니라면서 호기롭게 나오는 사람도 있었다. 하지만 확실히 검찰 조사가 시작되면서 분위기가 바뀌었다.

"이쪽이야 인터넷에 기록이 다 남아 있으니까 문제가 될 게 없고……."

이미 자료 다 확보하고 조사 들어간 상태다. 지금 지워봐야 소용없는 일. 하지만 위지원 변호사는 제대로 처벌한 걸 보여줘야 이런 게 좀 수그러들 것 같다고 했다.

"그렇잖아요. 지금까지는 이런 게 처벌받았다는 거 거의 보지 못한 것 같거든요. 그러니까 이렇게 해도 되는 줄 아는 거예요."

"그런 면도 좀 있기는 하지. 실제로 처벌받은 경우는 거의 못 봤을 테니까. 하지만 이번에 혼쭐이 나면 생각이 조금은 달라질 거야."

위지원 변호사는 자신도 그랬으면 좋겠지만, 실형까지 가는 건 좀 어렵지 않겠느냐고 이야기했다.

"그동안 판례도 그렇고 좀 어렵지 않을까요?"

"범죄행위에 대한 반성, 피해자에 대한 진정한 사과와 피해 보상이 있으면 상당 부분 감경이 되지. 이런 게 인정되면 대부분 실형까지는 가지 않지."

그런데 반성이나 진정한 사과와 같은 게 정말 웃기는 거다. 죽도록 때려놓고 다른 사람이 보니까 미안하다고 사과하는 것과 비슷하달까.

"변호사가 그런 거 잘 아니까 찾아가서 사과하게 하고 반성문 쓰게 하고 그런 거잖아요. 법원에서 그렇게 판단하게끔 요건만 갖추면 되는 거니까."

"그렇지. 좀 씁쓸한 현실이긴 하지."

어차피 판단은 판사가 하는 거다. 그러니까 판사가 이 사람이 반성을 하고 있구나. 사과했구나. 하고 생각하게끔만 하면 되는 거다. 그래서 여러 번 찾아가서 형식적으로라도 사과하게 하고, 반성문도 여러 차례 쓰게 하고 그러는 거다.

"그래서 이번에는 사회적 파장과 공연성의 정도가 심각하다는 걸 강조하려고."

혁민은 피해자가 얼마나 큰 충격을 받았고, 이번 사건이 사회적으로 어떤 문제가 되는지를 집중적으로 조사해서 넘길 생각이었다. 자살을 시도할 정도로 극심한 충격을 받은 것만 해도 쉽게 넘어갈 수 있는 일은 아니었다.

"사회학자를 찾아가거나 그런 쪽 논문을 좀 찾아봐야 하나?"

혁민은 이런 분위기를 가만히 내버려 두면 나중에는 큰 문제가 될 것이라는 걸 강조할 생각이었다. 사회 전체의 이익을 위해서 엄하게 다스릴 필요가 있다는 명분을 판사에게 주려는 것이다.

물론 정도가 지나친 일부 사람에 한해서 적용해야 할 것이다. 그런 건 이야기를 하지 않아도 차동출 검사가 알아서 잘 판단해서 할 것이다. 현명하고 유능한 검사였으니까. 혁민은 갑자기 일이 생겨서 율희에게 자주 가보지 못했다는 생각이 들었다.

"도대체 기억은 언제 돌아오려고……."

혁민은 한숨을 내쉬었다.

그 시각, 율희는 병원 밖으로 나가고 있었다. 이제는 몸은 거의 나아서 불편한 걸 거의 느끼지 못하고 있었다. 의사도 이런 상태면 며칠 내로 퇴원해도 될 것이라는 이야기를 할 정도였다.

따스한 햇볕과 부드러운 바람. 병원 밖은 봄의 기운으로 가득했다. 얼마 가지 않아 여름의 뜨거움이 가득하겠지만, 아직은 봄의 지배력이 모든 걸 감싸고 있었다.

"어? 태경에서 본 아가씨 아닌가?"

율희는 자신을 부르는 말소리라고 생각하고는 뒤를 돌아다 보았다. 어디선가 본 것 같은 얼굴이 자신을 보면서 웃고 있었다. 40대 정도로 보이는 아주머니였는데 어디서 본 것인지는 잘 기억이 나지 않았다.

"아이구, 맞네… 그때 그 아가씨네… 왜 있잖아……."

아주머니는 태경에 갔을 때 율희가 안내를 해주었고, 몇 번 봤다고 이야기했다.

"아, 현백정밀."

"맞아. 아유, 그래 잘 지냈고? 그런데 어디 아파?"

현백정밀 사건 때 안내도 했고 화장실에서 이야기도 나누었던 아주머니였다. 율희는 몸이 좀 안 좋았는데 이제는 다 나았다고 했다.

"다행이네… 건강이 제일이야. 젊은 아가씨가 어디가 그렇게 아파서 그래……."

"사고가 나서요."

"사고? 자동차?"

율희가 그렇다고 하자 그거는 어쩔 수 없는 거라면서 안타까워했다.

"자기가 조심해도 와서 그냥 받아버리면 어쩔 수가 없잖아. 에이그, 그래도 다행이네. 다 나았다고 하니까……."

"그런데 여기는 어쩐 일이세요?"

"나? 난 어머니가 몸이 좀 안 좋으셔서."

아주머니는 동네에서 검사했는데, 혹시 모르니 큰 병원에 가보라고 해서 왔다는 거였다.

"우리야 비싸서 여기 오래 있을 수나 있나. 그래도 큰 병이면 어쩌나 싶었는데 심각한 건 아니래요. 천만다행이지 뭐야."

율희는 웃으면서 아주머니와 잠시 대화를 나누었다. 그러다가 좋은 기회라는 생각이 들었다. 혁민을 가까이서 본 사람이었으니까.

"저기, 혹시 그때 변호사분 생각나세요?"

"누구? 우리 정 변호사님?"

율희가 그렇다고 하자 아주머니는 팔을 건드리면서 어떻게 정 변호사님을 모를 수가 있느냐고 이야기했다. 정 변호사님이 아니었다면, 자신들은 전부 길거리에 나앉았을 거라면서.

"혹시 어떤 분인지 얘기해 주실 수 있으세요?"

"응? 얘기해 주는 건 어렵지 않은데 그건 왜?"

아주머니는 그건 왜 알려고 하느냐면서 궁금해했다. 율희는 그냥 어떤 변호사인지 좀 알고 싶어서 그렇다고 둘러댔다. 약간 수다스러운 아주머니 성향으로 보아, 기억이 안 나고 그런 사정을 다 이야기하려면 시간이 어마어마하게 걸릴 것 같아서였다.

"그래? 음… 어떤 일이 있었는가 하면 말이지."

아주머니는 특이하게도 변호사한테서 먼저 연락이 왔다고 이야기했다.

"먼저 연락이 왔다고요?"

"그래, 어떻게 알았는지 연락이 먼저 왔더라고. 그런데 나이가 너무 어려서 처음에는 믿지를 못했지. 그런데 방법이 없었어. 다들 밀린 월급을 받을 수 없다고 했거든."

그런데 오로지 정혁민 변호사만 받을 수 있다고 했다. 그래서 맡기게 되었다는 거였다.

"처음 갔는데 자신감이 대단하더라고. 승산 없는 게임은 하지 않는다던가? 그리고 상대는 영혼까지 탈탈 털어주겠다고 하고."

아주머니는 그 이야기를 하고는 마구 웃어댔다. 그러고는 혁민이 한 이야기를 해주었다.

"변호사님이 '믿지 마세요. 사람을 어떻게 믿습니까?' 그러더라니까. 사람들이 다 입이 벌어졌지."

그렇게 생각하더라도 대놓고 사람들에게 이야기하는 사람은 많지 않다. 율희도 괴짜라고 하더니 정말 그런 것 같다고 생각했다. 아주머니는 여전히 웃는 얼굴로 말을 이었다.

"그러고 나서는 '저, 여러분 믿지 않습니다. 사람은 언제든지 남을 속일 수 있거든요. 그래서 저는 돈을 보고 일합니다. 돈은 거짓말을 하지 않으니까요' 그러더라고. 어이가 좀 없기는 했는데, 그래도 어쩔 수가 있나. 맡기기로 했지."

"그래요?"

율희는 돈을 좋아하는 것도 맞는 것 같다고 생각했다. 그리고 그런 생각은 그다음 이야기에서 확실하게 굳어졌다.

"성공 보수 40% 받는 거. 그거 가지고 얘기했어. 너무 많은 거 아니냐고. 그랬더니 '그럼 다른 데 알아보시든가' 이렇게 말하는 거야."

율희는 싸가지 없고 돈 밝힌다는 윤태의 말이 맞는다고 생각했다. 사람들 앞에서 저런 식으로 이야기할 정도면 말이다.

'그래도 나이 차이가 제법 나는 분들인데 막말하는 건 좀 너무했네.'

율희는 조금 꺼림칙한 생각이 들었다. 하지만 이야기를 조금 더 들어보기로 했다. 아주머니는 당시가 생각나는지 아련한 표정을 하면서 이야기를 이어나갔다.

"중간에 돈 못 받을 뻔하기도 했지. 그런데……."

아주머니는 중간에 혁민이 어떤 식으로 사람들을 휘어잡았는지 이야기했다. 아주머니는 혁민의 말투를 흉내 내면서 이야기했는데, 무척이나 거침없는 말투였다.

'위아래가 좀 없어 보이는데… 일은 확실하게 하는데 거침없는 스타일인가?

율희는 이야기를 들으면서 계속해서 그런 생각을 했다. 자신과 친한 몇 명에게 들은 걸 제외하고는 처음으로 혁민에 대해 듣는 거였다. 그런데 썩 자신과 잘 맞는 것 같다는 느낌은 들지 않았다. 너무 거칠고 막 나간다는 생각이 들어서였다.

"그리고 전 사장에게서 왕창 뜯어내서 정말 큰돈을 챙겼지. 원래 받을 것보다 훨씬 더 받았다니까. 그러고 나니까 변호사님한테 줄 거가 전혀 아깝지 않더라고."

"아, 그랬구나……."

율희도 언뜻 들은 게 생각났다. 현백정밀 직원들이 대박이 났다는 걸 들은 듯했다. 그런데 거기도 기억이 좀 가물가물했다. 그래서 뭔가 물어보려고 했는데 아주머니의 전화가 울려서 이야기가 중단되었다.

"어, 그래. 아~ 맞다. 내 정신 좀 봐."

아주머니는 전화를 끊더니 율희를 보면서 이야기했다.

"아유, 내가 지금 가봐야 해서… 할 일이 있는 걸 깜빡했지 뭐야. 아유, 나이 먹으면 이렇다니까… 나중에 기회 되면 또 봐요. 오늘 반가웠어."

"아… 예… 그럼 들어가세요……."

아주머니는 약간 뒤뚱거리면서 부리나케 뛰어갔다. 율희는 아주머니가 가고 나니 사방이 고요해진 것 같은 착각이 들었다.

"지금까지 알고 있던 이미지하고 약간은 다른 것 같기도 하고……."

율희는 혁민이 어떤 사람인지 조금 헷갈렸다. 오늘 들은 얘기는 자신이 그리고 있던 것과는 조금 달랐기 때문이었다.

"그런 사람이면 나하고 그렇게 가까울 것 같지 않은데… 흐응……."

율희는 이상하다고 생각하면서 연신 고개를 이쪽저쪽으로 번갈아 기울였다. 하지만 잠깐 이야기 들은 걸로 그 사람을 전부 파악하는 게 어디 말이나 되는 일인가. 앞으로 계속해서 어떤 사람인지 알아나가야겠다고 생각했다.

그리고 그렇게 알아나가다 보면 기억이 돌아올 것 같다는 생각도 들었다. 오늘 이야기를 듣다 보니까 현백정밀 사람들이 로펌에 왔을 때 일이 조금 떠올랐기 때문이었다.

"계속 이야기도 듣고 알아가다 보면 생각나겠지……."

혁민이 돈을 너무 밝히고 싸가지 없는 사람이라는 게 조금 걸리기는 했지만, 율희는 빙긋 웃으면서 봄의 햇살을 마음껏 누렸다. 어차피 그건 그의 아주 일부분일 테니까. 그리고 자신과 그렇게 가까운 사이라면 무언가가 더 있을 테니까.

* * *

"이러면 곤란하지. 내가 너한테 분명히 말을 했을 텐데……."

40대 후반으로 보이는 콧수염을 기른 남자는 잔뜩 인상을 찌푸린 채 말했다.

"이사님, 죄송해요. 너무 겁이 나서 그랬어요."

"그거야 내가 알 바 아니고… 문제는 니가 그 말을 해서 나한테도 문제가 생길 거라는 건데… 이거 어떻게 해야 할까? 엉?"

남자의 표정은 무척이나 사납게 변했다. 매서운 눈과 억세 보이는 표정이 딱딱하게 굳자 훨씬 더 무서워 보였다.

"제가 다시 말할게요. 그때는 무서워서 그랬다고 그러면 될까요?"

김민아는 오들오들 떨면서 이야기했다. 그런데 정말 검사한테 조사받을 때는 정신이 하나도 없었다. 그렇게 무서운 사람은 처음이었다. 검찰의 분위기에 눌려서 그런 걸지도 모르겠는데, 말하는 것도 그렇고 표정이나 이야기하는 게 전부 다 무서웠다.

두렵고 불안해서 저절로 털어놓을 수밖에 없었다. 게다가 정신을 못 차리게 막 몰아붙이니까 혼비백산한 상태에서 마치 최면에 걸린 것처럼 술술 털어놓은 것 같았다.

"그거야 당연한 일이지. 그럼 그러지 않으려고 했어? 어?"

남자는 당연한 일이라는 듯이 아주 퉁명스럽게 대꾸했다. 그리고 어떤 식으로 이야기해야 하는지도 상세하게 알려주었다.

"다음번에 가서는 처벌받는 게 너무 무서워서 그랬다고 해. 겁에 질려서 자신이 한 게 아니라고 해야 한다는 생각만 머리에 가득해서 그런 변명이 나온 거라고. 그런 식으로 하란 말이야."

"예? 예… 그렇게 할게요."

콧수염은 이번에도 가서 헛소리를 하면 가만히 두지 않겠다고 이야기했다.

"다시 똑같은 실수 하면 넌 끝장이야. 야, 민아야."

"예?"

짜증 섞인 소리로 섬뜩하게 이야기하다가 갑자기 부드럽게 자신을 부르자 김민아는 갑자기 소름이 쫙 돋았다. 또 무슨 말을 하려고 저러는지 겁부터 났다.

이럴 줄 알았으면 처음부터 일을 맡지 않았을 것이다. 이렇게 일이 커지리라고는 손톱만큼도 생각하지 않았다. 그냥 예라가 싫었다. 미웠다. 자신이 좋아하는 오빠들도 전부 예라만 좋아했고, 다른 사람들도 마찬가지였다.

그리고 데뷔해서 사람들의 시선을 받는 것도 싫었다. 자신이 받아야 하는 걸 모두 예라가 받고 있는 거라는 생각도 들었다. 불공평하고 더러운 세상. 그래서 했다. 예라는 별로 한 것도 없는데 성공하고, 누구는 뼈 빠지게 노력해도 이 모양 이 꼴이고.

"민아도 데뷔해야지. 안 그래?"

"데뷔요? 정말 데뷔시켜 주시는 거예요?"

콧수염은 빙글빙글 웃으면서 천천히 고개를 끄덕였다.

"지금 데뷔 준비 중인 애들 있어. 너도 알지?"

"예. 내년에 데뷔한다고 들었어요."

김민아는 눈을 반짝이면서 대답했다. 얼마나 부러워했던가. 연습생의 꿈은 데뷔다. 데뷔하고 나서야 또 달라지겠지만, 그거야 데뷔한 사람들의 배부른 소리라고 김민아는 생각했다. 데뷔도 못 하는 사람도 널렸으니 꼭 틀린 생각은 아닐 것이다.

"거기 내가 넣어줄 생각이야. 너한테도 아주 좋은 기회겠지? 들어갈 생각 있어?"

"예, 저 꼭 들어가고 싶어요."

"그래. 그러니까 가서 잘 얘기하라고. 그래야 그럴 기회가 생기는 거니까."

"예, 이사님이 알려주신 대로 할게요. 정말이에요. 저 잘할 수 있어요."

김민아는 이사의 팔을 잡으면서 이야기했다. 아주 간절한 마음을 담은 표정을 하고서.

"그래. 그러니까 그렇게 해… 그럼 내년에 넌 데뷔하는 거야. 애들하고 같이."

"예, 저만 믿으세요."

김민아는 어떤 고난과 역경이 있어도 반드시 해내겠다는 투로 이야기했다. 콧수염의 이사도 너라면 잘할 수 있을 거라고 이야기했다. 그리고 반성하고 있다고 이야기하면 별일 없을 거고 변호사도 붙여주겠다고 말했다.

하지만 김민아가 사라지자 곧바로 태도가 변했다. 그는 사람들 들어오라고 하고는 회사 자문 변호사에게 연락하라고 이야기했다.

"굳이 변호사까지 필요할까요?"

일이 어떻게 돌아가는지 훤히 아는 실장이 고개를 갸웃거리면서 물었다. 어차피 저 아이는 버리는 패였다. 새로 데뷔하는 걸그룹 멤버? 물론 넣어주기는 할 거다. 그런 식으로 넣은 아이도 실제로 있었다.

하지만 버티질 못한다. 실력이 안 되는데 어떻게 버티겠는가. 같은 멤버들의 눈치, 트레이너의 핀잔. 게다가 사장이나 중역의 비난까지 더해지면 자기가 알아서 스스로 나가게 된다.

"딴소리하는지 보라고 하는 거야. 누가 그런 년 걱정해서 그러는 줄 알아?"

콧수염은 짜증 섞인 목소리로 이야기했다. 원래는 변호사를 붙일 생각도 없었다. 보통은 이런 식으로 일이 커지지도 않았고, 설사 일을 시킨 아이가 불려 가더라도 알아서 잘했다. 그런데 저 멍청한 년은 그것 하나 제대로 하질 못했다.

"하기야 똑똑하고 일 똑 부러지게 하는 애들 같으면 저러고 있겠어? 벌써 데뷔를 했거나 했겠지."

이사는 도대체가 쓸모없는 년이라고 중얼거리면서 변호사한테 잘 일러놓아야겠다고 생각했다. 멍청한 년이 또 무슨 실수를 할지 몰라서였다.

"이러다가 검사나 판사한테까지 손을 써야 하는 거 아냐?"

설마 그럴 일은 없겠거니 생각했지만, 이번에는 하도 일이 이상하게 흘러가서 모르는 일이라는 생각이 들었다.

그리고 그 시각, 수사를 맡은 차동출 검사는 자신의 방에 있었다.

"어, 잠깐 저쪽에 앉아 있어."

방에 들어온 오혜나에게 잠깐 있으라고 하고는 차동출은 하던 신문을 마저 했다. 차동출은 자리에 앉아 있는 조폭의 머리를 후려갈겼다.

파악!

조폭이 머리를 감싸 쥐고 차동출을 확 째려보았다. 그러고는 발칵 화를 냈다.

"아우, 왜 자꾸 때려요?"

"이 자식이 뭘 잘했다고. 때릴 만하니까 때리지, 인마."

차동출은 어디서 눈을 부라리느냐며 손을 들자 조폭은 몸을 움츠리면서 손을 들어 막았다.

"말로 합시다, 말로. 지금이 어느 땐데……."

"어느 때긴. 너 같은 새끼들… 크흠… 뭐 되는 때지, 짜샤."

차동출은 몹시 거친 말을 하려다가 오혜나가 흥미진진한 눈초리로 자신을 보고 있다는 것을 알고는 자체적으로 언어 순화를 단행했다. 대신 손바닥이 힘차게 조폭의 머리를 향해서 날아갔다.

빠악!!

"아우우우!"

조폭은 차동출을 잡아먹을 듯이 노려보았다. 그러자 차동출은 피식 웃으면서 조폭의 볼을 잡아당겼다.

"야, 너 조직에서 내가 누군지 말 안 해줬지?"

"에??"

볼을 잡아당겨서 발음이 조금 샜는데 차동출은 개의치 않고 말을 이었다.

"인마. 니네 조직 보스도 나한테 와서는 설설 기는데 어디 밑바닥에서 빌빌거리는 자식이 큰소리야, 큰소리는."

차동출은 볼을 쭉 늘이다가 놓고서 손을 탁탁 털면서 말했다.

"조직에서 너 버린 거 아니면 길들이기 하려고 보낸 것 같은데, 어차피 난 그런 거 상관 안 한다. 난 그냥 죄지은 놈만 제대로 잡아넣으면 돼."

차동출은 그렇게 기선을 제압하고 나서 신문을 다시 시작했는데, 기가 확 눌려서 그런지 조폭은 순순히 대답했다. 오혜나는 그런 차동출을 유심히 쳐다보았다.

'가만. 그런데 차 선배가 공판 검사 한다고 하지 않았던가?'

오혜나는 조금 이따가 물어보리라 생각하면서 차동출이 자신보다 몸무게가 거의 배는 나갈 것 같은 조폭을 쥐 잡듯이 하는 걸 웃으면서 지켜보았다.

*　　*　　*

"아~ 그거… 뭐… 일이 좀 있었지."

곰 같은 덩치의 조폭을 쥐 잡듯이 한 차동출은 오혜나와 이야기를 나누던 중에 공판 검사를 하지 않았느냐는 질문에 피식 웃었다. 부장검사가 덮으라는 사건을 끝까지 물고 늘어졌다가 바로 보직이 바뀐 것이다.

한마디로 들이받았다. 그 일로 부장검사에게 끌려가서 잔소리를 원 없이 들었다. 별별 이야기가 다 나왔다. 그러다가 골로 갈 수 있다는 말까지 들었다. 하지만 차동출이 언제 그런 거 신경 쓰는 사람이던가. 대충 알았다고 하고는 나왔다. 부장 검사는 저 새끼 때문에 내가 피가 마른다고 하면서 한숨을 내쉬었고.

하지만 자세한 이야기는 할 수 없었다. 검찰 내부의 일, 그것도 그다지 좋지 않은 이야기를 굳이 떠들 생각은 없었다. 제아무리 지금 검찰에 불만이 있다고 해도 말이다. 그래도 현직 검사인데 그런 이야기를 해봐야 누워서 침 뱉기니까.

"그런데 무섭지 않아요? 덩치도 어마어마하고 얼굴에 칼자국 같은 것도 있던데……."

"무섭기는 무슨… 저 정도 피라미한테 쫄면 이 일 못 하지."

차동출은 껄껄 웃고는 오늘 본 조폭보다 훨씬 무섭게 느껴지는 사람도 많다고 이야기했다.

"정말 살기가 느껴지는 인간도 있다니까. 그런 놈들 보면 소름이 쫙 돋고 등골이 서늘해질 때도 있지."

하지만 차동출은 범죄자를 하도 많이 보다 보니까 이제는 그 정도는 우습게 받아넘긴다고 했다. 그리고 범죄자를 신문하는 데 기세에서 밀리면 끝장이라는 이야기도 했다.

"어리바리한 놈들이야 어떻게 하든 별 상관 없는데, 아주 빠꼼한 놈들은 상대가 기세에서 밀리는 것 같으면 슬슬 가지고 놀라고 한다니까."

"하긴… 여기야 정말 별사람들 다 올 테니까 그렇겠네요."

"그럼. 그래서 초장에 기를 확 죽여놔야 해. 난 오히려 그런 놈들은 상대하기가 편한데 피해자가 와서 하소연하면 그게 더 골치 아프더라고."

차동출은 간단하게 알아볼 것이 있어서 부른 것이니 그냥 편하게 생각하라고 하고는 몇 가지 질문을 던졌다. 시간은 얼마 걸리지 않았다. 조사가 끝나자 오혜나가 질문을 했다.

"그런데 도대체 어떤 사람들이에요?"

"악플 단 사람들? 뭐 별별 사람들이 다 있지. 십 대 학생부터 사오십 대 평범한 직장인이나 주부까지. 그냥 보기에는 전혀 그럴 것 같지 않은 사람들인데… 나도 좀 신기하더라고……."

차동출은 정도가 약한 사람들은 굳이 부르지 않아도 되었지만, 일부러 오라고 했다는 이야기를 했다.

"왜 그랬는지 물어보면 대부분 이렇게까지 문제가 될 줄은 몰랐다고들 해. 그리고 간혹 자신이 알고 있는 게 진실이라고 굳게 믿는 사람도 있지."

하지만 대부분은 이야기하면서 무언가 깨닫게 된다고 했다. 사람들이 검찰을 욕하면서 우습게 여기지만, 막상 검찰청에 오게 되면 엄청난 위압감을 느끼게 된다. 차갑고 삭막한 분위기의 건물에 들어서면 자신도 모르게 위축되는 것이다.

그리고 어디를 보아도 상당한 포스가 느껴지는 사람들만 보인다. 어지간한 사람들은 그런 분위기에 벌써 압도당한다.

"그냥 다 기소해서 처벌받게 하지 왜 그랬어요? 애들이 그 일로 얼마나 힘들어했는데."

오혜나는 전부 처벌해야 한다고 강한 어조로 이야기했다. 힘들어하는 애들을 곁에서 지켜본 사람으로서 당연히 그래야 한다고 말하고 있는 거였다. 얼마나 고통받았는지 너무나도 가슴 아프게 지켜보았으니까.

"그렇다고 전부 처벌할 수야 있나. 그리고 내가 기소한다고 해도 어차피 판사가 다시 내보낼 거야. 그러니까 오히려 불러다가 이야기해서 자신이 어떤 행동을 했는지 깨닫게 해주는 게 더 나은 방법이지."

오혜나는 조금 불만스러웠지만, 차동출의 방법이 더 좋은 것 같다고 생각했다. 마음 같아서야 기소를 해서 마음고생이라도 하게 해주고 싶었지만, 그렇게 하면 복수를 한 것 같아서 마음이야 좀 편하겠지만 제대로 된 해결책은 아니라고 생각되었다.

'그런데 완전히 앞만 보고 달려 나가는 돌격대장 같은 줄 알았는데, 의외로 섬세한 면도 있는데?'

오혜나는 오늘따라 차동출이 달라 보인다는 생각이 들었다.

"조만간 정리해서 재판에 회부할지 결정할 거야."

"그건 그렇고 가장 먼저 퍼뜨린 사람은 처벌을 강하게 받겠죠?"

"최초 유포자? 뭐… 최초인지 아닌지는 별로 중요하지는 않지."

차동출의 말에 오혜나는 깜짝 놀랐다는 듯한 표정이 되었다. 가장 먼저 글을 퍼뜨려 사건을 만든 사람은 더 강하게 처벌을 받을 것이라고 생각했는데, 그게 아니라고 했으니까.

"인터넷에 나오는 풍문을 경솔하게 믿고 명예훼손의 목적으로 다시 타인에게 전파하였다면 최초 유포자와 마찬가지로 처벌을 받을 수 있거든."

차동출은 최초인지보다 어떤 행위를 어떤 목적으로 했는지가 중요하다고 했는데, 오혜나는 대답을 듣고는 풋 하고 웃음을 터뜨렸다.

"풍문이 뭐예요. 유언비어나 루머도 아니고 누가 요즘 그런 말을 써요. 할아버지 같아."

"음? 단어가 좀 그런 느낌인가?"

차동출은 머리를 긁적였다. 그러면서 최초 유포자는 강한 처벌을 받을 거라고 이야기했다.

"최초는 중요하지 않다면서요?"

"그렇지. 그런데 그 이후로도 악의적인 글과 댓글을 계속 올렸거든. 그래서 처벌은 불가피할 거야. 그런데 문제는 그 배후인데……."

"아, 맞다. 그거 진짜 어떻게 되었어요?"

차동출은 처음에는 배후를 이야기했다가 곧바로 거짓말이었다고 말해서 조금 곤란해졌다고 말했다. 조사를 더 해봐야겠지만, 직접적인 증거는 거의 없는 상황이라서 더욱 그랬다.

"뭐라도 증거가 나오면 확실한데……."

"거의 확실하다니까요. 사실 이런 일이 있었거든요."

오혜나는 대형 기획사와의 악연에 관해서 이야기를 해주었다. 차동출도 사정을 모두 알게 되자 심정적으로는 배후가 그곳일 거라는 생각을 했다. 하지만 어디까지나 심증에 불과했다. 악연이 있다고 무조건 해를 끼치는 행동을 했다고 주장하기는 어려웠다.

"내가 더 알아볼 테니까 걱정하지 말고 기다려. 죄지은 놈들은 죗값을 내게 할 테니까."

"감사해요. 제가 언제 식사라도 대접할게요."

"일이나 다 끝나고 나서. 요즘은 하도 그런 것 가지고 말들이 많아서 말이야. 그리고 난 밥보다는 술이 좋은데……."

오혜나는 킥킥대며 웃다가 알았다고 이야기했다.

"좋아요. 사건 마무리되고 나면 술 한잔해요."

오혜나는 차동출이라면 사건을 잘 마무리할 것이라고 생각하면서 검사실을 떠났고, 차동출은 공짜로 술 얻어먹게 되었다면 즐거워했다.

* * *

상황이 점점 루프리를 응원하는 쪽에 유리하게 흘러갔다. 다른 것보다 검찰에 소환된 것이 컸다. 자신감 있게 떠들던 사람들도 실제로 사람들이 검찰에 소환되어 조사를 받았다는 이야기를 듣자 슬그머니 꼬리를 내렸던 것이다.

하지만 일부는 아직도 끝까지 자신의 말이 맞고 다른 사람들의 이야기는 모두 틀린 거라면서 모두를 비웃었다. 사람들은 조만간 조사를 받게 될 것이라면서 그 사람을 애도했다.

그런데 루프리를 공격하던 사람들은 자신의 모임이 공격을 받게 되자 물타기를 시도했다. 문제는 자신들이 아니라고 주장하면서 다른 곳에서 잘못된 정보를 흘려서 그리된 거라고 책임을 전가했다.

그렇게 몇 개의 모임에서 서로 다른 쪽에다가 책임을 전가하거나 다른 화제를 던져서 시선을 돌리려고 할 때, 혁민은 허 대리를 만나고 있었다.

"이야, 이거 완전히 개판이네, 개판."

"저도 조사하다 보니까 장난 아니던데요."

허 대리는 혀를 끌끌 찼다. 혁민도 마찬가지 표정이었다. 마치 정의의 사도인 양 떠들어대던 사람들의 민낯은 정말 가관이었다. 사이트 내부를 살펴보니 온갖 비리와 혐오스러운 글이 넘쳐 났다.

누구라도 비판할 수 있고 의견을 이야기할 수는 있다. 하지만 정도라는 게 있는 법이다. 언론의 자유라는 게 아무런 말이나 막 해도 된다는 뜻은 아니다. 하지만 몇 개의 사이트에서는 그런 걸 완전히 잘못 알고 있는 듯했다.

"어이구, 지들끼리 책이나 영상도 돌려 보고 팔기까지 했네. 이건 뭐야? 아예 보따리 장사 하는 인간도 있어?"

자기들만의 공간에서 온갖 추잡한 짓을 다 하고 있었다. 개중에는 밀수로 의심되는 내용도 보였다. 혁민은 그렇게 도덕적인 것같이 당당하게 말하던 사람들의 실체를 확인하고는 정말 씁쓸했다.

"이 정도면 사이트하고 당사자들은 거의 멸망인데요? 바로 고소하실 건가요?"

"일단 제삼자가 하는 거니까 고소가 아니라 고발이고요, 고발은 고발대로 하고 조금 더 흔들어보죠."

"흔들어요?"

혁민은 고발해서 처벌을 받게 하는 것도 당연히 할 거지만, 그것보다 지금의 분위기에 경종을 울리는 게 더 필요하지 않나 싶었다. 그래서 허 대리의 도움을 받아서 본격적으로 움직이기로 했다.

"일단 이거 증거 확보부터 해야 하니까 검찰에 가져다주고, 증거 확보하면 그다음에 시작하죠. 어떻게 하느냐 하면 말이죠……."

혁민은 허 대리에게 방법을 일러주고는 바로 차동출 검사에게 연락했다. 차동출은 모임 내부에서 벌어지는 일들을 듣고는 깜짝 놀랐다.

—정말이냐? 명예훼손이나 그런 것뿐만 아니라 밀수나 저작권법 위반 같은 것까지 있어?

"예. 그러니까 고발장 접수할 테니까 바로 증거부터 확보해 주세요."

명예훼손죄와 모욕죄는 비슷한 것 같으면서도 분명하게 다른 점이 있다. 명예훼손죄는 피해자의 고소가 없이도 수사를 개시할 수 있고, 처벌할 수도 있다. 하지만 모욕죄는 친고죄이기 때문에 피해자의 고소가 없이는 처벌할 수 없다.

물론 명예훼손죄는 반의사불벌죄이기 때문에 피해자가 처벌받기를 원하지 않으면 처벌할 수 없기는 하다.

—알았다. 뭐 이 정도면 금방 확보할 수 있지.

워낙 정보가 잘 정리되어 있어서 영장도 바로 받을 수 있을 것 같고, 증거를 확보하는 것도 그리 어려울 것 같지 않았다.

"증거 다 확보하면 연락 좀 주세요."

—왜? 또 무슨 일 꾸미는 거냐?

"분위기가 너무 좋지 않아서 좀 바꿔볼까 해서요."

혁민은 자세한 이야기는 나중에 해주겠다고 이야기했다. 차동출은 잘은 모르겠지만, 알아서 잘하라고 이야기했다. 그 역시 지금과 같이 서로 조롱하고 비난하는 분위기는 좋지 않다고 생각하고 있어서 무언가 변화가 필요하다는 생각은 하고 있었다.

—뭔가 바뀌기는 해야지. 그게 사람들 잘못만인지는 잘 모르겠지만…….

차동출의 말을 들은 혁민도 조금은 씁쓸한 생각이 들었다. 원인 없는 결과가 어디 있겠는가. 사람들이 왜 이렇게 되었는지도 조금은 이해가 되었다.

'답답한 거지. 살기 어렵고, 힘들기만 하니까. 뭘 해도 이 상황에서 벗어날 수 있을 것 같지 않고, 더 큰 문제는 이런 상황이 나아질 것 같지도 않으니까.'

욕하고 화를 내고 싶을 것이다. 희망이란 게 보이지 않았으니까. 그래서 체념하면서 살아가다가도 무언가 거리만 있으면

울컥하고 화가 치미는 것이다. 하지만 그걸 어디다가 풀 데는 없고.

그래서 이렇게 거칠어지고 비아냥거리게 된다는 거 다 이해한다. 하지만 그렇다고 하더라도 정도를 넘어서면 안 되는 거다.

"희망을 생각하지 않으면 변화도 없는 거지."

변해야 한다. 지금 사회 전체가 제정신이 아니라고 혁민은 생각했다. 하지만 자신이 모든 걸 다 해결할 수는 없다. 그건 자신이 아니라 누구도 할 수 없을 것이다. 그렇다고 손을 놓고 있지는 않을 것이다.

'내가 할 수 있는 걸 하면 되는 거지.'

그것과는 별개로 지금처럼 과열되는 상황은 계속되지 않아야 한다고 보았다. 상대를 할퀴고 상처 주면서 자신의 화를 푸는 건 정당화될 수 없는 일이다. 그래서 차동출이 증거를 확보했다는 연락을 주자마자 바로 움직였다.

—야, 개 웃기지 않냐???

—ㅋㅋㅋ 저거 누군데 이래라저래라야? 완전 재수 없어.

—합성 잘했네…

여러 사이트에 사이트 내부의 비리를 알리는 글이 올라왔다. 처음에는 사람들이 글을 인정하려고 하지 않았다. 자신들은 깨끗하고 정의의 편에 서 있는 사람들이라고 생각했으니까.

그래서 이런 것이 악의적인 장난이라고 생각했고, 특히나 운영진은 누가 이랬는지 찾아내서 고소까지 하겠다고 이야기했다. 하지만 곧바로 분위기는 전환되었다.

—야. 이거 맞는 것도 있는 것 같아. 내가 본 것도 있는데?

—나도 본 거 있어. 게다가 이미 검찰에 고발도 했다잖아. 이거 일 제대로 터지는 거 아냐?

조금씩 불안해하는 사람들이 생겨났다. 하지만 대다수는 누군가의 장난으로 치부하면서 크게 신경 쓰지 않는 분위기였다.

하지만 조금 더 디테일한 내용을 적은 글이 올라오고 어떤 죄목이라는 것까지 적혀 있자 조금 더 큰 반응이 나왔다.

—이거 좀 생각해 봐야 하는 거 아냐? 정말 이런 거면 문제 있는 거잖아?

—누가 조작한 거 딱 보면 모르냐? 이렇게 낚이는 거 보려고 그러는 거라니까?

반응이 제각각이었지만, 확실히 염려하는 쪽이 늘었다. 게

다가 왜 잘못된 일인지를 간략하게 적고 그런 행위를 한 사람은 처벌받을 수도 있다고 적혀 있었다. 그러니 사람들이 동요할 수밖에.

하지만 대부분은 코웃음 치면서 비웃고 조롱했다. 나도 거기에 참여했는데 어디 잡아가 보라면서 대놓고 빈정거리는 사람도 있었다.

"그래. 그렇게 계속해라. 조금 이따가도 그럴 수 있는지 한번 보자고."

혁민은 허세 넘치는 글들을 쓱 보면서 피식 웃었다.

* * *

"변호사님……."

혁민이 출근하자 보람이 울상이 되어 그를 불렀다.

"왜? 무슨 일 있어?"

"저기… 인터넷에……."

보람은 차마 이야기를 이어나가지 못하고 말을 흐렸다. 그러면서 손으로 모니터를 가리켰는데, 혁민이 다가가서 보니 혁민에 대한 욕이 적혀 있었다. 고발을 한 사람에 대한 욕설이었는데, 누군가가 혁민이 고발했다는 사실을 알아낸 모양이었다.

보람은 인상을 찌푸리면서 손톱을 깨물었다. 하지만 혁민은 아무렇지도 않은 표정이었다. 그는 피식 웃으면서 이야기했다.

“난 또 뭐 대단한 일이라도 터진 줄 알았네. 혹시 여기로 전화 같은 것도 와?”

“예? 아뇨, 전화는 아직 온 건 없는데요.”

혁민은 고개를 끄덕이고는 그럼 됐다고 이야기했다.

“이런 거 보면 기분만 상하니까 일부러 찾아서 보지는 마. 그리고 혹시라도 누가 전화 걸어서 뭐라고 하면 녹음을 하든가 하고.”

가만히 두지 않겠다는 말을 아주 다양하게 표현하고 있었지만, 혁민은 신경 쓰지 않았다. 인터넷에서 난리 치는 거야 보지 않으면 그만이고 정도가 넘는 행동을 하면 그 대가가 어떤지 경험하게 해주면 되니까.

하지만 보람은 워낙 험악한 말이 적혀 있으니 걱정이 되는 모양이었다. 혁민은 별일 없을 테니 안심하고 있으라고 다독여 주었다.

“이 정도면 양호한 거네. 그래도 변호사라고 하니 함부로 못 하는 거라니까? 다른 사람이었어 봐. 아주 난리가 났을걸?”

아닌 게 아니라 험악한 말이 많기는 했지만, 그래도 이 정도면 양호한 편이었다. 어지간한 사람이었다면 완전히 난도질을 당했을 텐데, 고발을 한 사람이 변호사다 보니 조금 조심하는 거였다.

문제가 생기면 변호사가 바로 고소를 할 수도 있다는 생각을 해서 그런 거였다. 그래도 보람은 여전히 안심되지 않는 모양이었다. 요즘은 하도 사람들이 무슨 짓을 할지 몰라서 걱정하는 거였다.

"저기, 변호사님… 이런 거는 안 하시면 안 되는 거예요?"

보람은 그냥 소송 관련된 일만 하면 되지 않느냐고 이야기했다.

"사람들이 무슨 짓을 할지 모르는 거잖아요……. 사무실이 어딘지 알려지면 여기도 난리 날 것 같은데……."

"연예인들이야 이미지로 먹고사는 직업이니까 쉽게 대응하기 어렵지만, 나야 변호사인데 무슨 상관이야. 법대로 해주면 그만이지."

"그래도 굳이 먼저 나서서 하실 필요는 없잖아요."

보람은 이해가 되지 않는다는 듯 말했다. 왜 사서 고생을 하는지 모르겠다면서.

"누군가는 해야 할 일이잖아. 다들 그렇게 다른 사람이 해주겠거니 하고 있으니까 문제가 해결되지 않는 것 같은데? 그렇게 생각하지 않아?"

"음… 그런 면도 있는 것 같기는 한데요… 그래도 인터넷에 소문 잘못 나면 여러 가지로 힘들어지는데……."

"무슨 상관이야. 나야 그렇게 이미지 좋은 사람도 아닌데."

싸가지 없고 돈 밝힌다는 소문이 아직도 돌고 있었다. 그렇지 않다는 말도 있었지만, 이상하게도 사람들은 그런 이미지로 혁민을 더 많이 알고 있었다. 물론, 혁민을 아는 사람들이야 그렇지 않다는 걸 잘 알고 있었지만.

"나는 그런 이미지 같은 거 신경 쓰지 않는 사람이니까 상관없어. 그리고 만약 사무실에 문제가 생기면 내가 처리할 테니까 걱정하지 않아도 돼."

혁민이 거듭 이야기하자 보람은 그제야 조금 마음이 놓이는 듯했다. 하지만 여전히 의문이 풀리지는 않았던 모양이었다. 그녀는 혁민의 눈치를 보면서 조심스럽게 입을 열었다.

"저기요… 사실 이렇게 한다고 해도 별로 바뀌지는 않는 것 같던데… 그런데 왜 이런 거 하시는 거예요? 효과도 없는 일이잖아요."

보람은 헛수고하는 것 같다면서 이해가 되지 않는다는 말을 했다. 혁민은 잠깐 생각을 하다가 자신은 그렇게 생각하지 않는다고 이야기했다.

"효과가 없지는 않을걸? 원래 갑자기 한꺼번에 큰 변화가 생기는 건 쉽지 않지. 조금씩, 아주 작은 변화가 모여서 큰 게 되는 거거든."

혁민은 지금도 조금씩 변해가고 있다고 이야기했다. 거의 변화가 없는 것 같지만, 이런 식으로 조금씩 바뀌다 보면 나중에는 완전히 달라져 있을 거라고 확신에 찬 투로 말했다.

"그 당시에는 잘 모르거든. 그런데 나중에 지나고 보면 전과는 많이 달라졌다는 걸 알게 되는 경우가 많아. 그래서 매일매일 조금씩 무언가를 하거나 변화하는 게 정말 큰 거라니까."

공부를 하는 것이든, 글을 쓰는 것이든, 운동이든, 회사 일이든 다 비슷하다고 이야기했다. 할 때는 별거 아닌 것 같지만,

그걸 전부 모으면 엄청난 양이 된다는 식으로 말을 해주니 보람도 이해가 되는 모양이었다. 그녀는 고개를 끄덕였다.

"변호사님 이야기를 들으니까 그런 것 같기도 하네요……."

"그러니까 바꿔 나가야지. 조금씩이라도."

혁민은 바꿀 수 있다고 믿고 행동하는 한 사람이 바꿔야 한다는 생각만 하는 백 명보다 나은 거라고 말했다. 혁민은 수긍하고 있는 보람을 뒤로한 채 자신의 사무실로 들어가려다가 걸음을 멈추고 뒤를 돌았다.

"그런데 요즘 율희는 좀 만나?"

"아, 율희요. 가끔 봐요."

보람은 많이 나아져서 곧 퇴원한다는 이야기를 해주었다. 혁민도 알고 있는 사실이었지만 보람의 말을 끊지 않고 어떤 이야기를 하는지 계속 들었다.

"그런데 기억은 아직인가 봐요. 아!! 그런데 조금씩 돌아온대요. 저번에 예전에 로펌에 찾아온 사람 만나서 이야기하다 보니까 예전 기억이 조금 떠올랐다고 하던데요?"

"오~ 그래? 그거 좋은 소식이네……."

혁민은 생각나지 않았던 기억이 떠올랐다는 말에 활짝 웃었다. 그동안에는 기억이 전혀 돌아오지 않아서 이러다가 아예 기억을 못 하는 게 아닌가 하는 걱정을 했었다. 하지만 기억이 떠올랐다니 그런 건 아닌 모양이었다. 혁민은 율희가 퇴원하면 기억을 떠올리기 좋은 장소에 함께 다녀야겠다고 생각했다.

'가만있어 보자. 어디가 좋을까? 같이 갔던 음식점이나 영화관, 놀이공원…….'

혁민은 율희가 인상 깊게 생각했던 장소가 어디일까 생각하면서 사무실로 들어갔다.

같은 시각, 율희는 인터넷을 검색하고 있었다.

"정말 별 얘기가 다 있네……."

인터넷에 떠도는 말을 다 믿을 수는 없었다. 없는 이야기도 사실처럼 떠들어대기도 하고 전문가가 아니면서 전문가인 척하는 사람도 많았으니까. 그런 걸 다 알면서도 혁민의 이야기에 눈길이 가는 건 어쩔 수가 없었다.

"그런데 정말 싸가지 없고 돈 밝힌다는 이야기는 꼭 나오는데?"

보통은 누구한테 들었다거나 자신의 친척이나 지인이 겪었는데 이렇다더라 하는 식으로 이야기했다. 혁민은 상종할 수도 없는 인간으로 묘사되어 있었다. 나이 든 사람에게 반말을 찍찍 하는 건 다반사고 인격적으로도 문제가 있다는 식의 말이 많았다.

돈만 보고 움직이는 돈벌레라는 말도 있었고, 사기꾼에다가 엄청난 추남이라는 말도 있었다. 가끔은 너무 어이가 없어서 율희는 피식 웃기도 했다.

"퇴원하면 확실하게 알아봐야지."

다른 사람의 이야기를 들으면 들을수록 더 헷갈렸다. 그리고 혁민과 이야기를 해도 기억이 왜 떠오르지 않는지 이해가 되지 않았다. 다른 기억은 조금씩 돌아오고 있었는데, 혁민과 관련된 기억만 전혀 떠오르지 않았다.

율희는 퇴원하고 나서 여기저기 다니기도 하고 사람도 만나다 보면 기억이 돌아올 것이라고 생각하면서 창밖을 바라보았다. 구름이 많고 조금 우중충해서 밖에 나갈 마음이 들지 않았다. 비가 온다는 소리는 없었는데 비가 올 것 같기도 했다.

"날씨가 왜 이러지?"

율희는 창밖을 물끄러미 쳐다보았다. 구름이 잔뜩 낀 하늘을.

*　　*　　*

박근식은 인터넷을 보면서 피식 웃었다. 그렇게 루프리를 까대기 바쁘던 사람 중에 반성문을 올린 사람이 있다는 사실이 정말 우스웠기 때문이었다.

"그러니까 왜 그렇게 난리를 치고 그러냐고. 어차피 후회할 걸 말이야."

혁민은 반성문을 올릴 경우 정상을 참작할 수도 있다는 글을 올렸다. 처음에는 모두가 비웃으며 비아냥거리기에 바빴다. 조롱하고 놀리면서 오히려 더 난리를 쳤다. 하지만 사람들이 경찰에 다녀온 이후로 조금씩 사정이 바뀌기 시작했다.

이전까지는 설마 고소를 하겠느냐는 분위기였다. 설사 고소를 하더라도 별거 아니라고 말하는 분위기였고. 오죽했으면 피해자인 예라가 자살 시도를 한 것까지 전부 쇼라고 하면서 비꼬면서 놀려댔겠는가.

하지만 경찰에 다녀오니 분위기가 심상치 않다는 걸 느꼈던 것이다. 상대 쪽에서 무척 강경하게 나온다는 것도 직접 보거나 들을 수 있었고, 피해자가 자살 시도까지 해서 문제가 굉장히 심각하다는 걸 알게 되었다.

처음에는 서로 눈치를 보는지 아무도 올리지 않다가 한 명이 올리자 그 뒤로 주르륵 반성문이 올라왔다.

"그리고 올리려면 맞춤법이나 좀 살펴보고 올리든가 하지……."

박근식은 반성문을 보다가 혀를 끌끌 찼다. 맞춤법이 엉망이거나 인터넷에서 쓰는 용어를 그대로 써서 장난이라고 오해할 수 있는 글도 몇 개가 보여서 그런 거였다. 그렇게 이야기를 하는데 전화가 울렸다.

"어, 그래. 너도 반성문 올라온 거 봤냐?"

—그럼요. 지금 보니까 아주 속이 다 시원합니다.

박근식은 루프리가 공연하는 곳에 다니다가 여러 사람을 알게 되었다. 자주 들를 수는 없었지만 갈 때마다 항상 보는 얼굴이 있어서 자연스럽게 친해진 거였는데 지금 전화를 하는 남자도 그중 한 명이었다.

나이도 40대로 자신과는 두 살밖에 차이가 나지 않았다. 항상 트럭을 타고 와서 팬들 사이에서는 트럭 아저씨라고 불렸는데, 트럭을 임대하는 사업을 해서 그렇다고 했다.

"그러니까 말이야. 반성문도 반성문이지만 이제는 쓸데없는 소리 하는 사람이 없으니까 좋더라. 뭔 말을 해줘도 믿지를 않으니까 정말 화딱지 나더라고."

—아이구, 형님. 그런 애들은요, 무슨 얘기를 해도 소용없어요. 성질만 버린다니까요. 그냥 그러려니 하고 넘기세요. 근데 이거 대충 해결되고 나면 우리끼리 한잔해야죠?

"좋지. 언제 날 잡아서 보자고. 언제가 좋으려나?"

박근식은 이번 사건을 통해서 팬들끼리 더 강하게 뭉친 것 같다는 생각이 들었다. 원래 외부적인 위기가 있으면 내부적으로는 단결하게 된다고 한다. 이번 사건으로 팬들끼리는 정말 사이가 단단해졌다.

"판결 나올 때면 어때? 자축하는 의미에서 그날로 하는 것도 좋을 것 같은데."

—예? 아니, 형님. 모임을 내년에 하시려고 그러세요? 이거 판결 나오려면 한참 걸려요. 적어도 몇 달은 걸릴걸요?

"아, 그런가? 그러면 그건 좀 곤란하겠네……."

언제 소송을 해봤어야 그런 걸 알 것 아닌가. 소송이 오래 걸린다는 이야기는 들었지만, 사실 시간이 얼마나 걸리고 그런 거는 잘 모른다. 그냥 생각으로는 이렇게 증거도 확실하고 죄도 확실한 거는 금방 끝나지 않을까 해서 그렇게 말을 한 거였다.

"그러면 언제 공연하는 날로 잡아야겠네. 공연 보고 뒤풀이

형식으로 말이야."

—예, 그게 좋겠네요. 아예 루프리 멤버들도 오라고 할까요?

"멤버들을? 뭐… 좋기는 한데… 애들이 다 어리지 않나?"

박근식은 미성년자도 있으니 술자리에 부르는 건 좀 아닌 것 같다고 이야기했다.

—음… 좀 그렇긴 한데요. 팬 중에도 미성년자도 있고 그러잖아요. 그러니까 적당한 자리 잡고 애들은 음료수 마시고 그러면 되지 않을까요?

"그러면 되기는 하겠지만… 그래도 보통 보니까 소극장이나 이런 데 빌려서 팬미팅 같은 거 하던데… 나중에 그런 기회나 한번 만들어달라고 하지?"

—그럴까요? 에이, 뭐 그러죠.

박근식도 말은 그리했지만, 좋은 뜻이라는 건 알 것 같았다. 힘든 시간을 보내고 다시 제대로 활동하게 되는 걸 축하해 주려는 뜻에서 나온 말일 것이다.

"암튼, 조만간 분위기 좀 좋아지면 다 같이 보자고."

—예, 형님. 빨리 활동하고 날 잡았으면 좋겠네요. 그리고 그런 짓 한 것들은 전부 혼쭐이 났으면 좋겠구요.

"그래. 남 할퀴어서 피투성이로 만들어놓고도 낄낄대던 것들은 그래도 싸지."

박근식은 또 연락하자고 말하고는 통화를 마쳤다.

그리고 그 시각, 사건의 주범인 김민아는 오혜나와 만나고 있었다. 예라에게 사과를 하려고 찾아왔는데, 오혜나가 자신부터 보자고 이야기해서 그런 거였다.

"실형이요?"

"그래. 넌 어차피 실형 받게 될 거야. 그런데 왜 그렇게 놀라? 실형 받지 않을 거라고 누가 그래?"

"아니… 그건 아닌데……."

오혜나 앞에 앉아 있는 김민아는 실형을 받게 될 거라는 말에 크게 동요하는 눈치였다. 분명히 이사가 실형은 받지 않을 거라고 이야기했는데 오혜나의 말은 달랐으니까.

"저 반성하고 있어요……."

김민아는 잔뜩 주눅이 든 채로 이야기했다. 기획사의 자문 변호사는 반성문 내고 당사자에게 사과하면 실형까지는 받지 않을 것이라고 말했다. 그래서 철석같이 그 말을 믿고 있었는데, 다른 말을 들으니 흔들렸다.

"내가 판사는 아니지만, 법조계 쪽으로는 아는 사람이 제법 많거든? 내 친구가 판사이기도 하고. 그래서 좀 알아봤는데 실형이 떨어질 가능성이 높다고 하더라고."

오혜나는 악의를 가지고 고의적으로 한 행동이기 때문에 그렇다고 이야기했다.

"상식적으로 생각해 보라고. 고의로 다치게 할 생각으로 사람을 막 두들겨 팼어. 그런데 경찰한테 잡히니까 다칠 줄 몰랐다고 하면서 미안하다고 한마디 하면 죄가 다 없어질 것 같아?"

오혜나는 분개한 표정으로 이야기했고, 김민아는 고개를 숙이고 아무런 말도 하지 못했다.

김민아는 오혜나의 눈치를 살폈다. 크게 뉘우치고 있다고 하면서 용서해 줄 수 없느냐고 말해놓고는 반응을 살핀 거였다.

"나도 그럴 생각이 없고, 예라도 그럴 생각은 추호도 없으니까 기대하지 않는 게 좋아."

차갑고 냉정한 목소리. 김민아는 자신이 이렇게까지 빌면서 애원하는데 너무 싸늘하게 반응하는 게 좀 섭섭하다는 생각을 했다. 그런 생각은 김민아의 얼굴에 여실히 드러났는데, 오혜나는 오히려 어처구니가 없다는 식으로 말했다.

"니가 뭘 했는지 모르는 거야?"

"아니요. 잘못했다는 거 잘 알아요……."

오혜나는 고개를 가로저었다. 그녀가 보기에는 김민아는 아직 얼마나 자신이 잘못했는지를 모르는 것 같았다. 그저 사건이 커지니까 겁이 나는 거였다. 교도소에 갈 수도 있다는 사실에 어떻게든 그것만은 피해야겠다고 생각하고 있는 거였다.

김민아는 계속해서 용서해 달라고 빌었지만, 오혜나는 요지부동이었다. 그러자 이번에는 예라를 직접 만나게 해달라고 이야기했다. 그래도 예라는 같은 또래이고 예전부터 알았던 사이이니, 눈물로 호소하면 어떻게든 될 것 같았기 때문이었다.

하지만 오혜나는 그것도 안 된다고 했다. 이제야 조금 진정이 된 상태인데 만나서 좋을 게 없다면서. 그리고 예라도 보고 싶지 않다고 말한다고 덧붙였다.

"너 같으면 보고 싶겠니?"

오혜나는 아직까지도 자기 생각만 하는 김민아를 쳐다보면서 가볍게 한숨을 내쉬었다. 세상에는 참 가지가지 사람이 다 있다는 생각을 하면서.

"저기……."

이런저런 방법이 다 통하지 않자 김민아는 결심하고는 입을 열었다. 사실 굉장히 위험할 수 있는 말이어서 고민이 되었는데, 그렇다고 교도소에 갈 수는 없는 일이었다.

'죽어도 교도소는 갈 수 없어.'

실형을 받고 교도소에 가면 그걸로 모든 게 끝이었다. 이사가 데뷔를 약속해 주었지만, 그것도 사건이 잘 해결이 되었을 때의 이야기다. 교도소에 가게 되면 모든 게 끝나는 것이다. 그리고 데뷔가 아니더라도 전과가 있으면 자신의 미래가 어떻게 되겠는가.

"할 말이 더 있어? 없으면 이만 가줬으면 하는데? 나도 할 일이 많아서."

"아니요. 사실은……."

김민아는 결국 이사가 시켜서 한 일이라는 말을 입 밖으로 꺼냈다. 그러자 오혜나의 표정도 조금 심각해졌다.

"그게 사실이야? 검찰에 가서는 또 아니라고 했다면서?"

"그게… 이사님이 아무 일도 없을 거라고 해서… 그리고 그렇게 말해서 이번 사건만 잘 해결되면 데뷔도 시켜주신다고……."

오혜나는 대충 어떻게 된 일인지 알 수 있었다. 그쪽 기획사 사람들이 작곡가인 루지를 영입한 것 때문에 오혜나의 회사를 찍은 거였다.

'어떻게든 망하게 해서 본때를 보여주려고 했다는 거지?'

거기에 김민아를 이용한 거였다. 하는 꼴을 보니까 이런 짓이 이번이 처음인 것 같지도 않았다.

'하지만 불똥이 자신에게까지 튈 줄은 몰랐겠지. 일이 그렇게 되니까 이제는 꼬리를 자르려고 한 거고. 데뷔? 웃기는 소리 하고 있네.'

어차피 김민아라는 아이는 이용만 하고는 버릴 것이다. 데뷔할 수 있는 재목이었다면 벌써 어디라도 가서 데뷔 준비를 하고 있었을 것이다.

오혜나는 생각을 하면 할수록 그 이사라는 인간을 가만히 두어서는 안 되겠다는 생각이 들었다. 사업하다 보면 꼼수를 쓰거나 약간 정상적이지 않은 방법을 사용할 때도 있다. 사업을 하는 입장에서 그걸 뭐라고 할 생각은 없다.

하지만 이렇게 음흉한 방법으로 다른 사람에게 위해를 가하는 건 아니었다. 방법도 아주 좋지 않았고, 무엇보다도 의도가 불순했다.

'아빠한테 얘기할까?'

잠깐 생각을 하다가 오혜나는 고개를 저었다. 버거운 일이 되겠지만, 자신의 힘으로 상대해야겠다는 마음이 들어서였다. 아버지의 힘을 빌리면 아주 간단하게 해결이 될 것이다. 아버지가 그래도 정보 계통에서 힘이 있는 자리에 계시니까.

이 이야기는 강윤주와 이채민만 어렴풋이 알고 있다. 다른 사람에게는 한 번도 한 적 없는 이야기. 그런데 그렇게 생각하니 조금 막막해졌다. 상대는 거대 기획사다. 자신이 지금 어떻게 해볼 수 없는 그런 거대한 적.

오혜나는 김민아와 이야기를 하다가 누구에게 도움을 청할지 머리를 굴렸다.

'차 선배? 아니면 혁민이?'

차동출 검사가 좋을 것 같기는 했는데, 문제는 바빠서 이쪽 일에 시간을 내기 어려울 것 같았다. 그래서 혁민에게 전화를 걸었다. 다행스럽게도 혁민은 시간이 많았고, 곧바로 회사로 달려와 주었다.

"미안해, 혁민아. 매번 이렇게 신세만 지고."

"아냐. 요즘은 시간적으로 여유가 좀 있어서 괜찮아. 뭐, 나중에 밥을 한번 사든지, 아니면 공연 같은 거 티켓이나 보내줘."

"야, 그거야 이런 거 아니라도 내가 해주지."

오혜나는 더 큰 거를 말하라고 했는데, 혁민은 피식 웃었다.

"퍽이나 그러겠다. 연락이나 자주 하고 그런 얘기 해라."

혁민은 가장 연락 안 하는 게 바로 너라고 하면서 장난스러운 표정으로 오혜나를 쳐다보았다. 오혜나는 멋쩍은 표정으로 이제부터는 자주 연락도 하겠다고 이야기했다.

"애는 어디 있어?"

"아, 사장실에……."

혁민은 바로 사장실로 가서는 김민아와 이야기를 나누었다. 증거가 있으면 좋겠지만, 이런 경우에는 증거를 찾기 어려울 수 있다. 그러니 증언이 구체적이고 명확할수록 좋았다.

"그러니까 만나서 데뷔를 약속한다고 이야기했다 이거지?"

"예……."

김민아는 순순히 이야기했다. 하지만 이미 증언을 번복한 적이 있어서 얼마나 효력이 있을지는 확실치 않았다. 만약 소송까지 가게 된다면 상대 쪽에서는 증언의 신뢰성을 문제 삼을 게 뻔했다.

"뭔가 증거가 있으면 확실할 텐데……."

이대로 넘겨주어도 알아서 조사하기는 하겠지만, 그래도 뭔가 증거가 될 만한 거라도 있으면 훨씬 도움이 될 것이다. 그래서 구체적인 상황을 재연하면서 내용을 조금 더 명확하게 떠올리도록 했다.

"반대편에 그 이사라는 사람이 앉아 있었다고 했지? 이렇게?"

"예. 그리고 이야기를 했어요."

"차를 마시면서? 커피?"

당시에 있었던 대로 움직이면서 말을 하다 보니 조금 더 구체적인 이야기가 나왔다.

"그냥 이야기만 했어?"

"네··· 아··· 이야기를 하다가 펜으로 제 노트에다가 이거저거 쓰기도 하고 그랬어요."

김민아는 노트에다가 메모를 하고 있었는데, 이사가 이거저거 적기도 하고 동그라미도 치면서 말했다고 했다.

"그 노트는 어디 있는데?"

"제가 가지고 있는데··· 그 부분은 이사님이 찢어서 가지고 가서······."

"아··· 그래? 흠······."

혁민은 잠시 생각하다가 그 노트를 보여달라고 했다.

"노트요? 지금 없는데······."

"그러면 지금 가서 좀 보자."

혁민은 자리에서 일어났다. 김민아와 같이 나가려고 했는데, 오혜나가 궁금해하면서 왜 그러는 것이냐고 물어서 잠깐 이야기를 나누었다.

"통화 기록 같은 거야 고소하면 그쪽에서 조사할 거고. 노트에 뭔가 남아 있지 않나 해서."

"찢어서 가지고 갔다며?"

"펜으로 쓰면 그 밑에 자국이 남으니까. 그거 가지고 필적 감정 같은 걸 해서 증거로 삼을 수 있는지 한번 봐야지."

오혜나는 아하 하면서 고개를 끄덕였다. 혁민이 무얼 말하는지 금방 알 수 있었다.

"그런데 좀 봐야 해. 그게 증거로 인정을 받을 수 있을지, 없을지 모르는 거라서."

혁민은 그게 아니더라도 어떻게든 방법을 찾아보겠다고 이야기했다. 그런 식으로 장난치는 건 자신도 무척 싫어한다고 이야기하면서.

"그래. 부탁 좀 할게."

"오케이. 나한테 맡기라고."

혁민은 문을 열고 부리나케 뛰어 나갔다.

* * *

혁민은 충분히 증거가 되겠다고 판단하고는 그 이사를 허위 사실에 의한 명예훼손죄 및 업무방해죄로 고소했다. 그리고 그런 사실은 언론에도 다루어졌다.

소재 자체도 자극적이었고 흥미로웠기 때문이었다. 인터넷 루머 사건이 알고 보니 대형 기획사의 농간이었다? 이 사건을 다룬 기사는 몇 개 없었는데, 워낙 흥미로워서 그런지 금방 인터넷에 퍼졌다.

"이야, 역시 대형 기획사는 다르네."

"선배님, 뭐가요?"

혁민은 역시 대처가 빠르다면서 감탄했다.

"여기 보라고. 개인적인 일이며 회사와는 아무런 관계가 없다고 벌써 기사가 났잖아."

"그러네요? 음… 그리고 내용도 무척 괜찮은데요?"

무난한 대응이었다. 사실관계는 법정에서 밝혀질 것이지만 이런 식으로 물의를 일으킨 것만으로도 죄송스러운 일이라고 하면서 자세를 낮추었다. 그리고 개인적인 문제이기는 하지만 책임감을 느끼며, 앞으로 더욱 살펴서 이런 일이 다시는 일어나지 않게 하겠다고 했다.

반응도 나쁘지 않았다. 인기 그룹이 있는 기획사이고 지금까지 이미지도 그리 나쁘지 않아서 그런지 회사와는 직접적인 연관이 없는 일이라고 사람들이 받아들이는 듯했다.

"이거 정말 이런 걸까요?"

"뭐가? 회사에서 정말 모르는 일이었는지 그거 말하는 거야?"

"예, 정말 그럴 수도 있잖아요."

혁민은 위지원 변호사를 쳐다보면서 입을 씰룩거렸다. 아직 순진한 티를 벗지 못한 게 귀여워서 그런 거였다.

"왜요? 설마 회사에서 시킨 거예요?"

"이런 일을 이사가 단독으로 진행했을 것 같아? 그리고 루지라는 작곡가를 가장 싫어하는 건 거기 대표야. 이건 대표가 시켰겠지. 움직인 건 이사겠지만."

"그러면 대표를 고소해야… 아……."

위지원 변호사는 말을 하다가 멈추었다.

"그래, 증거가 없잖아. 이사가 아니라고 하면 그만이니까. 뭐 이미 알아서 내부 단속 다 해놨을 거고. 그러니까 대표를 걸 수는 없지."

꼬리 자르기다. 흔히 하는 수법. 하지만 그 기획사나 대표를 건드릴 수 있는 방법은 현실적으로 없었다. 있다고 해도 시간이 좀 오래 걸릴 것이다.

"세상이 참 그러네요. 드러난 게 얼마 없어서 그렇지 대부분 그렇겠죠?"

"뭐… 이런 말 하기는 좀 그렇지만 니 말이 맞아."

씁쓸한 현실이다. 정상적으로 일하고 노력해서 무언가를 얻기보다는 착취하고 갈취해서 성공하려고 한다. 그리고 실제로도 그렇게 한 사람들이 성공하고 잘산다. 법이 필요 없을 정도로 착하고 열심히 산 사람들은 가난에 허덕이고.

"그건 그렇고 그 사이트들은 난리가 났던데요?"

분위기가 아침부터 처지는 것 같자 위지원 변호사가 재빨리 화제를 바꾸었다.

"여기나 저기나 다 엉망이더라고. 자기들끼리 뭉쳐 있으니까 괜찮을 줄 알고 별짓을 다 했어. 우리들끼리 있으니까 안전하다고 생각하고, 뭔가 대단한 권력을 가진 줄 착각한 거지."

특히 운영자의 도덕적 해이가 심각했다. 엄청난 권력을 휘두르게 되니까 주체를 하지 못한 것이다.

"부패하지 않는 권력이란 건 없는 법이거든. 그러니까 그걸 견제할 방법이 있어야 해."

"정말 그런 것 같아요. 처음에는 그렇지 않던 사람도 힘을 가지고 오래 있으면 다 변하는 것 같더라고요."

힘이나 권력을 가지고도 부패하지 않는 사람은 정말 극소수이다. 시스템은 그런 사람에게 포커스를 맞추어 만들어지면 안 된다. 하지만 대부분의 경우 권력을 가진 사람들이 오래오래 해먹는다.

"시스템을 만드는 것도 권력을 가진 사람들이니까 당연한 거지."

"오늘은 무슨 이야기를 해도 나중에는 기분이 축 처지는 쪽으로 가는데요?"

위지원 변호사가 웃으면서 이야기했다. 자꾸 분위기가 우울한 쪽으로 흘러가는 걸 그녀가 잘 커트하고 있었다. 혁민은 이런 이야기는 그만하자고 말했다.

"그래. 아침부터 이런 이야기나 하고 있을 수야 없지."

"맞아요. 그런데 거기 재미있는 글도 엄청 많던데요?"

사이트 운영진은 뭉쳐야 한다고 계속 이야기를 하는데 회원들이 강하게 반발하는 글을 올렸다. 전 같으면 상상도 못 하는 일이었다. 운영진에게 찍히면 강제로 탈퇴를 당했으니까. 그리고 운영진도 그런 걸 믿고 자기 마음대로 했다.

회원들이야 마음에 들지 않는 구석이 있어도 아무런 말도 하지 못했다. 뭐라고 말을 했다가는 당장 잘릴 테니까. 하지만 이제는 아니었다. 그래서 벌떼처럼 일어나서 운영진을 성토하고 있었다. 그동안 문제가 되었던 일까지 들추어내면서.

"그동안 권력 가지고 휘두르던 사람들은 끝장난 거지 뭐."

"반성문도 엄청 많이 올라왔어요."

"그거야 검찰 갔다가 온 사람 글이 퍼져서 그럴 거야."

차동출은 조사를 받으러 온 사람에게 친절한 캐릭터가 아니었다. 조폭도 막 후려갈기는 스타일인데 어떻게 다루었겠는가. 그리고 혁민과 오혜나가 부탁을 하기도 했다. 이번 기회에 좀 거칠게 다루어달라고.

그래서 잔뜩 겁을 주었다. 그랬더니 분위기 장난 아니라며 글을 올리는 사람이 몇 있었다. 법을 좀 아는 사람들이 죄질에 따라서는 실형을 받을 수도 있다고 거들었고.

그다음은 순조로웠다.

"아직 멀었어. 하도 엉망이라서 별로 바뀐 것 같지도 않더라고."

"원래 그런 데잖아요. 그러려니 해야죠."

"그래도 조금은 바뀌겠지."

혁민은 그것보다 율희가 퇴원하면 어디를 같이 가야 하나 고민하면서 자신의 사무실로 들어갔다.

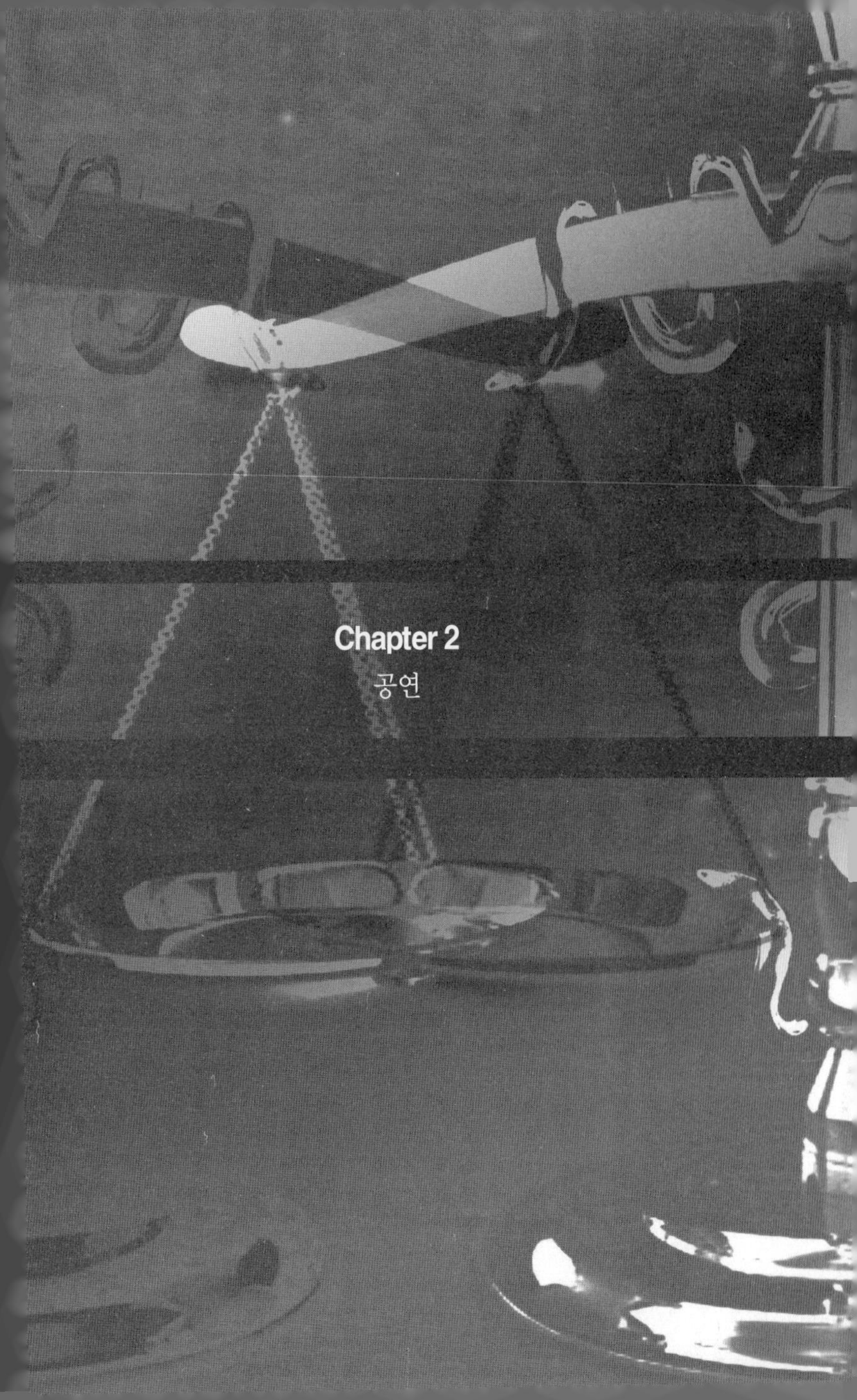

Chapter 2

공연

“이제 다시 다섯 명으로 간다.”

사건이 난 이후로는 그나마 조금 있던 일정도 대부분 취소되었다. 그래도 공연을 해야 할 곳이 있었는데, 그럴 때는 예라를 제외한 네 명이 가서 공연했다. 그런데 사장인 오혜나가 이제 완전체로 활동한다고 선언을 한 것이다.

오혜나의 말에 아이들은 다양한 표정을 지었다. 흥분된다는 표정을 하는 아이도 있었고, 걱정스러운 얼굴로 예라를 쳐다보는 아이도 있었다.

“예라가 아직…….”

“언제까지 숨어만 있을 거야?”

오혜나는 엄한 표정을 하고는 호통쳤다. 아이들이 움찔하면서 움츠러들었다. 평소에는 잘해주다가도 한번 화를 내면 무서운 게 오혜나였다. 그녀는 아이들을 쓱 훑어보고는 예라에게 차분한 어조로 이야기했다.

"니가 잘못한 것도 아니잖아. 힘든 건 알지만 이제 일어서야지."

"예, 이제 괜찮아요."

예라는 희미하게 웃으면서 천천히 고개를 끄덕였다. 아주 작고 힘없는 목소리였다. 하지만 의지만은 분명히 느낄 수 있었다. 이제 다시 무대에 서고 싶다는 예라의 의지를 모두가 느낄 수 있었다.

"그래야지. 그리고 가만히 있으면 오히려 더 좋지 않아. 바쁘게 움직이는 편이 회복에도 도움이 될 거야. 그리고 무리가 갈 정도로 일정이 있는 것도 아니니까."

아이들이 자연스럽게 예라 주변으로 모여들었다. 그리고 잘되었다면서 서로의 얼굴을 보면서 방긋 웃었다. 말은 하지 않고 있었지만, 한 명이 빠진 자리는 생각보다 컸다. 공연을 나가서 박수를 받아도 항상 허전한 기분이었다.

든 자리는 몰라도 난 자리는 안다고 하지 않던가. 모두가 예라가 빨리 나아져서 같이 무대에 오르기를 열망하고 있었다. 오혜나는 아이들의 모습을 바라보면서 미소를 짓고 있다가 슬그머니 이야기를 꺼냈다.

"그리고 이번에 페스티벌 있는 거 알지? 올림픽 주 경기장에서 하는 거."

"예!!"

아이들의 고개가 오혜나 쪽으로 획 돌아갔다. 올해 있는 무대 중에서 아마도 가장 화려하고 큰 무대가 아닐까 싶은 무대였다. 인기 있는 한류 가수들은 대부분 참여한다고 봐도 무방했으니까.

관객도 어마어마할 것이다. 외국에서 이 페스티벌을 보기 위해서 오는 사람까지 있을 정도였으니까. 루프리 멤버들도 참가했으면 좋겠다는 생각을 하고 있었다. 그리고 긍정적인 이야기가 오갔다.

그런 때에 사건이 터져서 엉망이 되어버렸다. 그래서 기대도 하지 않고 있었다. 그런데 사장인 오혜나가 저런 표정으로 이야기할 때는 무언가가 있는 것이다. 아이들은 잔뜩 기대하면서 사장의 입이 열리기만 기다렸다.

"거기 지금 이야기 중이야. 담당자가 긍정적으로 생각하고 있으니까 조금만 더 기다려 봐."

오혜나의 이야기에 아이들이 환호를 질렀다.

"정말요?"

"우와!! 우리도 큰 무대에 서는 거예요??"

오혜나는 아이들이 손을 맞잡고 팔짝팔짝 뛰는 걸 보면서 웃음 지었다. 사실 말은 그렇게 했지만 거의 확정된 거나 마찬가지였다. 담당자가 직접 준비하라고 이야기까지 했으니까.

"아직 확정된 건 아니니까 너무 들떠 있지는 말고."

하지만 이런 일은 무대에 오르는 게 정해지기 전까지는 조용히 있는 편이 좋다. 게다가 아이들도 너무 흥분하면 좋을 게 없고. 그래서 오혜나는 차분하게 준비 잘하면서 기다리고 있으라고 말했다.

그리고 그런 것까지 감안해서 지금부터는 다섯 명이 활동하는 것으로 정한 거였다. 무대에 오르기 위해서는 지금부터 준비해도 조금 늦은 감이 있었다. 하지만 어떤 기회인데 놓치겠는가. 그래서 담당자가 괜찮겠느냐는 말을 했을 때 무조건 된다고 했다.

욕심이라고 해도 할 말은 없었다. 조금 무리일 수도 있었으니까. 하지만 절대로 놓치고 싶지 않았다. 자신을 위해서도, 그리고 아이들을 위해서도. 기회란 흔하게 오는 게 아니다.

"알았지? 그러니까 연습부터 해. 그리고 다치지 않게 조심하고."

"예!!!"

아이들이 크게 대답을 하고는 우르르 밖으로 나갔다. 빨리 가서 연습하자면서. 아이들의 밝은 모습을 보니 혜나는 지금까지 쌓였던 피로가 한순간에 풀리는 듯했다.

"가만있어 봐. 일주일 정도 후까지는 확답을 주겠다고 했는데……."

오혜나는 담당자가 빨리 연락을 주었으면 좋겠다고 생각했다.

하지만 그 시각, 페스티벌과 관련해서 이야기를 나누는 곳이 있었다.

"우리 애들이 조건이 안 되나?"

"그쪽에서 원하는 조건이 좀 까다로워서……."

대표의 말에 사람들이 절절맸다. 대표는 회사에 있는 대부분의 그룹이 페스티벌에서 노래를 하는 걸 원했지만, 주최 측에서는 그렇게는 어렵다는 답신을 했다.

"사실 이런 걸 지금 이야기하는 것도 좀 그렇습니다. 이미 다 정해진 일이라서……."

임원 한 명이 아주 조심스럽게 이야기했다. 말을 꺼내보는 건 할 수 있지만, 계속해서 압박하는 건 오히려 문제를 일으킬 수도 있다면서.

"아직 손을 써볼 수 있는 구석이 있을 텐데? 사정이 생겨서 빠지는 그룹도 있을 수 있고 말이야. 사람들이 어떻게 그렇게 생각이 꽉 막혔나?"

대표는 임원들이 마음에 들지 않는다는 듯 인상을 팍 구겼다. 그리고 쯧 하고 혀를 차면서 사람들을 차례로 노려보았다. 그러자 임원들이 앞다투어 말을 꺼냈다.

"안 그래도 그런 쪽으로 알아보고 있습니다."

"제가 그쪽 대표하고 안면이 좀 있습니다. 직접 만나서 이야기를 한번 해보겠습니다."

저마다 자신이 할 수 있다고 나섰다. 대표가 이렇게까지 이야기를 할 때는 그만한 이유가 있다는 걸 알고 있기 때문이었다. 그러자 담당자의 표정이 누렇게 떴다. 이번 일을 잘 처리하지 못하고 대표에게 찍힐 거라는 게 명백했으니까.

하지만 대표는 어떻게 하라는 말을 하지 않았다. 항상 이런 식이었다. 먼저 일을 해결해서 보고하는 사람이 장땡이었다. 그러면 담당자는 뭐 되는 거다. 대표는 항상 이런 식으로 경쟁을 붙였다.

회의가 끝나고 밖으로 나가면서 사람들은 저마다 친한 사람들과 이야기하면서 정보를 나누었다.

"이봐, 대표가 왜 저러는 거야?"

"아, 보면 몰라? 루지 그 자식 죽이려고 하는 거잖아."

질문을 한 임원은 잘 이해가 되지 않는다면서 이번 일이 루지와 무슨 관계가 있는 것이냐고 물었다. 루지의 일이야 익히 들어서 알고 있고, 대표가 이를 갈고 있다는 것도 알고 있다. 하지만 페스티벌에 이 회사의 그룹인 푸파를 내보내는 것하고 루지를 죽이는 게 무슨 상관인지 이해가 되지 않았다.

"아이고. 루지가 있는 회사에 루프리라는 그룹이 있는데 이번에 루지가 곡을 줬대요."

다른 임원은 곡을 주지 않았어도 어차피 그 회사를 말려 죽일 생각이기는 했는데, 루지의 곡까지 받았다고 하니 더욱 대표가 광분하는 거라고 했다. 하지만 듣는 임원은 여전히 이해가 되지 않는다는 표정이었다.

"그래서? 그게 무슨 연관이 있는 건데?"

"거기 루프리가 이번에 그 페스티벌에 나간단 말이야."

원래는 루프리도 페스티벌에 나가기로 되어 있었는데, 이번에 사건이 터지자 물밑에서 공작을 좀 했다는 거였다.

"문제 있는 그룹이니 이런 큰 행사에 내보내는 건 좀 문제가 있다. 그러니까 거기를 빼고 우리 회사 그룹 하나 넣자. 이런 식으로 얘기가 되고 있었지."

"아… 그래서 이번에 조사를 받고 그러는 게……."

"그래, 이 사람아. 한동안 동남아시아 돌고 오더니 어떻게 돌아가는지 너무 모르는데?"

"중국하고 그쪽 돌아다니면서 그런 것까지 챙길 시간이 있어야지. 거기서 처리해야 할 일이 얼마나 많은데… 매일 사람 만나고 일하느라고 정신없었다고."

임원은 워낙 시간을 팍팍하게 짜서 관광 같은 건 꿈에도 생각하지 못했다면서 투덜거렸다.

"대표가 어디 그런 거 하게 냅둘 사람인가? 하여간 그래서 잘되고 있었는데, 사건이 갑자기 이상해지면서 일이 틀어진 거지."

초반에는 엄청난 비난이 쏟아졌다. 원래 인터넷이 그렇지 않은가. 일단 좋지 않은 쪽으로 찍히면 무차별 공격을 받게 된다. 하지만 분위기는 삽시간에 역전되었다. 사실무근의 루머였다는 게 거의 기정사실로 되었고, 지금은 오히려 동정표까지 받게 되었다.

"아하, 그렇게 된 거구만. 그러면 거기 빼고 우리 애들 넣는 게 쉽지는 않을 것 같은데?"

"쉽지야 않겠지. 하지만 아까 대놓고 이야기하잖아. 문제가 생겨서 나오지 못하는 곳이 있을 수도 있다고. 그게 무슨 말이겠어. 걔들 대놓고 빼버리라는 소리 아냐."

"그러면 우리 애들은 넣지 못하더라도 걔들은 무조건 빼야겠는데?"

"그렇지. 그 정도면 대표도 만족하겠지."

겉으로야 아쉽다고 할 것이다. 하지만 루프리만 페스티벌에 참가하지 못하게 하면 크게 문제 삼지는 않을 것이다. 대신 페스티벌에 루프리가 나온다면 그때는 담당자는 끝장이라고 봐도 무방했다.

"담당자가 피곤하겠구만. 죽어나겠어. 그리고 이번에 잘 보이려고 수 쓰는 사람도 있겠고."

"뭐 언제는 안 그랬나? 대표가 있는 한 그런 거야 바뀔 수가 없지."

대표 스타일이라서 그가 대표 자리에 앉아 있는 한 바뀔 수 없는 거였다. 임원들은 어쩔 수 없는 거 아니냐면서 길을 재촉했다.

* * *

"괜찮아요? 어디 불편한 데는 없어요?"

혁민은 말을 높이려니까 영 어색했지만, 그렇다고 예전처럼 친근하게 대할 수는 없었다. 율희의 기억이 아직 돌아오지 않아서였다.

"괜찮아요."

율희는 웃으면서 대답했다. 혼자서도 갈 수 있다고 하는데 혁민은 자신이 집까지 데려다주겠다고 했다. 뭐가 어떻게 되었든 간에 자신을 위해서 무언가를 해주려고 하니 고맙기는 했다. 그런데 그러려고 하는 사람이 혁민 한 사람이 아니라는 게 문제였다.

"어, 오빠."

율희는 윤태를 보고 손을 흔들었다. 혁민은 윤태를 보고 당황했고, 당황한 얼굴이 되어 석상처럼 굳은 건 윤태도 마찬가지였다.

"저기, 윤태 오빠가 먼저 집도 같은 방향이고 그래서 데려다준다길래 그러라고 했거든요."

율희는 조금 난처하다는 표정으로 이야기했다. 그래서 혁민이 데려다준다고 했을 때 괜찮다고 이야기한 거였는데, 이렇게 직접 찾아올 줄은 몰랐다. 그렇게 거절의 표시를 했으면 안 올 줄 알았는데 말이다.

윤태도 난감하기는 마찬가지였다. 율희를 좋아하고는 있었지만, 혁민이 옆에 있으면 무척 부담스러웠다. 율희와 혁민이 어떤 사이라는 걸 알고 있으니 그런 거였다.

혁민이 없을 때는 그래도 괜찮았다. 약간 꺼림칙한 마음은 있었지만, 율희를 보고 있으면 자신의 마음을 자연스럽게 표현할 수 있었다. 그런데 혁민이 옆에 있으니 말도 하기 어려웠고 어떻게 행동을 해야 할지 갈피를 잡지 못했다.

"저기… 그러면 누구하고?"

혁민은 그래도 자신과 함께 가지 않을까 하는 기대를 하면서 물었다. 자신과는 연인 관계이고 윤태는 그냥 친한 사이 아닌가. 비교조차 할 수 없는 그런 사이였다. 그래서 기억이 나지 않는다고는 하지만, 그래도 자신과 함께 가지 않을까 하는 생각을 했다. 하지만 어쩐 일인지 입이 바싹바싹 마르고 잔뜩 긴장되었다.

윤태도 긴장하기는 마찬가지였다. 율희의 기억이 있었더라면 당연히 율희는 혁민과 함께 갈 것이다. 자신에게는 미안하다고 하면서. 하지만 지금은 아니다. 그리고 자신과 같이 가기로 약속을 하지 않았던가. 그렇지만 혁민을 보니 긴장이 되었다.

두 남자는 율희가 무어라고 할지만 기다리고 있었다. 두 남자가 빤히 자신을 쳐다보자 율희는 난처한 표정이 되었다. 자신도 어떤 결정을 해야 할지가 어려웠던 것이다.

'누구를 선택해야 하는 거지?'

아버지인 민주엽이 시간만 되었어도 아무런 문제가 되지 않았을 텐데, 하필이면 오늘 이 시간에 일이 있어서 올 수가 없었다. 일을 빠지고 오겠다고 했는데 그럴 필요 없다고 말렸다. 다 나아서 멀쩡하게 돌아다닐 수 있으니 집에 가는 게 무슨 문제냐면서.

나중에 아버지가 병원에 와서 다시 물었을 때는 윤태가 오기로 했다고 대답했다. 아버지는 고개를 끄덕이면서 참 고마운 사람이라고 했고. 자신의 수술에 큰 도움을 주어서 그런지 민주엽은 윤태 칭찬을 무척 자주 했다.

그런데 그 이후에 혁민이 전화해 와서 완곡하게 거절의 뜻을 표시했다. 그런데 아마도 거절의 의사인지 혁민이 잘 몰랐던 모양이었다. 여기까지 이렇게 온 걸 보면.

율희는 고민하다가 입을 열었다.

"저기, 저 혼자 가도 되는데……."

둘 중 한 명을 선택하는 게 좀 난처해서 혼자 가겠다고 하자 두 남자는 펄쩍 뛰었다.

"그건 안 됩니다. 혼자서 가겠다니요."

"맞아. 다 나았다고는 하지만 집까지 혼자 가는 건 좀 그렇지."

둘 다 절대 반대를 외쳤는데 혁민은 자신보다 오히려 말을 편하게 하는 윤태를 보면서 이질감을 느꼈다. 자신보다 율희와 더 가까운 사람이 있다는 게 이상하면서도 불편했다.

"저기… 그러면 두 분하고 같이 갈게요. 한 분만 선택하기가 좀 그래서……."

율희는 셋이 같이 가자고 이야기했는데, 언뜻 듣기에는 좋은 방법처럼 보였다. 하지만 혁민이나 윤태나 둘 다 차를 가지고 온 게 문제였다.

"아… 다를 다 가지고 오셨구나……."

"그러니까 한 사람 골라. 이게 뭐 대단한 거라고… 둘 다 누굴 선택해도 괜찮다고. 혁민 씨, 그렇지 않습니까?"

윤태는 부담 갖지 말고 한 명을 고르라고 이야기했다. 심각한 의미 같은 거 부여할 필요 없다면서. 하지만 혁민은 윤태가 엄청나게 신경을 쓰고 있는 것처럼 느껴졌다.

'이게 어떻게 아무것도 아닐 수가 있냐? 하지만 아니라고 말을 할 수는 없잖아. 상황이 이렇게 되었는데…….'

남자라면 대부분 이런 상황에서 괜찮다고 말할 것이다. 그리고 혁민도 물론 그렇게 대답했다. 자신을 선택하리라 생각하면서.

"그럼 죄송하지만 한 분만 같이 가는 걸로 할게요. 같이 갈 분은요……."

혁민과 윤태는 침을 꼴깍 삼키면서 율희가 어떤 이야기를 하는지 숨도 쉬지 않고 집중했다.

* * *

"저기… 윤태 오빠하고 갈게요."

율희는 굉장히 미안하다는 표정을 지으면서 이야기했다. 쉬운 결정은 아니었다. 둘 중에서 한 명의 이름을 불러야 한다는 건 정말 난감한 일이었다. 불린 사람이야 기분이 좋겠지만, 다른 한 사람은 상처를 받을 테니까.

하지만 상황은 어쩔 수 없었고, 고민 끝에 윤태를 불렀다.

윤태의 이름이 율희의 입에서 나오자 두 남자의 표정은 극명하게 갈렸다. 윤태는 주먹을 꽉 쥐면서 환희에 찬 표정을 지었고, 혁민은 믿을 수 없다는 얼굴로 멍하니 있었다.

"죄송해요… 윤태 오빠하고 원래 선약이 되어 있어서……."

율희는 누구를 선택할까 고민하다가 먼저 약속이 되어 있어서 그런 거라고 이야기했다. 사실 율희는 혼자서 가고 싶었다. 하지만 반드시 선택해야 한다고 해서 이러지도 못하고 저러지도 못한 채 고민을 하다 결정한 거였다.

율희는 윤태를 선택한 게 어쩔 수 없는 일이었다고 생각하면서도 영 마음이 불편했다. 혁민이 이번 일로 상처를 받지는 않았는지 걱정되었다.

'그냥 같이 가지…….'

남자들이 굳이 한 명을 고르라고 한 것이 원망스러웠다. 누군가는 상처를 받아야 하는 상황이 부담스러웠던 것이다. 누구도 상처를 받지 않기를 원했다. 친한 오빠인 윤태도, 연인이었다고 사람들이 이야기하는 혁민도.

하지만 상황은 어쩔 수 없이 한 명을 골라야 하는 상황이 되었고, 결과적으로 혁민에게 상처를 주게 되었다. 그리고 솔직한 이야기로 남처럼 느껴지는 혁민보다는 친근한 윤태 쪽으로 마음이 기운 것도 있었다.

'나를 선택하지 않았어?'

혁민은 율희가 기억이 없다고 하더라도 당연히 자신을 선택할 줄 알았다. 하지만 결과는 그렇지 않았다. 아무리 선약을 한 상태라서 그런 것이라고 위로를 해봐야 아무런 도움이 되지 않았다.

혁민은 충격에 빠져서 아무런 말도 하지 못하고 있었다. 그런 혁민을 보고 율희는 연신 미안하다면서 말을 했다.

"죄송해요. 정말 이러고 싶지 않아서 그냥 같이 가자고 한 거였는데……."

"아닙니다. 선약이 되어 있었으니 뭐 당연한 거죠. 괜찮습니다."

혁민은 정신을 차리고 대답을 했다. 율희가 너무 미안해하자 오히려 당황해서는 손을 써가면서 자신은 괜찮다고 이야기했다. 하지만 속마음은 전혀 그렇지 않았다. 어떻게 괜찮을 수가 있겠는가.

연인이 자신이 아닌 다른 남자를 선택했다. 별거 아닌 일에 공연히 의미를 부여한다는 생각도 들었지만, 그래도 기분이 찜찜한 건 어쩔 수가 없었다. 그래서 혁민은 이해할 수 있는 일이라고 되뇌면서 하루라도 빨리 율희의 기억을 되찾아야겠다고 생각했다.

'율희에게 기억이 있었더라도 나에게 양해를 구하면서 윤태와 함께 갔을 수도 있어. 약속한 걸 중요하게 생각하는 사람이니까.'

혁민은 그렇게 생각하면서 두 사람이 밖으로 나가는 걸 지켜보았다.

한편, 윤태는 웃음이 터져 나오는 걸 꾹꾹 눌렀다. 기분이 날아갈 것 같았다. 하지만 여기서 그런 티를 낼 수는 없었다.

윤태는 혁민이 황당해하는 표정을 보면서 속으로는 통쾌했다. 이제 자신이 어떤 마음이었는지 혁민도 알 것이라고 생각하면서.

'내가 그동안 어떤 마음이었는지 알겠지? 언제나 우선순위에서 밀릴 수밖에 없는 그런 심정을. 당분간이 될지 아니면 영원히 그렇게 될지는 모르겠지만, 일단 당분간은 이런 기분을 좀 느껴보라고.'

윤태는 마음속으로 오늘 같은 상황이 끝없이 이어졌으면 좋겠다고 생각하면서 율희와 함께 자신의 차를 향해 걸어갔다. 그리고 혁민은 둘의 모습을 씁쓸한 표정으로 쳐다보았다.

혁민은 자신의 차로 가서는 사무실로 향했다. 집에 가봐야 지금의 칙칙한 기분을 떨쳐 버릴 수 없을 것 같아서 남은 일이나 마무리하자는 생각에서였다. 그런데 사무실에 도착해서 자신의 사무실에 들어오자마자 전화가 왔다.

"어? 율희가 웬일이지? 예, 여보세요."

혁민은 고개를 갸웃거리면서 전화를 받았다.

—예, 잘 들어왔어요. 그것보다 좀 죄송스러워서요.

"아니에요, 괜찮습니다. 정말로요."

율희의 전화를 받자 혁민은 기분이 좀 풀어지는 걸 느꼈다. 조금 전까지 마음속이 짙은 회색으로 가득했다면, 지금은 군데군데 밝고 화사한 색이 칠해져 있는 그런 느낌이었다. 율희가 일부러 이런 전화를 해줄 것이라고는 생각지 못해서였다.

자신을 기억하지 못해서 윤태의 차를 타고 가지 않았는가. 그리고 가면서 계속해서 사과한 터라 이렇게 집에 도착해서 전화를 줄 것이라고는 생각하지 않았던 것이다.

—저기… 시간 되실 때 어디 좀 같이 갈 수 있을까요?

"같이요? 당연하죠. 그리고 저 시간 많습니다. 아무 때나 가능합니다. 그럼요."

혁민은 환하게 웃으면서 이야기했다. 지금 율희의 기억을 되살리는 것보다 중요한 게 어디 있겠는가. 안 그래도 같이 다닐 장소 목록을 만들고 있었는데 잘되었다고 생각했다.

"그런데 어딜 가시려고요?"

—그냥 예전 기억이 떠오를 만한 장소에 가보면 어떨까 해서요.

"아, 안 그래도 제가 목록을 만들고 있었거든요. 제가 몇 군데 정해서 알려 드릴 테니까 그중에서 고르세요."

—정말요? 고르고 계셨다니 다행이네요. 그러면 보내주시면 제가 어디로 가면 좋을지 얘기해 드릴게요. 그리고 어차피 전부 돌아다녀 봐야 할 것 같은데요?

"그럼요, 그럼요. 전부 가봐야죠."

혁민은 조금 전까지와는 전혀 다른 기분이 되어 대화했다. 율희도 자신을 떠올리기 위해서 노력하고 있다는 생각을 하니 갑자기 힘이 불끈불끈 솟았다. 그렇게 통화를 마친 혁민은 미리 정한 장소 리스트를 다시 한 번 쭉 훑었다.

"어디, 내가 빼먹은 데는 없겠지? 뭐 빼먹은 데가 있어도 나중에 생각이 나면 추가해서 가자고 하면 되겠지."

혁민은 전화를 마치고 침울했던 분위기에서 벗어나면서 손을 번쩍 위로 들었다. 그러면서 가장 먼저 어디를 가면 좋을지를 떠올려 보았다. 자신을 기억하기가 가장 좋은 장소가 어딜까 하는 생각을 했는데, 쉽게 결론이 나지 않았다. 전부터 계속 고민했는데 율희와의 연애는 그냥 잔잔했다.

혁민은 진즉에 좀 생각해 두었으면 좋았을 것이라며 자신을 자책했다. 여자의 마음이 어떤지 잘 모르니 위지원 변호사나 보람에게 물어보려고 했는데, 좀 쑥스러워서 물어보지 못하고 있었다.

'당장 물어봐야겠어.'

혁민은 자신의 방 밖으로 후다닥 뛰어 나갔는데, 혁민의 눈앞에는 텅 빈 사무실만 덩그러니 놓여 있었다. 그는 보람은 시간이 되어서 퇴근한 것이고, 위지원 변호사는 법원에서 아직 돌아오지 않았다는 걸 깨달았다.

"이런… 내일 물어봐야겠네……."

* * *

—우와. 페스티벌에 나간다니... 꼭 응원하러 갈게요.

—정말 ㅊㅋㅊㅋ

—대박! 거기 인기 있는 그룹 다 나오던데. 드디어 루프리도 뜨는 건가요?

루프리 멤버 중 한 명이 SNS에 루프리가 페스티벌에 참가할 것 같다는 글을 올리자 팬들의 반응이 뜨거웠다. 드디어 실력을 인정받고 인기를 얻게 된 거라면서 축하해 주는 분위기였다. 그리고 다 같이 응원하러 가겠다는 글도 올렸다.

"뭐해? 빨리 와. 연습해야지."

루프리 멤버들이 핸드폰을 만지작거리고 있는 막내 미리를 불렀다. 미리는 얼른 쓰던 글을 마저 올리고는 멤버들에게 뛰어갔다. 밝고 환하게 미소 지으면서. 모든 것이 즐거웠다.

왜 그렇지 않겠는가. 언니인 예라가 일을 당했을 때는 정말 속상하고 가슴이 미어지는 것 같았다. 그런 짓을 하는 사람들이 모두 원망스럽고 미웠다. 그리고 그들 모두가 큰 벌을 받았으면 좋겠다고 생각했다.

하지만 이제는 아무래도 상관없었다. 언니인 예라도 돌아왔고, 페스티벌에도 나가게 되었으니까. 그래서 무대에 설 생각에 가슴 설레어 하면서 연습을 시작했다. 그런 생각은 다른 멤버들도 마찬가지였다.

"자, 시작한다?"

리더인 현주가 이야기하자 음악이 나오기 시작했다. 멤버들은 조금 전까지와는 전혀 다른 표정이 되었다. 정말 고대하던 무대이다. 자신들의 모든 것을 제대로 보여주고 싶었다. 수많은 관객 앞에 서는 부대. 한 치의 소홀함도 없게 하겠다는 의지가 흘러넘쳤다.

아이들은 리듬에 맞추어 일사불란하게 움직이기 시작했다. 강렬하고 절도 있는 움직임. 오혜나가 보았다면 오늘은 정말 느낌이 잘 산다고 칭찬을 해줄 만한 그런 움직임이었다. 모두가 기운이 넘쳤다.

하지만 루프리의 멤버들과는 달리 기운이 확 빠져나가는 것 같은 느낌을 받은 사람이 있었다. 바로 사장인 오혜나였다.

“예? 아니, 그게 무슨 말씀이세요? 갑자기 출연할 수가 없다니요.”

오혜나는 믿기지 않는다는 표정으로 전화기에다가 대고는 소리를 질렀다. 하지만 상대방은 그저 미안하다는 소리뿐이었다.

“분명히 준비하고 있으라는 말까지 하셨잖아요. 거의 확정된 거나 마찬가지라고 말이에요.”

—예, 그렇긴 한데 사정이 좀 생겨서요…….

담당자는 진땀을 빼면서 변명했다.

—위에서 워낙 반대가 심해요. 물의를 일으킨 그룹이라서…….

“그건 다 해결된 거 아닙니까. 요즘 사건 어떻게 돌아가는지

다 아시잖아요.

—저야 알지만, 위에서 극구 반대를 하는데 저라고 어쩌겠습니까. 제 사정도 좀 알아주세요.

담당자는 자신도 정말 이러기 싫었다고 이야기했다. 자신도 준비하라는 말까지 했는데, 이런 이야기를 하는 게 좋을 것 같으냐면서.

“아니, 그런 사정이야 이해하죠. 하지만 다시 한 번 이야기를 좀 해주세요. 아니, 사실무근으로 밝혀지고 그렇게 한 사람들은 모두 처벌받게 되었는데 그 일 때문에 참가를 못 한다는 건 너무 억울하지 않습니까.”

오혜나는 담당자의 처지도 이해하지만 이건 아니라면서 말했다. 그리고 잘 이야기 좀 해달라고 부탁했다. 하지만 담당자는 이미 늦었다고 이야기했다.

—이미 결정이 되어서 저로서도 어쩔 수가 없습니다.

안타까웠지만 불가항력이었다. 윗선하고 이야기해서 다이렉트로 꽂아버리는데 실무자가 어쩌겠는가. 이럴 때면 참 더럽고 치사하다는 생각이 들기도 했지만, 세상이 원래 그런 거 아닌가.

담당자는 그런 거 뻔히 알면서 자꾸만 매달리는 오혜나가 오히려 짜증스럽기까지 했다. 이 바닥에서 그래도 제법 경력이 있으니 이런저런 상황 뻔히 알 텐데 말이다. 자꾸 이렇게 나오는 건 그녀에게도 좋을 게 없었다.

“그래도 어떻게 좀 안 되겠습니까? 애들 충분히 참가할 자격이 된다는 거 아시잖아요. 그래서 준비하라고 하신 거고요."

—미안합니다.

담당자도 루프리가 실력이 좋고 노래도 괜찮다는 건 인정했다. 하지만 그런 것만으로 세상이 돌아가는 건 아니다. 실력? 재능? 물론 좋은 요소다. 하지만 그런 것보다는 다른 힘이 더 크게 작용하는 게 대한민국의 사회 아닌가.

담당자는 안타깝지만 이미 자신의 손을 떠난 일이라고 말했고, 오혜나는 그 자리에 털썩 주저앉았다. 이렇게 좋은 기회를 놓쳤다는 게 믿어지지 않았다. 전화를 받기 전까지만 해도 페스티벌에 참가할 것이라고 생각하고 있었는데 말이다.

그녀는 막막했다. 이 사실을 아이들에게 어떻게 알릴지 고민이 되었다. 얼마나 실망을 하겠는가. 일부러 확정된 건 아니니까 안 될 수도 있다고 이야기는 해놓았지만, 다들 참가하는 걸로 생각하고 있었다.

그녀는 입술을 질겅질겅 깨물다가 어디론가 전화를 걸었다. 무언가 이상하다는 생각이 들어서였다. 전화벨 소리가 몇 차례 울리다가 곧바로 누군가가 전화를 받았다.

"선배, 잘 지내죠?"

—어. 니가 어쩐 일이냐?

"뭐 부탁할 게 좀 있어서요."

전화를 받은 남자는 공연을 주최하는 쪽에 있는 학교 선배였다. 오혜나는 사정을 설명하고는 루프리 대신에 어떤 그룹이 들어갔는지 알아봐 줄 수 있느냐고 물었다.

—알아봐 줄 수야 있지. 그런데 그런 거 알아서 뭐하게? 공연히 기분만 상하지.

"그래도 어디에서 치고 들어온 건지 알아는 두려고요."

남자는 잠시만 기다리라고 하고는 전화를 끊었는데, 얼마 시간이 지나지 않아 다시 전화가 왔다. 남자는 혀를 차면서 이야기했다.

—너도 대충 생각하고 있었지? 새로 들어간 건 푸파야.

"그래요? 내 이 자식들을 정말!!"

—야, 야. 어지간하면 거기하고는 붙지 마. 거기는 공룡이야, 공룡. 방송국도 쉽게 건드리지 못하는데 니가 뭘 어쩌려고.

"알았어요. 제가 알아서 할게요."

오혜나는 그렇게 통화를 마치고는 크게 한숨을 내쉬었다. 다른 것보다 애들이 걱정이었다. 간신히 분위기가 올랐는데 다시 다운될 걸 생각하니 너무나도 불쌍했다.

"이 자식들이 보자 보자 하니까. 그냥 확 받아버려?"

오혜나는 아는 언론인을 통해서 사건의 전말을 터뜨릴까, 아니면 다른 방법을 사용할까 생각했다. 하지만 어떤 방법도 여의치 않았다. 공연히 감정적으로 섣부르게 나섰다가는 오히려 역풍을 맞을 수도 있었다. 하지만 계속 이런 식으로 살아갈 수는 없었다. 그동안은 계속 참았지만, 이대로 계속 있다가는 영원히 당하고만 살아갈 것 같았다.

'고리를 한 번은 끊어야 해.'

오혜나는 커다란 사냥감을 어떤 식으로 잡아야 할지 고민하기 시작했다.

*　　*　　*

"아아……."

루프리의 멤버들은 나지막한 탄성을 내뱉고는 한동안 아무런 말도 하지 못했다. 실망이 역력한 눈치. 그런 아이들을 보는 오혜나의 마음 역시 착잡했다.

"왜 그래? 무대가 페스티벌밖에 없는 것도 아닌데? 그리고 페스티벌이 올해만 있어? 그런 것도 아니잖아?"

오혜나는 일부러 밝은 톤의 목소리로 이야기했다. 아이들의 기분을 조금이라도 풀어주기 위해서. 그런 오혜나의 마음을 알기라도 했는지 리더인 현주가 손뼉을 짝 하고 치더니 밝게 웃으면서 말했다.

"그래, 거기 아니더라도 공연할 데는 많아. 그리고 다른 것보다 예라가 돌아왔잖아. 그거면 된 거 아냐?"

현주의 말에 아이들도 동의했다. 예라와 함께 다섯이 공연을 하게 되었으니 그걸로 된 거라고 하면서. 하지만 약간 아쉬움이 남는 건 어쩔 수 없었다.

"그래도 좀 아쉽다. 그렇게 큰 무대에 서볼 기회가 그렇게 많지는 않을 텐데……."

"무슨 소리야. 앞으로 그럴 기회가 엄청나게 많이 있을 건데."

오혜나는 지금 거기에 못 가는 것뿐이지 앞으로는 분명히 그것보다 더 큰 무대에도 설 수 있을 것이라고 이야기했다.

"우리도 우리지만 팬들도 좀 실망하겠다……."

"맞아. 그날 온다고 한 사람도 디게 많았는데……."

루프리 멤버들은 팬들도 실망할 것이라며 걱정했다.

"그러게. 굉장히 기대 많이 하시던데……."

그래도 이런 소식을 알리지 않을 수는 없었다. 막내인 미리는 페스티벌에 참가하지 못하게 되었다는 소식을 SNS에 올렸다.

정말이냐고 묻는 사람, 아쉽다고 하면서 안타까움을 표시하는 사람, 기운 내라고 응원하는 사람. 다양한 팬들의 반응이 올라왔다.

그런데 이야기를 하다가 너무 아쉬우니 그날 따로 공연할 수는 없느냐는 이야기가 올라왔다. 그 내용을 본 오혜나는 그렇게 해도 괜찮겠다는 생각이 들었다.

"너희들 생각은 어때?"

"좋아요. 사실 이번에 팬들도 굉장히 고생 많이 하셨잖아요."

아이들도 모두 알고 있다. 팬들이 나서서 자신들을 옹호하고 애써주었다는 사실을. 그래서 힘든 와중에도 기운을 낼 수 있었다.

"맞아. 특히나 처음 사건 들었을 때가 가장 힘들었는데 팬들이 도와줘서 정말 고마웠어."

멤버들이 입을 모아서 그 당시 이야기를 했다. 팬들은 수많은 적들에 둘러싸여 힘겹게 싸우는 병사 같았다. 사방이 적이었으니까. 하지만 결코 물러나지도 포기하지도 않았다. 상대에게 물어 뜯겨 너덜너덜해졌지만, 항상 그 자리에 있었다.

그들이 있어서 멤버들도 숨을 쉴 수 있었고, 나중에 지원군이 참전하게 되는 계기가 되었다. 그들이 있었기 때문에 사건도 지금처럼 해결될 수가 있었고.

"공연, 하죠. 무대 잡을 수 있는 데로 해서 공연하면 되잖아요."

아이들이 팬들을 위해서 멋진 무대를 만들어보자고 뜻을 모았다. 그런데 오혜나는 입맛을 다셨다. 뜻은 좋지만, 현실적으로 문제가 좀 있었기 때문이었다.

"지금 적당한 무대를 잡을 수 있으려나?"

소극장 같은 걸 잡으면 참여할 수 있는 팬의 숫자가 너무 적고, 어지간한 장소는 지금 잡기가 어려울 것 같았다.

"일단 좀 알아보자."

오혜나는 일단 공연을 하는 방향으로 생각을 정하고 장소를 알아보았다. 하지만 적당한 장소는 이미 예약이 되어 있었다.

"하아~ 이거 마땅한 곳이 없는데? 그냥 야외에서 어떻게 해야 하나?"

오혜나가 그렇게 고민하고 있을 때, 루프리의 막내인 미리가 쭈뼛거리면서 사장실로 들어왔다. 말은 하지 못하고 오혜나의 눈치만 살폈다.

"무슨 일인데 그래? 편하게 이야기해 봐."

"그게요… 팬들이 이렇게 하면 어떠냐고 말을 해서요……."

미리는 팬 사이트에서 본 내용을 이야기했다.

"공연을 두 곳에서 하면 어떻겠냐고 하더라고요."

"두 군데서?"

혜나는 무슨 말을 하는지 이해가 되지 않았다. 미리가 계속해서 말을 우물쭈물하자 답답해진 혜나는 어떤 말이 오갔는지 보기 위해서 모니터를 보았다.

—아마도 서울 쪽에 잡을 것 같은데 지방 팬들한테 죄송해서요.....

—어쩔 수 없지. 그렇다고 여러 곳에서 공연을 할 수 없는 것이고..

—맞아. 우리가 갈 테니까 정해지면 알려줘요.

—아쉽다. 나는 서울까지는 좀...

—나둥.. 우잉...

참석하겠다는 글과 아쉽다는 글이 계속되다가 두 곳에서 하면 되지 않느냐는 글이 보였다.

—대전하고 서울 이렇게 두 곳에서 하면 되지 않을까?

—에이, 두 군데나 잡으려면 힘들 텐데...

—대전? 대전이면 갈 수 있는데.

—우왕... 안 될 것 같지만, 대전에서도 하면 좋겠당.

'대전이라… 대전에서도 하면 좋기는 하지. 하지만 음향이나 무대 설치하고 하려면 조금 부담스럽기는 한데… 시간도 그렇고 여러 가지로 어렵겠어.'

오혜나는 하면 좋기는 하겠지만, 현실적인 문제가 있어서 쉽지 않을 것 같다는 생각을 했다. 그런데 해결책을 제시한 글이 보였다.

—공연용 이동 트럭에서 하면 될 것 같은데?

—오오~ 그러면 가능은 하겠다.

오혜나는 그 방법이면 가능하겠다는 생각을 했다. 그래서 공연용 트럭을 수배할까 생각하다가 뜻밖의 글이 달려 있는 걸 보았다.

—트럭은 내가 댈 수 있음. 공연용 트럭 한 대 있으니까.

—우어~ 트럭 아저씨 짱이다!

팬 중에서 트럭 아저씨는 유명 인사 중 한 명이었다. 항상 트럭을 타고 와서 트럭 아저씨라고 불렸는데, 그가 트럭을 제공하겠다고 한 거였다. 오혜나는 아무리 그래도 팬에게 그런 걸 받을 수는 없다고 생각하면서 감사하지만, 마음만 받겠다는 글을 달았다.

그런데 바로 글이 달렸는데, 어차피 일정이 없어서 쉬는 차량이니 사용하라는 거였다. 그리고 팬으로서 자신의 차량에서 공연해 준다면 정말 감사하겠다는 글이 올라왔다.

팬들의 반응도 뜨거웠다. 자신도 뭐 도울 게 있으면 돕겠다는 그런 글들이 주르륵 올라왔다. 오혜나는 어떤 차량인지도 모르니 알아보아야겠다고 생각했다.

"그래, 기왕이면 팬의 차량을 빌리면 좋지 뭐."

오혜나는 시세대로 가격을 주고 차량을 빌릴 생각이었다. 그리고 공연을 하려면 음향 장비나 여러 가지 손을 봐야 할 것들이 있었다. 그러니 하려면 빨리 준비해야겠다고 생각했다.

* * *

"정말이요? 우와, 아저씨 짱이다."

"내가 뭐 한 게 있나. 검사님이 다 한 거야."

"그래도요. 아저씨가 이거저거 많이 도와줬잖아요."

혁민의 사무실에는 강순자와 딸인 지연이가 와 있었다. 지연이가 아저씨 보고 싶다고 해서 온 거였는데, 다른 것보다 지연이는 루프리 사건이 어떻게 되고 있는지가 궁금했던 모양이었다.

지연이는 루프리의 팬이 되었는데, 사건이 잘 해결될 것 같다고 하자 정말 다행이라고 이야기했다. 그리고 이번에 공연을 한다고 하자 꼭 가서 보겠다고 말했다.

"아저씨도 공연 와요?"

"공연? 글쎄?"

혁민은 원래는 갈 생각이 없었는데, 이야기를 듣다 보니까 가서 보는 것도 괜찮겠다는 생각이 들었다. 그래도 자신이 이래저래 도와준 아이들이었으니까.

"그래. 나도 가서 봐야겠다."

"그런데 거기 사장님은 왜 자꾸 팬들이 하는 거 못 하게 한대요?"

"음? 혜나가 팬들이 하는 걸 못 하게 해? 어떤 걸?"

혁민은 그럴 리가 없다면서 어찌 된 일인지 물었다. 지연이는 자신이 알고 있는 걸 쭉 늘어놓았다. 팬들이 이번 공연을 위해서 이런저런 도움을 주려고 하는데 거절하고 있다는 이야기였다.

"아, 회사 사장 입장에서야 가장 좋은 무대를 팬들에게 보여주고 싶은 거니까 그런 거지. 팬들도 좋은 무대를 보는 게 더 좋잖아."

"나는 팬들이 꾸민 무대도 좋을 것 같은데… 그런 공연은 너무 많잖아요."

지연은 지나가는 투로 말을 툭 내뱉었다. 그런데 그 말을 들은 혁민은 무언가가 머리를 확 스치고 지나갔다.

"그래, 매번 똑같은 무대를 굳이 따라 할 필요는 없지."

혁민은 자신의 방으로 들어가서는 혜나에게 바로 전화를 걸었다.

"어, 혜나야. 내가 아이디어가 떠오른 게 있어서……."

—뭔데? 얘기해 봐. 니가 이렇게까지 급하게 말하는 아이디어라면 쓸 만한 걸 테니까.

혁민은 아예 공연 준비를 팬들과 함께 하는 건 어떠냐고 이야기했다.

—팬들하고 같이?

"그래. 이번 공연이 그동안 도와준 팬들에 대한 감사의 의미도 있는 거잖아."

—그렇지. 사실은 그런 이유로 공연하는 거지.

페스티벌에서 루프리가 공연하는 걸 보지 못하는 아쉬움을 달래고, 더불어 그동안 도와준 팬들에게 감사의 뜻을 전하는 공연.

"그러니까 팬들하고 준비부터 같이 하면 어떠냐는 거야. 아예 팬들이 주도해서 꾸미는 거지. 그러면 컨셉에도 딱 부합하잖아."

—음… 그러면 좀 허술하게 준비가 될 수도 있을 것 같은데…….

"너무 엉망이면 안 되니까 심하다 싶은 부분은 관여하면 되지. 조금은 서툴고 어설퍼도 팬들이 만들어준 무대에서 공연하는 게 더 의미 있는 거 아닐까?"

오혜나는 깊이 고민하는 듯했다. 뭔가 그림이 좋을 것 같기는 했는데, 한 번도 해보지 않은 거라서 어떻게 될지 감이 오질 않았기 때문이었다.

"내가 다른 건 모르겠는데 이게 기사감으로는 꽤 쓸 만하다는 건 장담하지."

―그거야 그렇겠지. 누가 공연을 한다는 거야 기삿거리도 되지 못하지만, 팬들이 무대를 집적 만들었다고 하면 이야기가 다르겠지.

"그래. 아!! 이러면 어떨까? 멤버들도 아예 같이 하는 거야."

―멤버들까지?

오혜나는 그건 좀 아닌 것 같다고 이야기했다. 사고가 날 수도 있고, 혹시 이상한 사람이 있어서 위험할 수도 있는 일이니까. 하지만 혁민은 방법을 잘 생각하면 될 것 같다고 했다.

"애들보고 무슨 망치질하고 나무 나르고 그러라고 하겠냐? 왜 그림 같은 거 같이 그리고 아이디어 회의 같은 거 하고 그러는 거나 하는 거지. 그리고 회사 사람도 같이 참가해서 특별한 일 일어나지 않게 하면 되지."

혁민은 아예 이 컨셉으로 방송국에도 이야기해 보면 좋을 것 같다고 말했다.

"방송국에서도 아주 특이한 거 원하잖아. 내가 알기로 아직까지 이런 식으로 무대 만들고 꾸민 다음에 공연한 적은 없는 걸로 아는데?"

—음… 나도 들어본 적 없는 것 같아… 방송이라…….

혁민은 그렇게 되면 팬들과 함께 교류하는 친근한 아이돌 이미지가 되지 않겠느냐고 했다.

"애들 매력도 보여줄 수 있고. 그리고 일단 방송에 좀 얼굴도 나가고 그래야 알려지지."

오혜나는 나쁘지 않다는 생각을 했다. 아니, 나쁘지 않은 정도가 아니라 지금 루프리 상황에서는 최선의 선택이라고 할 수 있었다.

—그래, 그렇게 하자. 그리고 방송이 만약에 가능하면 이번 사건으로 얼룩진 이미지도 바꿀 수 있을 거고.

"잘 생각했어. 내가 방송국 사람 소개해 줄까?"

—아냐, 내도 그쪽에 아는 사람들 좀 있으니까 내가 알아볼게.

오혜나는 바로 회사 사람들을 모아서 회의를 했다. 모두가 그렇게 하는 편이 훨씬 더 좋겠다는 이야기를 했다. 특히, 루프리 멤버들은 정말 재미있겠다면서 환호했다.

"그렇다고 연습 부족하면 안 된다?"

"그럼요. 연습은 하고 남는 시간에 가서 도울게요."

그렇게 해서 팬들이 주도로 공연 준비를 하는 것으로 결정되었다. 안전 문제도 있으니 전체적인 통제는 회사에서 하고,

부족한 부분은 체크해서 보완하는 걸로 정해졌다.

그런데 생각보다 팬 중에는 능력자들이 많았다.

—음향 장비 있는데 가지고 갈게요. 어떤 거 필요해요?

팬중 한 명은 고가의 음향 장비를 가져왔다. 특히나 진공관 앰프와 스피커는 음향 전문가도 처음 보는 제품이라면서 놀라워했다.

—엔지니어링 도와줄 수 있어요.

—무대 설치 쪽에서 일한 경험 있음. 한 19년 정도..

—미대 다녀요. 그림은 제가… (수줍)

사람들이 모이다 보니 조금 어수선한 감은 있었지만, 생각보다 공연 준비가 순조롭게 되어갔다. 그리고 루프리 멤버들은 얼굴에 물감을 묻혀가면서 사람들과 같이 색칠하는 작업을 했다.

밝게 웃으면서 팬들과 자연스럽게 이야기하고 어울리는 모습은 방송국에서 나온 VJ의 카메라에 그대로 담겼다. 다행스럽게도 관심을 보인 PD가 있었던 것이다.

"애들이 참 착한 것 같은데요?"

VJ는 이런 아이들이라면 자신이라도 팬이 될 것 같다고 말했다. 조금 전에 한 리허설 무대도 꽤 좋았다. VJ는 음악에 관해서 전문가는 아니었지만, 듣기에 좋았다. 다른 것보다 따뜻하고 편안한 느낌이 들어서 즐거웠다.

"잘 좀 찍어주세요. 애들이 마음고생을 많이 해서……."

"예, 저도 그 얘기 들었어요. 아우… 그 얘기만 나오면 팬들이 흥분해서 난리던데요? 하긴 저 같아도 열 받을 것 같네요."

VJ는 뭐 그런 몹쓸 인간들이 다 있느냐면서 맞장구를 쳤는데, 오혜나는 슬쩍 푸파가 있는 기획사와의 알력 이야기를 했다. 자세하게 이야기는 할 수 없었지만, 아주 교묘하게 어떤 곳하고 문제가 좀 있어서 그랬다는 식으로 말했다.

방송에 내보내도 특별히 문제가 되지는 않을 정도로. 하지만 사람들이 궁금증이 생길 정도로 이야기를 풀었다.

*　*　*

VJ 곁에서 이런저런 이야기를 하던 오혜나는 혁민이 온 것을 보고는 그에게로 걸어갔다.

"내가 조금 잘못 생각했었나 봐."

"뭘? 그렇게 갑자기 뜬금없이 훅 들어오면 내가 어떻게 알아?"

혁민은 말에 오혜나는 웃으면서 손가락으로 일하고 있는 사람들을 가리켰다.

"사람들 말이야. 처음에 니 말 듣고 이거 잘 이용하면 마케팅에 도움이 좀 되겠다 싶었거든. 그래서 진행하기로 마음먹은 거고 말이야."

"도움이 되긴 하겠지. 사람들이 좋아할 만한 일이니까. 특이하기도 하고."

사람들은 감정에 굶주려 있다. 아예 아무것도 모르는 사람이라면 그런 감정을 갈구하지도 않을 것이다. 하지만 현대인들은 자신들을 적셔줄 수많은 감동과 느낌이 있다는 사실을 알고 있고 경험해 보았다.

그래서 그런 걸 다시 느끼고 싶어 한다. 가슴 아픈 사랑, 악당을 때려눕히는 통쾌함, 달콤한 연인과의 데이트, 숨 막힐 것 같은 공포. 그런 경험을 하고 싶어 한다. 하지만 현실에서는 그런 감정을 쉽사리 느끼지 못한다.

그래서 돈을 주고 그런 감정을 산다. 영화나 드라마가 그렇고, 책도 마찬가지다. 그리고 그런 감정은 처음 경험했을 때 가장 강렬하다. 같은 감정을 반복해서 느끼다 보면 둔감해지는 것이다.

"그래서 처음이란 게 중요한 거거든. 아마 이번 거는 사람들 반응이 꽤 괜찮을 거야."

"우와, 우리 혁민이 박사네, 박사. 너는 이런 거 어떻게 다 아는 거야? 너 보면 어떨 때는 사람 같지 않다니까?"

오혜나는 혁민을 보면서 혀를 내둘렀다. 변호사 일이 결코 만만한 게 아니다. 그 일만 해도 시간이 부족할 텐데 언제 이런 지식까지 다 얻는 것인지 정말 신기할 따름이었다.

"그냥 이런저런 사람 만나다 보니까 알게 된 거야. 그건 그렇고 하고 싶었던 얘기는 뭔데?"

"아, 맞다. 처음에는 마케팅을 어떻게 할까 그런 생각만 했는데, 같이 일하는 거 보니까 생각이 조금 바뀌더라고."

오혜나는 팬들도 그렇고 루프리 멤버들도 그렇고 정말 즐거워 보였다고 했다. 어떻게 보면 아이들이 무대에 오를 때보다도 더 즐거워하는 것 같아서 깜짝 놀랐다는 거였다.

"그리고 그런 모습을 보는 나도 참 좋더라고. 뭐라고 표현을 해야 할지 모르겠는데, 따뜻한 물에 마음이 푹 잠기는 그런 느낌?"

"재미있는 표현이네. 어떤 느낌인지 딱 알겠다."

혁민은 킥킥댔다. 선머슴 같은 오혜나가 그런 표현을 하니 어울리지 않는 느낌이었다. 아무래도 엔터테인먼트 쪽에서 계속 일하다 보니 감성적인 면이 많이 좋아진 모양이었다.

"그래서 정말 인기, 돈, 이런 것만 보고 너무 달려온 게 아닌가 하는 생각이 들더라고."

오혜나는 지금까지 계속해서 눈앞에 보이는 걸 잡기 위해서 아등바등하면서 살아왔다는 생각이 갑자기 들어서 허탈해졌다고 했다.

"맥이 탁 풀리고 지금 정말 내가 잘하고 있나? 이런 생각이 들더라니까."

"가끔은 하늘도 보고, 나무 그늘에서 바람에 잎사귀가 바스락거리는 소리도 듣고 그렇게 살아야지. 시멘트하고 콘크리트만 느끼면서 살면 그렇게 되는 거야."

혁민의 이야기에 오혜나는 고개를 끄덕였다. 그런 여유 있는 생활을 하는 게 좋다는 건 다들 알지만, 어디 삶이 그렇게 자기 맘대로 할 수 있는 것이던가. 다들 팍팍하고 힘겹게 살아간다.

"가만. 그런데 넌 다 좋은데 자꾸 나를 애 보듯 하는 것 같다?"

"무슨… 니가 그런 생각이 드는가 보지."

혁민은 뜨끔했다. 사실 자신과 비슷한 또래는 전부 애처럼 보일 때가 있었다. 하지만 그렇다고 이야기할 수는 없는 일. 혁민은 오혜나가 그런 생각을 해서 그렇게 보이는 거라고 하면서 얼렁뚱땅 넘어갔다.

"그런 건가? 아닌 것 같은데……."

여전히 의심의 눈초리로 혁민을 쳐다보았지만, 아니라고 하는데 어쩔 것인가. 혁민은 이대로 계속 있으면 분위기만 이상해질 것이라는 생각에 얼른 화제를 돌렸다.

"그런데 준비는 잘되어가?"

"잘되어가지. 생각보다 능력자들이 많더라고. 특히나 아저씨들 파워를 이번에 확실하게 알았다니까?"

오혜나는 손에 든 종이를 보여주었다. 거기에는 필요한 작업과 일정, 그리고 담당하고 있는 인력과 같은 내용이 쭉 적혀 있었다.

계획을 세우는 건 어렵지 않았다. 이런 식의 작업을 전에도 해봤으니까. 그래서 팬들이 할 수 있는 부분은 맡기고 그렇지 못한 부분은 회사에서 알아서 진행하리라 생각하고 있었다. 물론 팬들이 나서봐야 큰 도움은 되지 않을 거라고 생각했다.

"그래서 어디까지나 팬 서비스 차원에서 하는 거라고 생각했지. 요즘 애들 데리고 체험 학습 같은 거 많이 하잖아. 일종의 아이돌과 함께하는 체험 현장 같은 느낌?"

그런데 실제로 작업을 하다 보니 자기 생각과는 전혀 딴판으로 일이 진행되었다.

"생각보다 회사에서 손을 댈 게 별로 없더라니까? 다른 분야이긴 하지만 전문가들도 있어서 그런가 보다 생각했는데, 그게 다는 아닌 것 같더라고."

"어떻게 보면 당연한 일이겠지. 즐거우니까."

혁민은 마음가짐에 따라서 일하는 게 다를 수밖에 없다고 했다. 같은 요리를 해도 돈 벌 생각을 가지고 하는 것과 사랑하는 사람을 위해서 만드는 것이 같을 수가 있겠는가.

"누가 시켜서 하는 일이 아니잖아. 자기가 하고 싶어서 하는 거니까 시간이 어떻게 가는지도 모를걸?"

"맞아. 다들 일하다가 벌써 시간이 이렇게 되었냐고 묻는다니까."

그런 분위기는 사람들 표정만 보아도 알 수 있었다. 정말 즐겁게 일하는지, 그냥 대충대충 하는지, 마지못해 하는 것인지는 표정만 봐도 알 수 있다.

"다른 사람이 쳐다본다고 의식해서 일부러 만든 표정이 아니라 그냥 자연스럽게 보이는 표정. 거기에는 정말 많은 의미가 담겨 있거든. 그거 보면 정말 신기해."

일하는 게 즐거우니 효율성도 좋고 진행 속도도 빠를 수밖에.

혁민은 자신이 도울 것은 없느냐고 묻자 오혜나는 아이디어나 좋은 거 있으면 말하라고 했다. 공연히 현장에 가서 방해하지 말라고 덧붙이면서.

"책상머리에 붙어 있던 사람이 몸 쓰는 거 할 수 있겠어?"

"얘 봐라? 내가 그런 거 잘한다니까."

"됐어. 공연히 그러다가 다친다. 그리고 못하는 것도 좀 있고 그래야 사람답지."

혁민은 알았다고 하면서 아이디어 떠오르면 바로 이야기하겠다고 말했다. 그렇게 좋은 분위기에서 준비가 착착 진행되어 가고 있을 때, 아주 심기가 불편한 사람도 있었다.

"그러니까 페스티벌에 나가지 못하게 되니까 자체적으로 공연을 하겠다?"

"예, 그렇습니다. 하지만 신경은 쓰지 않으셔도 될 것 같습니다. 팬들하고 하는 소규모 공연이라서……."

기획사 대표는 흥 하고 코웃음을 치더니 방금 이야기한 사람을 노려보면서 이야기했다.

"야, 누가 공연을 하는 것 때문에 그래? 그걸 찍어서 방송에 내보내겠다고 하잖아, 방송!!"

"그건… 그것도 그냥 아주 짧게 나가는 거라서… 시간도 주로 주부들이나 보는 시간이고…….”

다른 사람들도 비슷한 반응이었다. 전혀 문제가 될 게 없다는 반응이었다. 대표는 한숨을 내쉬었다. 회사가 커지고 힘이 강해지다 보니 일하는 사람들이 너무 방만해지고 자만하고 있다는 생각이 들어서였다.

“야!! 방송에 나간다는 게 어떤 건지 알아!!?”

대표의 목소리가 커지자 그제야 사람들은 조용해졌다. 이럴 때는 조용히 있는 게 상책이라는 걸 잘 알고 있었기 때문이었다. 대표는 좌중을 매서운 눈으로 훑어보다 입을 열었다.

“그만큼 사람들의 관심을 끌 만한 요소가 있다는 거야. 니들은 들었을 때 딱 감이 안 와? 컨셉 좋잖아. 사람들의 흥미를 끌 만한 그런 기획이잖아!!”

대표는 이게 방송까지 타면 분명히 뭔가 반응이 있을 거라고 했다. 사람들은 서로의 눈치를 보면서 고개를 끄덕였다. 하지만 그렇다고 하더라도 자신들의 회사와는 직접적인 연관이 없는 일이었다.

반응이 어떤지 보고 참고하면 된다. 큰 회사의 강점은 자본력과 파워에 있는 법이다. 그 장점을 잘 살리면 되는 거다. 그래서 어떻게 되는지 잘 보았다가 수정 보완해서 자신들의 기획이나 마케팅에 활용하면 된다.

하지만 몇 명은 대표가 왜 저렇게 흥분하는지 알고 있었다. 하지만 그 이유를 대놓고 드러낼 수는 없다. 대표의 체면도 있으니까. 그래서 그런 사정을 잘 아는 이사 한 명이 나섰다.

"어떻게 진행되는지는 잘 봐뒀다가 우리가 써먹으면 되는 것 같습니다. 그리고 그쪽 일은 제가 한번 알아보죠."

대표는 자신이 사람들이 많은데 너무 흥분했다는 걸 깨달았다. 아주 손쉽게 손봐줄 수 있다고 생각했는데, 일이 계속해서 꼬이는 바람에 심사가 뒤틀려서 그런 것 같다고 대표는 생각했다.

이런 이야기는 어떻게 된 사정인지를 잘 아는 고위 임원들만 있을 때 꺼냈어야 하는 건데 일부 실무진까지 있는 상황에서 말이 나와서 어리둥절해하고 있는 사람들도 보였다.

"자네들도 그래. 요즘 좀 태만해진 것 같아. 이런 식으로 대중의 호기심을 자극하고 신선한 기획을 내놓아야지. 그러라고 다른 데보다 더 많은 연봉과 혜택을 주는 거 아닌가?"

이사는 내친김에 분위기를 잡으면서 대표가 그런 것 때문에 화를 내는 거라는 느낌을 팍팍 풍겼다. 대표는 이사의 대처가 아주 마음에 들었다. 이번 임기응변은 정말 적절했으니까.

'늙은 생강이 맵다고 하더니…….'

나이가 많아서 내보내야 하나 생각을 하고 있었던 이사였다. 대표는 이번 일을 맡겨보고 조금은 더 회사에 두어도 좋겠다는 생각을 했다.

"그래. 이런 작은 회사도 이렇게 재미있는 기획을 하는데 우리는 뭐하는 거야? 다들 정신 똑바로 차리고 일하라고. 잘나간다고 마음 놓으면 바로 나락으로 떨어지는 거야."

대표는 그렇게 이야기하고는 사람들을 내보냈다. 조금 전에 이야기한 이사만 남으라고 하고. 사람들은 대표가 오늘따라 더 까칠한 것 같다고 생각하면서 밖으로 나갔다. 사람들이 모두 나가자 대표는 이사에게 방송 일을 알아서 잘 처리하라고 이야기했다.

"조만간 좋은 소식을 들으실 수 있을 겁니다."

이사는 곧바로 사람을 시켜서 누구에게 선을 대야 확실하게 일을 처리할 수 있을지 알아보았다. 그리고 국장급까지도 갈 것 없이 담당 PD만 통해도 일이 가능할 것 같다는 판단을 내렸다.

"처음 뵙습니다."

이사는 곧바로 약속을 잡고 음식점에서 담당 PD를 만났다. 담당 PD는 엔터테인먼트 회사의 이사가 왜 자신을 보자고 했는지 의아했지만, 유력한 회사의 이사이니 거절하지 않고 약속을 잡은 거였다.

"다름이 아니라……."

식사를 하면서 분위기를 잡기 위해서 서로 궁금하지도 않던 안부나 요즘 일에 관해서 묻다가 이사가 먼저 운을 뗐다.

"솔직하게 말씀드리겠습니다. 회사로서는 조금 껄끄러운 부분이 있어서요……."

이사는 회사와는 무관하지만 이사 한 명과 루프리가 소송으로 엮여 있는 상황이라 그런 이야기가 자꾸만 사람들의 입에 오르내린다는 게 부담스럽다는 이야기를 했다.

"아시잖습니까. 사람들이 이런 이야기가 있으면 어떻게든 엮어서 말을 만들어낸다는 거 말입니다. 그래서 지금 내보내려고 하시는 거를 좀 신경 써주셨으면 해서……."

"그렇군요. 저도 입장은 이해합니다."

PD는 대충 어떻게 돌아간다는 걸 알 수 있었다. 루지와 그 회사 대표와의 이야기는 방송가에서도 유명한 이야기였으니까.

'엿을 먹이겠다 이거군.'

어차피 소송 같은 이야기는 핑계에 불과했다. 그런 걸 눈치채지 못할 정도로 PD는 어리숙하지 않았다. PD야 그걸 방송하든 안 하든 큰 차이는 없었다. 하지만 세상에 공짜는 없는 법이다. 그리고 좋은 카드를 가지고 있으면 그걸 잘 활용할 줄도 알아야 한다.

"하지만 저희 쪽에서도 이미 예청이 되어 있는 거라서……."

PD는 곤란하다면서 뒷말을 흐렸다. 마음 같아서는 사정을 봐드리고 싶지만, 상황이 여의치 않다는 말도 슬쩍 덧붙였다. 이사는 속으로 피식 웃었다. 왜 이런 식으로 나오는지 뻔히 보였으니까.

'어디서 삶은 호박에 젓가락 안 들어가는 소리를 하고 있어? 지가 알아서 다 빼고 넣고 할 수 있다는 거 다 알고 왔는데.'

하지만 그런 사실은 중요하지 않다. 중요한 건 PD가 해주지 않으면 상당히 일이 복잡해진다는 거였다. PD가 계속해서 뻗대면 윗선을 통해서 오더를 내려보내야 한다. 하지만 윗선으로 올라갈수록 치러야 하는 대가가 많아진다.

"그러면 이렇게 하시죠. 사람들이 저희 회사에 관해서도 궁금해하는 게 많지 않습니까. 그러니까 그 부분을 촬영하는 걸로 하시죠. 아이돌 그룹이나 회사 내부의 일이나. 연습생 시스템 같은 것도 괜찮구요."

이사는 기획을 하면 적극적으로 협조하겠다고 이야기했다. PD는 고개를 슬쩍 끄덕였다. 그 정도라면 충분히 구미가 당기는 제안이었다. 하지만 바로 대답하지는 않았다. 최대한 고민이 된다는 듯하게 보이기 위해서였다.

"지금 기획도 놓치기 무척 아까운 아이템인데……."

이사는 무언가를 더 내놓으라는 속뜻을 알아챘지만, 순순히 퍼줄 생각은 없었다.

"저희 입장도 좀 생각해 주셔야 합니다. 지금 소송 때문에 회사 분위기가 아주 좋지 않습니다. 이런 상황에서 문제가 더 커지거나 하면 정말 심각해지거든요."

분위기가 좋지 않으니 너무 욕심부리지 말라는 뜻이었다. 하지만 PD는 그래도 좀 아쉽다고 이야기했다. 큰 거는 바라지 않으니 뭐라도 좀 챙겨달라는 이야기. 이사는 슬쩍 PD에게 다가가면서 귀에다 대고 속삭였다.

"그러면 제가 자리를 한번 마련하죠."

이사는 그렇게 이야기하고는 은근한 눈빛을 PD에게 보냈다. PD도 이사가 어떤 이야기를 하는지 충분히 알아들었다.

"어렵긴 하지만, 그래도 제가 힘을 써보겠습니다."

"어이구, 감사합니다. 그러면 기획이 나오면 알려주시죠. 제가 협의도 할 겸 해서 한번 좋은 자리 만들겠습니다."

두 사람은 웃으면서 악수를 했다.

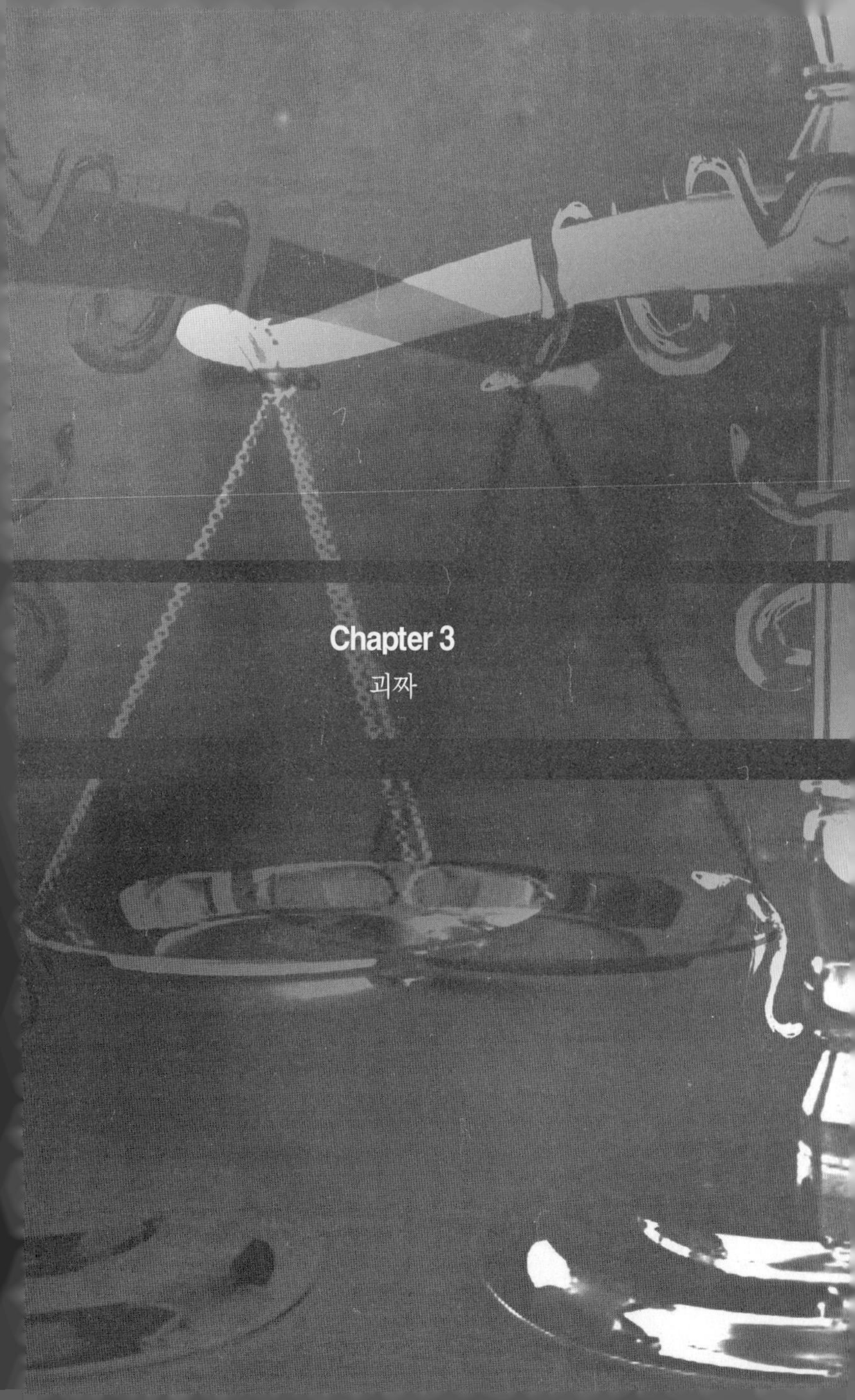

Chapter 3

괴짜

"아니, 그게 또 무슨 말씀이세요. 방송이 어렵겠다니요."

오혜나는 속이 부글부글 끓어오르는 걸 간신히 참으면서 이야기했다. 정말 이를 악물었다. 마음 같아서는 욕설 한두 마디를 섞으면서 냅다 소리를 질렀으면 좋겠다는 생각을 했지만, 그걸 실행에 옮길 수는 없었다.

자신의 회사처럼 작은 회사가 방송국 PD에게 난리를 친다? 할 수는 있다. 사람이 다 내려놓으면 뭘 못하겠는가. 하지만 회사를 계속 할 생각이라면 지금은 참아야 한다.

—내부적인 문제 때문에 그렇게 됐습니다. 미안해요.

"그러면 방송이 미뤄지는 겁니까?"

오혜나는 한 가닥 희망을 품고서 물어보았다. 사실 방송국에서 더 적극적으로 나온 아이템이었다. 자신들이 슬쩍 이야기를 흘리기는 했지만, 와서 보고는 정말 괜찮겠다면서 적극적으로 덤벼들었다.

그래서 혹시 나중에라도 방송될 수 있지 않을까 생각한 거였다. 방송국에서도 좋은 아이템을 아예 놓치고 싶지는 않을 테니까. 하지만 항상 불길한 예감은 어김없이 맞아떨어지는 법. PD는 전혀 미안해하지 않는 목소리로 미안하다고 말했다.

—방송은 좀 어려울 것 같네요.

"아니, 왜요? 컨셉도 좋고 시청자 반응도 좋을 것 같다고 그러셨잖아요."

오혜나는 말을 해놓고는 아차 싶었다. 너무 공격적으로 이야기한 게 아닌가 싶어서였다. 하지만 속은 시원했다. 좋다고 분명히 이야기한 PD가 어떤 식으로 핑계를 댈지도 궁금했다.

—처음에는 조금 신기하게 생각했었는데, 그림이 별로일 것 같아서요.

PD는 이런저런 이야기를 했다. 아마도 마음에 걸리는 게 있어서 그랬을 것이다. 원래는 이런 경우에는 말을 많이 하지 않는다. 일하다 보면 이런 경우가 어디 한두 번이겠는가. 이런저런 이유로 좋지 않은 소식을 전해야 할 경우도 많다.

그럴 때는 말을 아끼는 게 좋다. 하지만 켕기는 게 있어서 그런지 PD는 주절주절 이야기했다. 여러 이야기를 하던 PD는 오혜나에게 충고까지 했다.

—별은 하늘에 있을 때 그 가치가 있는 겁니다. 너무 가까이

있으면 오히려 손해예요. 신비감도 떨어지고 스타라는 생각도 안 들고.

친근한 게 좋을 것 같지만, 그렇지 않다는 거였다. 사람들은 자신들이 가질 수 없는 그런 스타를 원한다고 PD는 말했다. 친근한 이미지가 되면 오히려 싼 티가 나 보인다면서. 그러니까 잘 생각해 보는 게 좋을 거라고 말하면서 PD는 전화를 끊었다.

"뭐래는 거야? 이 미친 새끼가."

오혜나는 핸드폰을 노려보면서 욕설을 퍼부었다. 가뜩이나 심기가 불편해서 불길이 활활 타오르고 있었는데 거기다가 PD가 기름을 확 끼얹었다.

"왜? 무슨 일인데 그래?"

혁민은 사장실에 들어오다가 생각지도 못했던 험악한 분위기에 놀랐다. 남자 같은 성격의 오혜나이기는 했지만, 이런 식으로 거친 말을 내뱉은 여자는 아니었다. 혁민은 오혜나가 이런 식으로 화를 내는 건 처음 보는 것 같다고 생각했다.

"어… 왔어?"

"뭐야, 그 어색한 표정은? 너답지 않게."

오혜나는 혁민의 말에 피식 웃었다. 그리고 자신을 가득 채우고 있던 화가 조금은 가라앉았다는 걸 느낄 수 있었다.

"그럴 일이 있다. 차암 세상 살기 힘들다, 힘들어."

"또 뭔 일 있었구만. 이번에는 또 뭔데?"

오혜나는 방송에 내보내려던 게 무산되었다는 소식을 전했다. 언론에야 어떻게든 소개가 되겠지만, 사실 방송만큼 효과가 큰 매체가 어디 있겠는가.

"아쉽네… 오히려 전화위복이 될 수도 있다고 생각했었는데……."

"그러게. 분명히 그쪽에서도 좋다고 하지 않았던가? 가만… 이거……."

다른 이유가 있을 수도 있었지만, 혁민은 어쩐지 누군가가 손을 쓴 것 같다는 느낌이 들었다. 그런 짓을 할 곳이라면 생각을 하지 않아도 뻔했고.

"확실하지는 않아. 그런데 PD가 이유랍시고 대는 말이 석연치 않은 거 보니까 아마도 생각하고 있는 게 맞을 거야."

"야… 아니 도대체 무슨 억하심정이 있다고 이렇게까지 나오는 거지?"

혁민은 이해할 수 없었다. 솔직한 말로 잘못한 건 그 기획사 대표 아닌가. 노예 계약으로 묶어놓으려고 했다가 법정까지 가는 싸움 끝에 루지라는 작곡가가 회사에서 나갔다. 아닌 말로 자신 같으면 기분이야 나쁠 수 있겠지만, 계속해서 괴롭히지는 않을 것 같았다.

"힘 좀 있는 사람들 특성이 그렇잖아. 자기한테 덤비는 인간들은 완전히 밟아버리지."

혁민은 고개를 끄덕였다. 맞는 말이었다. 자신들의 권위에 도전하는 사람은 철저하게 짓밟아 버린다. 그래야 다시는 자신들에게 도전하는 사람이 없을 테니까. 대의명분? 그런 건 적당히 만들면 된다.

그런 것이 비단 이 분야에 국한된 것일까? 그렇지 않다. 나라 전체가 그런 식으로 돌아간다.

"갑질이란 게 사실은 예전부터 있던 거잖아. 하지만 그것이 고쳐질 기미도 보이지 않고, 오히려 더 심해지는 느낌이야."

"당하는 사람들이 뭐라고 말을 할 수가 없거든. 해봐야 소용 없으니까."

그런 걸 항의하면 돌아오는 건 참혹한 대가뿐이다. 장사하던 사람은 거래가 끊어지고, 그 분야에서 발도 붙이지 못하게 막아버린다. 그래서 아니꼽고 더러워도 참는 거다. 그렇다고 들이받고 자신도 죽을 수는 없으니까.

오혜나는 그 말을 하면서 입술을 질겅질겅 씹었다. 뭐라도 저지를 기세였다. 혁민은 그 심정이 이해되었다. 예전에는 숱하게 경험했었으니까.

"내가 한번 움직여 볼까?"

혁민은 오혜나의 어깨를 툭툭 치면서 이야기했다. 혁민의 손길에 고개를 돌린 그녀는 의아한 표정이 되었다.

"니가? 어떻게 움직이려고 그러는데?"

"뭐, 별거 있나. 만나서 얘기나 좀 해보지 뭐. 그리고 어떻게 된 건지도 좀 알아보고."

오혜나는 굳이 그럴 것 없다면서 이야기했다. 회사 일이니 자신이 어떻게든 처리해야 하는 일이라는 생각이 들어서였다. 하지만 혁민은 자신이 한번 해보겠다고 말했다.

"갑자기 이 일에 확 꽂히네… 내가 그냥 잠깐 움직여 볼게. 한 며칠 정도?"

혁민은 그 정도 시간은 괜찮지 않겠느냐고 말했다.

"며칠 정도? 그 정도야 뭐… 그런데 너… 공연히 문제 키우고 그러는 건 아니겠지?"

"야, 내가 그럴 사람이냐? 두고 봐. 어쩐지 감이 좋으니까."

오혜나는 눈을 치켜뜨면서 문제가 커지면 곤란해지는 건 자신이라며 이야기했지만, 표정에는 장난기가 있었다. 혁민은 무슨 이유에서인지는 모르겠지만, 갑자기 이번 일이 확 당겼다. 꼭 해야만 하는 것 같은 느낌이 강하게 들었던 것이다. 어떤 이유에서인지는 모르겠지만.

* * *

"그 PD? 뭐… 그냥 그래."

혁민은 윤종연 PD의 말을 듣고 평이 썩 좋은 사람은 아니라는 걸 눈치챘다. 평이 좋지는 않지만 그렇다고 같은 식구인데 외부 사람에게 미주알고주알 떠들기는 뭐하고. 그냥 그렇다는 말에서 그런 느낌을 받았다.

"그런데 그 친구는 왜?"

"사실 이런 일이 있어서요."

혁민은 사정 이야기를 하면서 석연치 않다는 말을 했고, 이야기를 듣는 윤종연 PD는 약간 씁쓸한 표정이 되었다. 일이 어떻게 된 건지 훤히 보였으니까.

"의심이야 가겠지만, 뭐 어쩌겠어. 그냥 그러려니 해야지."

윤종연 PD는 자신도 그런 게 잘못된 일이라고 생각은 하지만 현실과 이상은 차이가 있다고 말했다. 자신도 젊었을 때는 그런 것만 보면 무조건 들고일어섰지만, 그래도 바뀐 건 하나도 없었다고 하면서.

"이 나라에는 침묵의 카르텔이 너무나도 많죠. 그게 없어지지 않는 이상에는 뭘 해도 똑같을 겁니다."

"많지. 많아도 너무나도 많지. 모든 분야를 그렇게 꽉 틀어쥐고 있으니까 옴짝달싹할 수가 없어. 나도 처음에는 그런 것쯤은 의지와 열정으로 극복이 가능하다고 생각했는데, 현실은 다르더라고."

모든 분야를 기득권 세력이 꽉 움켜쥐고 있다. 그리고 자신들의 이익을 위해서 온갖 방법을 동원한다. 그래도 전혀 문제가 되지 않는다. 자신들에게 감히 대항할 수 있는 사람은 없으니까. 그리고 만약 그런 사람이 나오면 처참하게 짓밟아 버리면 그만이니까.

"그래서 그랬나? 이상하게 이 사건에 꽂히더라고요. 가만히 있으면 안 되겠다는 그런 생각도 들고… 그런데… 혹시 그전에도 이런 비슷한 일이 있었나요?"

"비슷한 일? 뭐… 아예 없지야 않았겠지."

윤종연 PD는 절대 비밀이라고 하면서 사실 여러 곳에서 청탁이 온다고 말했다.

"음식점이나 그런 데야 아주 작은 거고. 업체에서도 이런저런 수를 쓰기도 하지."

"어떤 식으로요? 그 프로야 시사 고발 프로도 아니잖아요."

윤종연 PD는 다양한 분야를 건드릴 수 있기 때문에 오히려 강점으로 작용하기도 한다고 이야기했다. 예를 들어서 같은 제품을 나무와 플라스틱으로 만드는 회사가 있다고 치자.

"그러면 플라스틱 회사에서 이런 거 방송을 좀 해달라고 하는 거야. 작업 현장이든 뭐든 그냥 그럴듯한 거 찍으면서 나무 제품은 약품 처리를 해서 몸에 좋지 않다는 멘트를 슬쩍 넣는 거지."

물론 문제가 되지 않을 만한 방법을 찾아서 한다. 그리고 플라스틱 회사는 동시에 언론에 나무 제품의 유해성에 관한 기사를 뿌리고 검찰에 찌르기도 한다.

"국회가 열리게 되면 의원들한테 청탁이 엄청나게 들어가거든. 이런 거 터뜨려 달라고 아예 자료까지 다 준비해서 들이민다고. 물론 거액이 오고 가지."

"그거야 공공연한 비밀이죠. 모르는 사람이 누가 있겠어요. 이제는 그런 게 걸려도 사람들이 이상하게 생각하지 않을걸요?"

혁민은 그런 케이스 아는 게 있으면 좀 알려달라고 했다. 윤종연 PD는 계속해서 망설이다가 자신이 조금 더 알아보고 알려주겠다고 했다.

"그래. 내가 원래는 해야 할 일인데 그러지 못했으니…….

그래도 흔적이 남는 건 좀 그러니까 알아보고 나중에 얘기를 해주지. 괜찮겠어?"

"그럼요. 그 정도만 해도 충분합니다."

혁민은 어쩐지 판이 좀 커졌다는 생각을 했다.

"이거 이러다가 대형 사건이 될지도 모르겠는데?"

잘만 찾아보면 기업과 국회까지 엮이는 사건이다. 간단하게 생각할 수 없는 일. 하지만 멈출 생각은 없었다.

"그건 그런데 이거 혜나 애들 방송은 나가야 하는데……."

혁민은 일단 그 PD를 만나서 협상을 해보기로 했다.

"방송국 PD요? 무슨 사건 맡으셨어요?"

"아니. 그런데 넌 오지 않아도 된다니까."

"왜요? 저 그동안 선배 없어서 얼마나 힘들었는데요. 그리고 선배 따라다녀야 실력 팍팍 늘죠. 그러니까 같이 가요. 저는 한 마디도 하지 않고 옆에 앉아만 있을게요. 네?"

눈을 초롱초롱하게 뜨고 그렇게 이야기하니 혁민은 거절하기가 난감했다. 그래서 결국 방송국까지 동행하게 되었다.

"아이구, 변호사님이 무슨 일로 이렇게……."

PD는 상담할 게 있다는 말에 기대에 부풀어 있었다. 혹시 방송을 내보내 달라는 이야기를 하려는 게 아닌가 싶어서였다. 요즘은 변호사도 이름이 알려져야 장사가 된다고 하지 않는가. 그래서 어떻게든 이름과 얼굴을 알리려는 그런 의도일 수도 있다고 생각했던 것이다.

"그런데 어떤 일로……."

소회의실로 변호사를 안내한 PD는 단도직입적으로 물었다. 어차피 서로 바쁜 사람들 아닌가. 빼고 자시고 하는 것도 시간 낭비다. 그러니 시간 절약도 할 겸 해서 바로 물은 거였다.

"소송 관련해서 이야기를 좀 나눌까 해서요."

"소송이라… 어떤 소송을 말씀하시는 건지……."

소송이라는 말에 PD는 살짝 긴장한 표정이었다. 뭔가 분위기가 이상하다는 생각이 들어서였다. 혁민은 피식 웃고는 다리를 꼬더니 삐딱하게 PD를 쳐다보면서 이야기했다.

"잘 아시면서… 여기저기에서 찾아오는 사람이 많으신가 봐요?"

PD는 정혁민이라는 변호사가 좋은 일로 자신을 찾아온 건 아니라는 걸 깨달았다. 그러자 지금까지 웃고 있던 얼굴이 확 변했다.

"무슨 이야긴지 정확하게 하시죠."

"그럼 일단 루프리 얘기부터 할까요?"

혁민의 말에 PD는 순간적으로 움찔했다. 하지만 이내 태연한 표정으로 대답했다.

"무슨 이야기를 하시는 건지 잘 모르겠군요."

"이야, 멘트 정말 식상하네요. 그런 멘트는 어디 학원에서 일괄적으로 가르치나요? 아니면 교과서에 나오나?"

혁민의 비아냥에 PD의 얼굴이 붉어졌다. 자신이 대단한 위치에 있는 사람은 아니지만, 그래도 방송국의 선배나 윗사람을 제외하고는 자신에게 이렇게 막 대하는 사람은 정말 오랜만이었다. PD는 너무 황당해서 무어라 말도 나오지 않았다.

"요즘 분위기가 어떤데 아직도 그런 걸 하십니까. 이거 참 안쓰럽네."

혁민은 그렇게 이야기하면서 방송가에 요즘 도는 이야기가 있는데 듣지 못했느냐고 물었다. 비리 관련해서 집중적인 조사가 있을 거라는 이야기. PD는 처음 듣는 이야기였지만, 긴장할 수밖에 없었다.

'정말 그런 일이 있는 건가? 그러면 이거 곤란한데……. 그런데 나도 모르는 걸 저 변호사는 어떻게 아는 거지? 혹시 뻥카?'

혁민은 온갖 생각을 하면서 혼란스러워하는 PD를 가만히 보고 있다가 입을 열었다.

"알아보시면 아는 사람도 있을 겁니다. 이게 갓 꺼낸 따끈따끈한 정보라서 아직 냄새가 멀리 퍼지지는 않았거든요."

혁민은 요즘 정부 상황이 좀 좋지 않은 거 알지 않느냐고 이야기했다.

"시선 돌릴 데가 필요한 거 아닙니까. 그리고 방송 쪽이면 사건도 제법 묵직하고 자극적이기도 하고. 사람들 이런 거 밝혀지는 거 좋아하는 거 아시죠?"

혁민은 그렇게 이야기하고는 이를 드러내며 환하게 웃었다.

말을 듣고 보니 그럴듯했다. 경제는 좋지 않고, 사건 사고는 빵빵 터지고. 정부 상황이 좋지 않은 건 분명했다. 그럴 때가 사람들의 시선을 돌릴 무언가가 필요한 시점이기도 했고.

"아마도 곧 이야기가 퍼질 테니까 듣게 될 거예요. 그리고 그런 걸 듣고 나서 움직이면 늦는다는 거 잘 아시죠?"

혁민의 말에 PD는 아무런 대꾸도 하지 못하고 듣기만 했다. 지금 변호사의 이야기가 조금 의심스럽기는 했다. 하지만 그렇다고 그냥 넘기기에는 너무나도 심각한 사안이었다. 그래서 일단은 그냥 듣고만 있었다.

'어떤 의도로 이러는 거지? 일단은 섣불리 대꾸하지 말고 좀 더 들어봐야겠어.'

PD가 다소 불안해하면서 이런 생각을 하고 있을 때, 혁민은 계속해서 이야기를 이어나갔다.

"루프리가 소속되어 있는 회사 오혜나 사장하고 제가 친구거든요. 잘 아시죠? 걔네 회사가 어디하고 문제가 있는지."

혁민은 그쪽에서 계속해서 건드려서 오혜나가 완전히 폭주하고 있다고 이야기했다. 그러면서 오혜나의 인맥을 슬쩍 언급했다. 다른 건 이야기할 필요도 없었다. 이채민과 강윤주만 이야기해도 사실 어마어마한 인맥이었다.

"법조계에서는 정말 손꼽히는 가문이죠. 이채민 판사하고 절친이라는 거야 워낙 유명한 이야기니까 뭐. 그리고 강윤주라고 절친이 한 명 또 있는데, 명현그룹 외동딸이거든요. 거기 회장님이 윤주라고 하면 껌뻑 죽어요."

혁민은 오혜나 집도 대단한데 어떻게든 자신의 힘으로 해보겠다는 의지가 강해서 지금까지 꾹 참으면서 일한 거라고 이야기했다. 혁민이 이야기하자 PD의 표정이 순식간에 어두워졌다. 혁민의 말이 사실이라면 정말 엄청난 사람이었으니까.

그런 사람들과 절친이라는 이야기는 그 사람의 집안도 보통이 아니라는 이야기였다. 그리고 그런 거야 조금만 알아보면 쉽게 알 수 있는 정보였다. 뻥을 치거나 그럴 수 없는 이야기.

"그러니까 처음부터 어지간하면 참지 말라니까. 걔는 다 좋은데 너무 착해서 탈이라니까."

혁민은 혼잣말처럼 중얼거리다가 다시 말을 이었다. 오혜나가 열이 받아서 이번 사건을 찌를 것이라는 거였다.

"그렇다고 이 정도 사건에 대단한 사람을 동원할 건 아니니까 그냥 방송국이나 적당한 곳에 찌를 모양입디다. 그리고 어떻게 소송을 걸 수 없느냐고 해서 내가 알아보는 중이고."

PD는 상황이 그럴듯하다고 여겼다. 그리고 점점 긴장하기 시작했다.

"소송도 걸 수는 있을 것 같은데……."

혁민은 고개를 저었다. 어차피 이런 작은 일로 소송까지 가는 건 서로 피곤한 일이라고 하면서. 혁민은 이런 일은 시간만 허비하고 돈도 되지 않는 일이라고 했다.

"제가 왜 이런 이야기 하는지는 잘 아실 겁니다. 저도 이런 사건은 맡고 싶지도 않아요. 이거 해봐야 인건비도 안 빠진다니까. 아는 사람 부탁이니까 어쩔 수 없이 하는 거지."

혁민은 PD를 몰아붙였다가 달랬다가 자유자재로 가지고 놀았다. 아마도 다른 일이라면 이렇게까지 PD가 흔들리지 않았을 것이다. 하지만 비리 조사와 같은 큰일이 엮여 있으니 바짝 긴장할 수밖에 없었다. 만약 걸리면 자신은 끝장이었으니까.

"누군가 고발하고 검찰에서 조사 들어가겠죠? 어차피 잔챙이는 대충 넘어갈 겁니다. 그것까지 전부 잡았다가는 방송국 PD 싹 들어가게? 적당히 중량감 있는 사람이 목표가 될 거고 거기에 몇 명 붙여서 잡을 건데……."

혁민은 PD의 어깨를 팍 두들겼다.

"소나기는 피해 가야 한다는 거 모를 분은 아닌 것 같고. 일 심플하게 처리합시다. 나도 이 사건 가지고 시간 끌기 싫으니까 말입니다."

혁민은 PD에게 얼굴을 가까이 들이밀면서 이야기했다. PD는 조금 움찔하면서 뒤로 물러섰는데, 혁민은 개의치 않고 계속 얼굴을 들이밀면서 이야기했다. 그리고 가볍게 웃으면서 손바닥을 탁탁 털고는 자리에서 일어났다.

"여기까지 이야기했으니까 판단은 PD님이 알아서 하시고. 그런데 판단은 빨리하시는 게 좋을 거예요. 우리 오혜나 사장 상태가 좀 안 좋아서 언제 손을 쓸지 모르니까."

혁민은 그렇게 이야기하고는 품에서 명함을 꺼냈다. 그리고 자기가 얘기한 내용이나 자신에 관해서 궁금하면 알아보라고 말했다.

혁민은 그렇게 이야기하고는 어벙하게 서 있는 PD를 소회의실에 남겨두고 밖으로 나왔다. 그가 밖으로 나오자 같이 따라왔던 위지원 변호사가 혁민에게 따라붙었다.

"선배님, 우와!! 정말 끝내주시는데요?"

이야기하는 동안 곁에서 혁민이 이야기하는 걸 쭉 지켜본 위지원 변호사다. 사실 말을 할 수도 없었다. 워낙 혁민이 이야기를 주도하는 바람에 어떻게 끼어들 틈이 없었다. 굳이 끼어들 생각도 없었고.

"그런데 정말 그런 말이 있는 거예요?"

"무슨 말? 아아!! 비리 조사?"

"예, 그런 거는 조금만 알아보면 바로 알 수 있는 거잖아요."

혁민은 씨익 웃고는 이야기했다.

"조사하면 그런 얘기가 진짜 돌고 있다는 거 듣게 될 거야."

"우와, 그러면 정말 그런 이야기가 돌고 있었나 보네요."

위지원 변호사는 그런 정보는 어디서 듣느냐고 물었는데, 혁민은 갑자기 걸음을 멈추고 위지원 변호사를 슬쩍 쳐다보았다. 위지원 변호사는 혁민이 왜 그러는지 몰라서 멀뚱멀뚱 쳐다보았고.

"그거 내가 퍼뜨린 소문이야."

"예에??"

혁민은 킥킥대면서 자신이 낸 줄 모르게 그런 소문이 돌게 했다고 말했다. 위지원 변호사는 어처구니가 없다는 표정으로 혁민을 쳐다보았다.

"아니, 이거 문제 되는 거……."

"문제? 무슨 문제?"

혁민은 문제 될 게 뭐가 있느냐고 이야기했다. 따지고 보면 분명히 문제가 될 소지는 있지만, 상관하지 않는다고 말했다.

"내가 나쁜 일을 한 것도 아니고, 누구한테 피해를 준 것도 아니고. 문제 될 거 없지."

위지원 변호사는 입을 쩍 벌리고 혁민을 쳐다보았다.

"우와… 정말 제가 들었던 선배님 모습 오늘 처음 본 것 같아요."

"그래? 내가 어떻다고 들었는데?"

혁민의 질문에 위지원 변호사는 자신이 들었던 이야기를 해 주었다. 카리스마 있는 말과 행동. 상대를 쥐락펴락하면서 농락하는 언변. 어떨 때는 능구렁이 같고, 어떨 때는 야수 같은 그런 모습이라고 들었다고.

"그런데 지금까지는 그런 모습은 못 봤거든요. 그냥 착하고 선량한 변호사? 그런 느낌이었어요. 뭐, 그런 선배님 모습도 좋기는 한데, 저는 오늘 같은 모습도 좋은데요? 확실히 능력 있는 사람……."

"잠깐… 지금까지는 그냥 착하고 선량한 변호사 같았다고?"

혁민은 위지원 변호사의 말을 끊고 질문을 던졌다. 위지원 변호사는 당황한 채 대답했고.

"예? 예에… 그런 모습이셨죠. 그런 모습도 나쁘지 않았는데……."

"내가 착하고 선량한 변호사……."

혁민은 고개를 갸웃거렸다. 그렇게 되지 않겠다고 결심하고 괴짜 변호사가 된 것 아닌가. 그런데 언제부터인지는 모르겠지만, 예전에 이용당하던 그때와 비슷한 사람이 되어가고 있었다. 그때와는 조금 다를 수도 있겠지만, 혁민은 큰 차이는 없다는 생각이 들었다.

'왜 그렇게 된 거지? 언제부터 그렇게 된 걸까?'

이상하다는 생각이 들었다. 자신은 그렇게 되지 않으려고 했는데, 어느 순간 변한 것이다. 혁민은 자신의 천성이 그래서 그렇게 변한 건가도 생각해 보았다. 하지만 그건 아닌 것 같았다. 그랬다면 괴짜 흉내를 냈어도 얼마 가지 않고 바뀌었을 테니까.

'가만… 누군가에게 습격받고 배인수 실장이 경호를 맡았지. 그리고 사이코패스 사건 맡았고. 변하기 시작한 게 그 즈음인 것 같은데?'

가만히 기억을 떠올려 보니 그때부터 좀 이상해진 것 같았다. 하지만 자신이 왜 그렇게 변한 것인지는 알 수 없었다.

'그냥 우연인가? 너무 잘나가니까 방심을 해서 예전처럼 넉넉한 인심을 가진 사람이 된 건가? 그것만은 아닌 것 같은데…….'

혁민이 골똘히 무언가를 생각하자 옆에서 쳐다보면서 기다리고 있던 위지원 변호사는 한참을 기다렸다. 하지만 그래도 혁민이 계속 생각에 잠겨 있자 조심스럽게 그를 건드렸다.

"저기, 선배님."

"어? 아… 미안. 내가 뭐 좀 생각하느라고."

혁민은 일단 그 문제는 나중에 더 생각해 봐야겠다고 마음 먹었다. 혁민은 바로 차를 향해서 걸어갔는데, 위지원 변호사는 그의 뒤를 따르면서 계속해서 고개를 갸웃거렸다.

"왜 저러시지? 괴짜 같았다는 거에 마음이 상하신 건가? 그런 것 같지는 않은데……."

위지원 변호사는 혁민이 지방에 내려왔을 때부터 지금까지 계속 보아왔다. 자신이 들었던 것과는 달리 무척 착하고 따뜻한 이미지였다. 그래도 나쁘지 않았다. 무척 좋은 사람이라는 건 확실했으니까.

하지만 오늘 본 모습이 확실히 인상적이기는 했다. 이전에 혁민의 모습은 포근하게 감싸줄 수 있는 그런 사람이라는 느낌이었다면, 오늘 모습은 어떤 문제라도 전부 해결할 수 있을 것 같은 그런 모습이었다.

'난 오늘 모습이 더 좋은 것 같은데…….'

위지원 변호사는 그렇게 생각하면서 히죽히죽 웃다가 저만치 앞서 걸어가고 있는 혁민을 발견하고는 후다닥 뛰어갔다.

*　　*　　*

"아후~ 이거 미치겠네……."

PD는 고민에 빠졌다. 조사를 해보니 모두가 사실이었다. 방송국 PD들의 비리를 조사한다는 소문이 돌았고, 덕분에 PD들 중에는 바쁘게 움직이는 사람도 있었다.

그리고 오혜나의 인맥도 사실이었다. 게다가 정혁민이라는 변호사도 알아보니 상당히 대단한 변호사였다. 수임료도 어마어마하게 비쌌고, 무엇보다도 돈 밝히고 싸가지 없는 괴짜 변호사라고 알려져 있었다.

"싸가지 없는 건 바로 알겠더만."

PD는 투덜거렸다. 문제는 기획사도 만만한 곳은 아니라는 데 있었다. 그래서 쉽사리 결정을 내리지 못했다. 하지만 사실상 결론은 이미 나 있는 거나 마찬가지인 상황. PD는 결국 루프리를 찍은 영상을 내보내기로 했다.

기획사도 만만치 않은 곳이기는 했지만, 오혜나의 인맥과 집안도 절대로 무게감에서 뒤처지지 않았다. 오히려 더 무게가 나갔으면 나갔지, 절대로 가볍지는 않았다. 게다가 일단 자신이 살고 나야 그다음도 있는 것 아닌가.

"그래. 어차피 내가 힘써보겠다고 했지, 확실하게 승낙한다고는 안 했잖아."

PD는 애써 합리화를 했다. 기획사 쪽에서는 난리를 칠 것이다. 하지만 어쩔 수 없다. 일단 사는 게 가장 급선무이니까.

PD는 먼저 오혜나에게 전화를 걸었다. 혹시라도 급하게 손을 쓰면 안 된다는 생각에서였다.

"아이고, 잘 지내셨습니까, 대표님?"

—저야 별로 잘 지내지 못했죠. 요즘 문제가 좀 많이 있어서요.

까칠한 오혜나의 목소리를 듣고는 PD는 흠칫했다. 목소리에서 풍겨오는 기운이 아주 서늘했던 것이다. PD는 최대한 사근사근하게 이야기했다.

"방송 말인데요. 그거 다시 내보내기로 했습니다."

—그래요? 언제는 안 된다고 하시더니…….

아직도 조금 까칠하기는 했지만, 그래도 방송이 나간다는 말을 듣더니 확실히 말투가 달라졌다. PD는 자신이 힘을 썼다는 걸 강조하면서 이야기했다.

"다시 생각을 해보니까 그냥 묻기에는 너무 아까운 영상이라는 생각이 들어서요. 제가 밤에 잠이 다 안 오더라니까요."

PD는 천연덕스럽게 자신이 안 되는 걸 억지로 우겨서 다시 편성하게 했다고 말했다. 그러면서 앞으로 잘 부탁한다는 말을 덧붙였다.

"알겠어요. 제가 조만간 한번 찾아뵐 테니 식사라도 하시죠."

—아이고, 알겠습니다. 날짜하고 시간 정해서 알려주시면 제가 맞춰보겠습니다.

PD는 확실하게 저자세였다. 오혜나가 만만치 않은 위치에 있다는 판단이 서자 바로 행동으로 옮긴 것이다. 처세에 능해야 오래 살아남을 수 있다.

"참 웃기는 사람이야. 그렇지?"

킥킥 웃으면서 통화를 마친 오혜나는 바로 옆에 있는 혁민을 돌아다보면서 이야기했다.

"저 사람도 직장인이고 사회에 찌들어서 사는 사람인데 뭐. 그리고 사실 정말 문제가 있는 사람들은 더 위쪽에 있는 사람들이지."

"그건 맞아. 그런데 넌 참 재주도 좋다? 어떻게 며칠 만에 PD가 알아서 기도록 만들고?"

혁민은 별거 아니라며 손사래를 쳤다.

"그런데 정말 스타는 팬들하고 좀 떨어져 있어야 하는 걸까?"

"그건 또 무슨 말이야?"

"아니, 전에 PD가 한 말인데 일리가 있는 말인 것 같아서."

오혜나는 너무 친근하면 오히려 쉽게 생각하지 않겠느냐는 거였다. 혁민은 그 말도 맞는 것 같다고 이야기했다.

"그런데 그건 좀 예전 이야기 같은데?"

"그래? 그러면 요즘은 어떤데?"

"이건 그냥 내 생각이야. 내가 뭐 그런 방면으로 전문가는 아니니까."

혁민은 자신이 생각하고 있는 이야기를 했다.

"예전에는 그랬는데 요즘은 다들 힘들잖아. 그래서 힐링이니 그런 말도 유행하는 거고. 그래서 자신과 소통하고 공감할 수 있는 그런 스타를 오히려 더 좋아할 것 같아."

혁민은 사람들이 원하는 스타의 모습도 시대에 따라서 변해 가는 것 같다고 말했다.

"법도 다르지 않거든. 법도 바뀐다고. 시대가 변하고 사람도, 의식도 변하거든. 그래서 그 시대에 맞게 법도 바뀌어야 해. 스타에 대한 것도 마찬가지겠지. 그 시대를 살아가는 사람들이 원하는 스타의 모습. 그게 중요한 것 같아."

오혜나는 크게 감탄하면서 고개를 끄덕였다.

"니 말이 맞는 것 같다. 그래, 소통이나 공감 같은 게 중요하지. 워낙 소통이나 공감이 없는 세상이니까."

오혜나는 살짝 한숨을 내쉬면서 말했고, 이번에는 혁민이 맞는 말이라면서 고개를 끄덕였다.

* * *

"아니, 이거 이야기가 다르지 않습니까?"

"그게… 지금 상황이 좀 그렇습니다."

PD는 난감한 표정으로 대답했다. 이사가 이렇게 열불을 내는 것도 다 이해할 수 있었다. 당연히 방송이 나가지 않을 줄 알고 위에다가 보고까지 했는데, 뒤통수를 맞은 기분이었을 것이다.

하지만 지금은 그게 문제가 아니었다. 이사가 깨지든 말든 자신과 무슨 상관이란 말인가. 내가 지금 죽을지도 모르게 생겼으니 일단 그 문제부터 피하고 봐야 했다.

"아시잖습니까. 요즘에 방송가가 좀 어수선하다는 걸요."

"그게 무슨 애깁니까? 뭐가 어수선하다는 거예요?"

이사는 아직 소문을 듣지 못한 모양이었다. 하기야 방송 쪽에서만 은밀하게 도는 이야기이니 아직은 모를 수도 있겠다 싶어서 어떤 이야기가 오가는지를 말해주었다.

“흐음… 그런…….”

이사는 신음 소리를 내고는 굳은 표정이 되었다. 만약 그런 일이 있다면 몸조심하는 게 맞는 일이었으니까. 그런 심각한 상황에서 약속을 지키라고 윽박지를 수는 없는 일이다. 만약 그러려면 걸리더라도 상관없을 정도의 큰 이익을 약속하든가.

하지만 그 정도로 엄청난 무언가를 줄 만한 사안은 아니었다. PD는 방송이 나가지 않으면 오혜나 사장이 투서하겠다고 벼르고 있어서 어쩔 수가 없다고 이야기했다. 대신 다음에 일이 있으면 확실하게 자신이 도와주겠다고 말했다.

‘다음 같은 소리 하고 있네.’

PD라고 천년만년 방송국에 남아 있으리란 법은 없다. 다음이란 말은 있으나 마나 한 소리였다. 사람 일이란 어떻게 될지 모르니까 말이다. 이사는 지금 상황을 이야기하면 대표가 그냥 넘어갈지를 생각해 보았다.

이사는 고개를 저었다. 대표는 상황이 어떻게 된 건지는 상관하지 않았다. 결과만이 중요했다. 뭐가 어떻든 간에 루프리를 찍은 방송이 나간다는 사실은 틀림없었다. 그리고 자신이 보고하면 깨진다는 사실도 확실했다.

‘뭔가 대표의 화를 돌릴 만한 거리가 필요한데…….’

자신을 대신해서 희생양이 될 만한 뭔가가 필요했다. 그래야 자신은 살아남을 수 있으니까. 그래서 이사는 PD와 이야기를 더 나누었다. 무언가 걸고넘어질 만한 게 없을까 유심히 살피면서. 그러다가 꽤 좋은 거리를 찾아냈다.

"변호사요?"

"예, 오혜나 사장하고는 친구라고 하더라고요. 참!! 오혜나 사장에 관해서 좀 아십니까?"

"오혜나 사장이요? 뭐… 글쎄요? 그다지 잘은 모릅니다만……."

PD는 오혜나가 보통 인물이 아니라는 걸 부풀려 가면서 이야기했다. 이야기를 들으면서 이사는 흠칫 놀랐다. PD의 말이 100% 사실은 아니겠지만, 그래도 어느 정도는 들어맞을 것이다. 그렇다면 오혜나 사장은 그냥 꾹 밟아버릴 수 있는 개미는 아니었다.

'핑곗거리는 될 수 있겠는데 오히려 화만 키우겠는데? 오혜나 사장에게 화풀이할 수 없다면 대표가 오히려 진력을 낼 거란 말이야… 가만. 변호사가 있다고 했지?'

이사는 변호사를 어떻게 걸고넘어지면 되지 않을까 하는 생각을 했다. 오혜나는 건드리기가 좀 부담스러운 상대이고, 그렇다고 방송국 PD를 어떻게 할 수도 없는 일. 그렇다면 그나마 변호사를 손봐주는 게 나을 것 같았다.

'한번 알아봐야겠어. 그리고 루지를 어떻게 할 적당한 방안도 좀 알아보고…….'

이사는 곧바로 정혁민에 관해서 알아보았다. 그런데 이 변호사도 건드리기가 좀 껄끄러운 존재였다. 워낙 지랄 맞고 괴팍하다는 소문이 있어서였다.

"이거 잘못 걸리면 오히려 개털 되는 거 아냐?"

싸움할 때 미친 듯이 덤벼드는 상대는 아주 골치가 아프다. 이기더라도 자신도 만신창이가 될 확률이 높고, 혹시라도 잘못 걸리면 뜻밖의 결과도 나올 수 있기 때문이다.

"하지만 노련하게 잘 상대하면 아주 손쉽게 이길 수 있는 스타일이지……."

이사는 바로 대표를 찾아가 지금까지 자신이 알아본 이야기를 정리해서 이야기했다. 역시나 예상대로 대표는 화부터 냈다. 자신의 뜻대로 일이 진행되지 않는 것이 못마땅한 것이다.

"그거 확실한 거야? PD를 족친다는 거."

"제가 따로 알아봤는데 그런 이야기가 돌고 있는 건 사실입니다."

"그게 오히려 이상한 거잖아. 아니 검찰에서 마음먹고 털려고 했으면 소리 소문나지 않게 확 덮쳤겠지. 이렇게 말이 돌도록 내버려 뒀겠어?"

대표는 아무래도 이상하다고 연신 고개를 흔들었다. 이사는 미리 준비한 답변을 했다.

"검찰에도 방송국하고 긴밀한 사람들이 있지 않습니까. 그러니까 누군가가 미리 귀띔을 해주었겠죠. 그리고 그걸 들은 사람은 자신이 아는 사람에게 너만 알고 있으라고 하고는 슬쩍 이야기해 주고 말입니다."

"흐음… 뭐… 그럴 수도 있긴 한데……."

"그리고 이 이야기가 개나 소나 다 알 정도로 퍼진 것도 아닙니다. 방송가에서도 그래도 어느 정도 되는 사람들만 알음알음으로 알고 있는 거죠."

하지만 대표는 여전히 석연치 않은 표정이었다. 대표는 우연의 일치라는 말을 믿지 않았다. 하필이면 이 시기에 그런 일이 왜 벌어진단 말인가. 상황은 그럴싸해 보이지만, 누군가가 손을 쓴 게 아니면 헛소문일 거라는 게 대표의 생각이었다.

"그리고 그걸 이야기하면서 PD를 협박한 게 변호사라 이거지?"

"예, 제가 알아보니까 꽤 유명한 변호사더군요."

이사는 정혁민이 어떤 변호사인지 이야기했다. 그러자 대표가 픽 하고 웃었다.

"완전 미친놈이네? 그런 놈은 붙어서 싸우면 골치가 아파. 적당한 거리를 두고 쳐서 쓰러뜨려야지."

하지만 대표는 변호사에는 별로 관심을 두지 않았다. 그가 원하는 건 루지. 바로 그놈이 망하는 것이다. 건방지게 소송까지 걸어서 기어이 나가 버린 그놈에게 세상의 쓴맛을 보여주는 것. 그게 바로 대표가 원하는 거였다.

그걸 위해서는 오혜나 사장의 인맥이 아무리 대단하다고 하더라도 방법을 찾을 것이라고 생각했다. 어차피 법조계의 명문가나 재벌가의 위세가 대단하기는 하지만, 친구 집안이면 다이렉트로 연결된 것도 아니다.

이사가 이런 식으로 자신의 책임을 회피하려고 하는 것도 뻔히 보였다. 하지만 일단은 조금 더 지켜보고 판단을 할 생각이었다. 바로 버릴지, 아니면 어디 총알받이라도 써먹을 수 있는지 판단한 뒤에 정해도 늦지 않으니까.

"이 건은 나중에 다시 얘기해 보자고. 나도 이래저래 좀 알아볼 테니까."

"예. 알겠습니다. 그럼……."

이사는 대표의 눈치를 살피면서 밖으로 나갔다. 사람이 나가자 대표는 알고 지내는 여당 국회의원에게 전화를 걸었다.

"아이구, 의원님. 잘 지내십니까?"

—덕분에 그럭저럭 지냅니다. 대표님도 잘 지내시죠?

서로 마음에도 없는 안부를 묻고는 한바탕 크게 웃었다. 서로 가지고 있는 어색함을 떨쳐 버리기라도 하겠다는 듯이.

"그런데 말입니다. 요즘 방송가에 소문이 돌고 있던데… 혹시 아시는지 해서……."

의원은 어떻게 이야기를 할지 잠깐 고민했다. 그 이야기는 자신도 들어서 알고 있었다. 그리고 당에 알아본 결과 그런 일은 없었다고 했다. 최종 결정권자의 속내에 그런 의중이 있을 수는 있었지만, 공식적으로 말이 나온 것 없다는 거였다.

그런데 지금 같이 어수선한 시기에 그런 걸 하나 터뜨리는 것도 나쁘지 않다는 의견이었다. 게다가 언제나 터뜨릴 수 있는 그런 사건을 몇 개씩 쟁여놓고 있다. 가지고만 있다가 적당한 시기에 터뜨릴 수 있도록 말이다.

—그런 말이 돌고는 있습니다. 아직 퍼지지 않은 이야기인

데 용케 알고 계시는군요?

"아… 그러면 그 말이 사실입니까?"

그 말이 사실인지 아닌지에 따라서 이야기는 많이 달라진다. 하지만 의원은 언제나 그렇듯이 아주 모호한 답변으로 일관했다. 코에 걸면 코걸이이고 귀에 걸면 귀걸이가 될 수 있는 그런 언변.

—아직 공개적으로는 확인해 드릴 수가 없군요. 저도 그쪽하고는 관여된 바가 없는지라. 허허허…….

"그러면 그런 움직임은 있는 거로군요?"

—제가 당에 있기는 하지만 어떻게 그런 움직임을 다 알 수 있겠습니까. 하지만 그런 이야기가 돌아다니는 건 사실입니다.

이야기를 듣던 대표는 핸드폰을 던져 버릴 뻔했다.

'니미. 정치하는 놈들은 말이 왜 다 이래? 이거다 저거다 확실하게 이야기를 해줘야지. 이게 말이야 막걸리야. 이렇게 볼 수도 있고, 저렇게 볼 수도 있고. 열린 결말이냐?'

말만으로는 사실이라고 볼 수도 있었고 루머라고 볼 수도 있었다. 대표는 짜증스러웠지만, 최대한 의원의 의중을 파악하려고 애썼다. 하지만 묘한 뉘앙스만 풍기면서 정확한 답변은 회피했다.

그런데 어느 순간부터 의원이 검찰에서 곧 움직일 것 같다는 식의 이야기를 슬쩍 내비쳤다. 그건 사실이었다. 내부적으로 지금 상황을 타개하는 방법으로 괜찮겠다는 말이 나와서 거의 의견이 모였기 때문이었다.

하지만 아직 확실치는 않아서 말을 흐린 것이다. 이런 사소한 일로 책을 잡혀서 우습게 보이면 안 되니까 말이다.

"그렇군요. 잘 알겠습니다."

대표는 통화를 마치고 그 이야기가 사실이라고 판단했다.

"그렇다 이거지?"

문제가 조금 복잡했다. 루지가 계속해서 활동하도록 내버려 두는 건 자기 체면을 깎아먹는 일이다. 자신이 공공연하게 눌러 버리겠다고 공언한 사람이 버젓이 활동한다?

"게다가 이번 노래는 히트할 공산이 좀 있단 말이야."

이름도 알리지 못한 채 근근이 활동하고 있는 거야 사람들이 알아도 무방하다. 하지만 히트곡까지 내면서 활발하게 활동한다? 그건 자신이 우습게 되는 일이다. 절대로 그런 일이 일어나서는 안 된다.

하지만 지금 손을 대려면 위험부담이 너무 크다. 고작 루지라는 작곡가 한 명을 손보려고 자신의 사업을 위태롭게 만들 수 있는 일까지는 할 수 없는 일이다.

"그렇다고 가만히 있을 수는 없고……."

대표는 어떻게든 수를 내야겠다고 생각했지만 지금 당장 움직이는 건 위험했다.

"일단 저 자식은 당분간은 계속 이쪽 일을 시켜야겠어."

대표는 이사를 시켜서 계속해서 그쪽 일을 맡게 해야겠다고 결정했다. 이번에 고소당한 이사가 그래도 일은 깔끔하게 처리했는데 아쉽다고 생각하면서.

"그러니까 늘 조심하라니까 왜 증거를 남겨서……."

자신은 그런 전철을 밟지 않기 위해서라도 지금 남아 있는 인간들을 잘 이용해야겠다고 생각했다.

*　　*　　*

"정말 세상 살기 싫어지네요."

위지원 변호사는 비리가 끝도 없이 나오는 걸 보고는 혀를 내둘렀다. 이게 PD 한 명이 한 것이니 방송국 전체로 따지면 얼마나 어마어마한 비리가 있겠는가. 그리고 나라로 치면 또 얼마나 될 것이고.

"이런 거 처음 알았어? 원래 돈 있고 힘 있는데 견제할 세력이 없으면 부패하는 게 당연한 거야. 그리고 지금 우리나라에서 제대로 견제가 이루어지는 곳은 거의 없다고 보아도 되고."

혁민의 말에 위지원 변호사는 이민 가고 싶다는 이야기를 했다.

"외국은 다를 것 같아? 차이는 있지만, 비리가 없는 곳은 없어. 정도가 심하냐 아니냐의 차이지. 외국에 가면 오히려 더 고생한다고."

텃세 때문에 오히려 고생만 하니 그런 생각은 접으라고 말했다. 위지원 변호사는 그건 그렇고 이 비리를 다 어떻게 할 생각이냐고 물었다.

"글쎄? 어떻게든 처리하긴 처리해야 하는데……."

"뭐 문제라도 있는 거예요? 그냥 검찰에 넘기면 되는 거잖아요."

"그렇긴 하지. 그런데 그래서는 일이 제대로 해결되지는 않거든……."

어차피 밑에 있는 잔챙이는 잡아봐야 소용없다고 말했다.

"나중에 또 똑같은 놈 그 자리에 앉아서 똑같은 짓 하고 있을 거거든."

"그럼요? 더 위를 치는 건가요?"

혁민은 시스템을 바꾸는 게 가장 좋기는 한데 그건 좀 어렵다면서 한숨을 내쉬었다.

"이게 시스템 문제가 아주 심각하거든. 알바에게 최저임금 주지 않는 사장이 있다고 해보자고. 그 사장은 얼마나 악인일까?"

"실정법까지 위반한 거니까 뭐라고 할 말 없는 거죠."

"그렇긴 한데 사장도 그렇게 인건비를 아끼지 않으면 자기가 손해를 보게 생겼으면?"

법? 중요하다. 하지만 법이 모든 걸 해결해 주지는 않는다. 사회의 먹이사슬에서 최상위에 있는 자들은 그 아래 있는 자들을 쥐어짠다. 그러면 손쉽게 이익을 얻을 수 있으니까. 그러면 그자들은 바로 아래를 짜고, 그런 순환이 계속되는 것이다.

"하지만 그게 최저임금을 주지 않는 이유가 될 수는 없잖아요."

"물론 그렇지. 그런데 이런 문제를 해결하려면 단순하게 당사자의 문제가 아니라 가장 위쪽을 흔들어야지."

혁민은 그 사장을 아무리 처벌해 봐야 바뀌는 건 없다고 말했다. 물론 처벌해야 한다. 하지만 그 이상의 변화를 원한다면 근본적인 부분을 건드려야 한다는 게 혁민의 생각이었다.

"그러면 이 사건 가지고 아주 크게 터뜨리시려구요?"

"최대한. 어차피 가만히 있으면 바뀌는 건 없어. 그러니까 움직여야지. 그것도 가장 큰 파장을 일으킬 방법을 동원해서."

"그런데 그런 게 통할까요? 그런 일이 터지면 분명히 덮으려고 할 텐데……."

혁민은 고개를 끄덕였다. 분명히 덮으려 할 것이다. 하지만 그런 시도를 하는 것만으로도 가치가 있는 일이라고 생각했다.

"성공이냐 실패냐는 중요치 않을 수도 있어. 그런 시도가 있었다는 걸 사람들이 보고 듣는 것만으로도 의미가 있을 수 있거든. 변화는 아주 작은 것에서부터 생기는 거니까."

*　　*　　*

"선배님, 주제넘은 말일지는 모르겠는데요. 그건 변호사가 할 일은 아닌 것 같은데요?"

위지원 변호사는 조심스럽게 이야기했다. 그런 건 정치인이나 사회운동가 같은 사람이 하는 일인 것 같다는 말도 덧붙였다.

"뭐, 틀린 말은 아니지. 그런데 내 생각에 지금은 우리 사회 현실에서는 아닌 것 같아. 그런 걸 그런 사람들에게만 내버려 둬서는 변하기가 어려울 것 같거든."

"그래도 그걸 선배님이 굳이 하실 건 없잖아요. 이런 일을 하면 껄끄러워하는 사람들이 많아요. 당연히 어떤 식으로든 손을 쓸 거고요."

위지원 변호사는 걱정스럽다는 표정으로 이야기했다. 의도가 좋다는 거야 그녀도 잘 알고 있었고, 그런 일을 해야 한다는 건 찬성이었다. 하지만 혁민이 너무 나서다가는 위험해질 것 같았으니까.

다들 비슷한 생각을 할 것이다. 분명히 필요한 일이고 누군가 나서기를 바라지만, 너무 위험하니 자신이나 자신의 주변에서 나서려고 하면 말리게 되는 패턴.

"글쎄. 나도 뭐가 정답인지는 모르지. 하지만 누군가는 해야 하는 일 아닌가? 그리고 그렇게 하지 않는다고 하더라도 멀쩡할 것 같지는 않아서 말이지."

혁민은 얼마 전부터 깊은 고민에 빠져 있었다. 지금까지 있었던 일을 쭉 떠올리면서 자신은 이곳에 왜 온 것이며, 앞으로 어떻게 살아야 할 것인지 고민했다.

혁민은 곰곰이 생각해 보니 자신이 몸을 사리기 시작한 이후부터 계속해서 이상한 일이 벌어졌다는 생각이 들었다. 몸을 사리고 위축되어서 정말 예전처럼 착하고 선량하게 살았다. 자신이 그렇게 싫어했던 그 모습으로.

그런데 상황이 나아졌느냐. 전혀 그렇지 않았다. 오히려 상황은 점점 나빠져만 갔다. 사이코패스에게 율희가 죽을 뻔하기도 했고, 사고가 나서 큰일이 날 뻔도 했다. 갑자기 상태가 나빠져서 죽을 고비가 오기도 했고, 수술이 성공해서 이제 겨우 나았나 싶었더니 자신의 기억만 송두리째 사라졌다.

'마치 내가 지금 가고 있는 방향은 틀린 방향이라고 이야기를 하는 것처럼 말이지.'

상황을 혁민이 끼워 맞춘 것일 수도 있었다. 하지만 적어도 자신의 결심대로 행동했을 때는 아무런 문제가 없었다. 혁민은 어떤 운명 같은 걸 느꼈다. 자신이 다시 과거로 돌아온 것에는 그만한 의미가 있는 게 아닐까 하는 그런 생각이 든 것이다.

"저는 공연히 선배님이 다치실까 봐서……."

"녀석. 괜찮아. 어차피 죽을 사람은 죽고, 살 사람은 살게 되어 있어. 공연히 겁부터 먹고 그러는 거 생각해 보니까 내 스타일 아니더라고."

혁민은 어울리지도 않는 착한 사람 코스프레는 그만하겠다고 이야기했다.

"괴짜는 괴짜답게 사는 게 가장 어울리는 거 아니겠어? 어때, 위 변호사 생각은?"

"저요? 저는… 음… 솔직하게 이야기해서 저번에 PD하고 대화할 때 좀 놀랐거든요. 굉장히 인상적이고 멋지고……."

위지원 변호사는 그동안의 모습보다는 얼마 전에 본 모습이 더 기억에 남는다고 이야기했다. 그리고 짧은 소견일지는 모르지만 그런 혁민이 지금 세상에는 더 필요한 사람 같다고 했다.

"소송하느라고 사람들하고 이야기하다 보면 요즘 너무 힘들다는 이야기를 많이 해요. 그리고 믿을 사람도 없고, 따를 사람도 없다고 하구요."

기댈 나무가 없다. 그래서 세상에 내동댕이쳐진 것 같은 느낌. 세상에 버려진 것 같은 느낌이 든다. 누군가가 자신을 이용하기 위해서 노리고 있는 것 같고, 특히나 어떤 문제가 터지면 그런 생각이 더 강하게 든다.

"다들 그렇게 이야기해요. 친하던 사람들도 무슨 일 터지면 외면하기 일쑤라고 하고요."

"일이 터져 봐야 진짜 친구인지 아닌지 알 수 있지. 평소에 낄낄대면서 이야기하고 술 같이 먹는 사람이 친구는 아니거든."

혁민은 뼈저리게 느껴봐서 잘 알고 있다. 그러고 보니 요즘 친구인 신용찬과 연락을 한 지도 좀 된 것 같았다. 바쁘다는 핑계로 말이다. 하지만 일이 년 지나서 연락해도 그 녀석은 늘 같은 느낌일 것 같았다.

어제 만난 사이처럼 자연스럽고 친근한 느낌. 하지만 대부분의 인간관계야 어디 그런가. 돈이 세상을 지배하다 보니 사람을 평가하는 기준도 돈이 되었다. 사람은 돈으로는 평가할 수 없는 거라고 학교에서 배우기는 하지만, 부인할 수 없는 현실이다.

그 사람을 평가하는 기준은 돈이다. 연봉이 얼마인지, 재산은 얼마고 앞으로 어떤 자리까지 올라갈 수 있을지. 권력과 능력, 부와 명예. 모든 것이 돈과 연관되어 있다.

"명예도 돈으로 살 수 있는 시대니까. 돈이 되는 사람은 보호하고 그렇지 못한 사람은 가차 없이 내버리지. 그 패거리에 들어가면 안전하고 그렇지 않으면 버틸 수가 없어. 이걸 깨지 않으면 미래도 없는 거지."

혁민은 이걸 깨기 위해서 발버둥을 치지는 않겠지만, 자신에게 걸려든 걸 모른 척하지는 않을 것이라고 말했다.

"이번 사건부터가 새로운 시작이라고 볼 수 있지."

혁민은 이번 사건을 제대로 만들어 보이겠다며 의욕을 보였다. 위지원 변호사도 거들겠다며 이야기했고, 혁민은 웃으면서 잘 생각해 보라고 장난처럼 말했다. 어려운 길일 수도 있다면서.

"에이, 그런 걸 제가 모를까 봐 그러세요? 저도 다 안다고요."

"니가 알기는 뭘 알아? 제대로 겪어보지도 못한 녀석이."

"꼭 경험해 봐야 아는 건가요? 뭐… 정확하게는 아니더라도 대충은 알아요."

혁민은 말이라도 이렇게 해주는 위지원 변호사가 고마웠다. 하지만 이런 일에 깊이 끼어들게는 하지 않을 생각이었다. 하지만 위지원 변호사는 무척이나 적극적이었다.

"그런데요, 이런 사건은 실체에 접근하는 게 어려운 거잖아요?"

"그렇지. 그래서 보통 깃털이니 그런 얘기가 나오는 거잖아. 몸통은 따로 있지만, 거기까지는 손이 닿지 않는 경우가 많지."

"사실 비밀스럽게 만나서 일이 진행되는 경우가 대부분이라 최종 명령권자가 누구인지 입증하는 게 쉽지 않은 일인데 그런 건 어떻게 하실 생각이세요?"

그것이 문제긴 문제였다. 하지만 그건 경우에 따라서 다른 이야기였다.

"어차피 사람을 움직여야 해. 이런 경우는 증언이 없으면 입증한다는 게 거의 불가능하거든. 그러니까 키를 쥐고 있는 사람을 흔드는 수밖에 없지."

혁민은 그런데 사람에 따라서 약한 부분이 모두 다르니 상황에 따라서 방법을 달리하는 수밖에는 없다고 했다.

"그래도 이익에 민감한 사람들이니까 그 부분을 제대로 짚어주면 가능성이 있지. 너 혼자 죽을 거냐, 지금 이래 봐야 너만 손해다, 뭐 이런 식이지."

혁민은 이번에 잡힌 기획사 이사도 그런 식으로 조사하고 있다고 말했다. 물론 자신이 하는 건 아니고 차동출 검사가 하고 있지만.

"그 양반도 보통은 아니거든."

혁민은 킥킥대면서 이야기했고, 위지원 변호사도 맞장구쳤다.

"저도 얘기는 들었어요. 무척 특이한 분이라고 사람들이 그러더라고요."

"그럼. 아주 특이하지. 그런 검사만 많아도 좀 달라질 것 같은데… 그런데 완전히 찍혀서 승진을 못 해요, 그런 사람은… 차암, 그렇네……."

혁민과 위지원 변호사는 이야기하다가 법원에 갈 시간이 되어서 밖으로 향했다. 둘은 밖으로 나가면서도 계속해서 사건과 관련된 이야기를 나누었다. 때로는 진지한 표정으로, 때로는 장난도 치면서.

혁민과 위지원 변호사가 그렇게 거리를 걸어가는 동안 반대편 차선에서는 율희와 윤태가 차를 타고 이동하고 있었다. 율희가 보람을 만나러 가겠다는 걸 윤태가 데려다준다고 해서 같이 온 거였다.

"왜 그래? 무슨 일 있어?"

강윤태는 갑자기 율희의 표정이 좋지 않자 무슨 일이 있느냐면서 물었다.

"아니에요. 그냥 속이 잠깐 불편했었나 봐요."

"아직 회복이 덜 되어서 그런 건가? 잠깐 멈추고 바람이라도 쐬는 게 어때?"

"아니에요. 괜찮아요. 정말이에요."

율희는 갑자기 자신이 왜 이러는지 알 수 없었다. 그저 창밖을 보고 있었고, 혁민과 여자가 무슨 이야기를 하면서 걸어가는 걸 보았을 뿐이었다. 그런데 갑자기 가슴에서 통증이 느껴졌다.

"그래? 아직은 퇴원한 지 얼마 되지 않았으니까 조심해. 이럴 때일수록 조심해야 한다고."

윤태는 걱정스럽다는 표정으로 이야기했다. 율희는 자신을 걱정해 주는 윤태가 고마웠다. 평소 같았으면 윤태에게 무슨 이야기를 했을 것이다. 하지만 지금은 신경이 다른 곳에 가 있었다.

율희는 가볍게 고개를 끄덕이고는 창밖을 보았다. 거기에는 혁민과 위지원 변호사가 다정스러운 모습을 하고 걸어가고 있는 게 보였다. 둘은 웃으면서 장난을 치기도 했는데 그런 모습을 보고 있으니 어쩐지 자꾸만 가슴을 누가 쿡쿡 찌르는 것 같았다.

'왜 이러는 거지?'

가슴이 세차게 두근거리고 아팠다. 그리고 그건 분명히 저기 있는 두 사람 때문에 그런 것이 틀림없었다. 다른 곳을 볼 때는 아무렇지도 않았는데, 두 사람을 보기만 하면 갑자기 가슴이 이상해졌으니까.

지금까지 혁민을 여러 번 보았지만 이런 경우는 한 번도 없었다. 아무런 느낌도 없어서 오히려 이상하다는 생각이 들 정도였다. 그래도 연인이었다고 하면 어떤 느낌이라도 있을 줄 알았는데, 전혀 그런 게 느껴지지 않았으니까.

하지만 오늘 다른 여자와 함께 걸어가는 걸 보니 무언가 느낌이 이상했다. 그리고 무언가가 떠오를 것 같기도 했다.

'위지원 변호사라고 했지? 같이 일하는 동료 변호사.'

하지만 거기까지였다. 혁민과 위지원 변호사의 모습은 이내 율희의 시야에서 사라지고 말았고, 가슴은 다시 정상으로 돌아왔다. 처음부터 아무런 일도 없었다는 듯 평온했다. 하지만 율희는 알 수 있었다. 혁민이란 사람과 자신 사이에 분명히 무언가가 있었다는 사실을.

* * *

"정말 이제 다 나은 거야?"

"다 나았어요, 언니."

"잘됐다. 다들 얼마나 걱정했는데……."

율희는 태경에서 일할 때 자신과 가장 친했던 언니를 만나고 있었다. 바로 자신의 옆자리에 앉아 있던 언니를. 그녀는 사고 소식을 듣고는 너무 놀랐다고 이야기했다.

"그런데 기억이 안 나는 게 좀 있다고? 어머, 어떻게 하니……."

"생각나지 않는 건 아주 약간이에요. 그리고 얘기를 듣다 보면 조금씩 돌아오고……."

"그래? 아유, 다행이다. 하기야 워낙 큰 사고 당한 데다가 수술까지 했으니까 그럴 만도 하지."

큰 사고와 수술이 기억상실과 어떤 관계가 있는지는 모르겠지만, 율희는 조용히 이야기를 들었다. 옆자리에 있던 동료 여직원은 그나마 다행이라고 이야기하고는 쉴 새 없이 떠들었다.

"그런데 너 혁민 씨 기억이 잘 나지 않는다고? 그것참 이상하네?"

"왜요?"

"왜긴. 그래도 가장 기억이 잘 나야 하는 사이 아닌가? 애인 관계면 말이야. 어떻게 그 사람 기억만 없을 수가 있지?"

여직원은 이해가 잘 되지 않는다면서 중얼거렸다. 율희는 그동안 어떤 이야기를 들었는지를 물었다. 혁민과 자신 사이에 있었던 이야기를.

"혁민 씨하고의 사이? 음……."

여직원은 이야기하려다가 고개를 갸웃거렸다. 들은 이야기가 별로 없었기 때문이었다. 사실 율희가 그리 말이 많은 편이 아니어서 주로 물어봐야 대답을 했다.

"그냥 내가 물어봐도 수줍어하면서 별 이야기를 안 했지. 원래 니가 좀 그런 스타일이잖아. 그러고 보니 둘 사이에 있었던 이야기를 거의 못 들었는데?"

여직원은 오히려 혁민보다는 윤태와 관련된 이야기를 더 많이 들은 것 같다고 말했다.

"윤태 오빠요?"

"그래. 강윤태 변호사님 말이야. 너 처음에 들어왔을 때는 사람들이 강 변호사님 숨겨둔 애인이라는 얘기도 있었다니까?"

여직원은 그동안 자신이 잘 몰랐던 이야기를 해주었다.

"니가 이 회사 들어올 수 있었던 것도 강 변호사님이 힘써서 된 거야. 안 그러면 솔직하게 니가 여기 들어올 수 있었겠니?"

"아, 그래요?"

"얘는. 그리고 너 무슨 일 있을 때마다 강 변호사님이 음으로 양으로 얼마나 많이 도와줬는데. 그래가지고 다들 수군거렸다니까. 둘이 무슨 사이가 틀림없다고."

여직원은 변호사 중에서도 그렇게 생각하는 사람이 있을 정도였다고 했다. 그런데 나중에 율희가 혁민과 사귄다는 이야기를 듣고는 다들 이상하게 생각했다는 거였다.

"윤태 오빠하고는 깊은 사이 아니었어요. 그냥 오빠 동생이었죠."

"얘는. 처음에는 다 오빠 동생이지. 그리고 솔직하게 이야기해서 강 변호사님만 한 사람이 어디 있니?"

여직원은 입에 거품을 물면서 이야기했다. 매너 좋고, 실력 좋고, 집안 좋고. 정말 나무랄 데가 없는 남자라면서.

"여기 잘나가는 여자 변호사 중에서도 대시한 사람이 한둘이 아니야. 그리고 재벌가나 다른 데서도 선이 들어온다더라. 그런데 계속 거절했대."

여직원은 그게 다 율희 때문이라는 소문이 돌았다고 했다.

"하 대표님이 소개해 준 여자도 거절했잖니. 그래도 매너는 정말 좋다고 하더라. 거절해도 정말 정중하게 자기 탓을 대고 한다는 거야. 그래서 여자들이 잘되지 않더라도 강 변호사님한테 다들 좋은 감정 가지고 있다고 하더라니까?"

여직원은 한참 이야기를 하다가 율희에게 혹시 혁민과 싸운 게 아니냐고 물었다.

"싸우다니요?"

"기억에서 사라진 게 아니라 스스로 잊고 싶어서 그런 걸 수도 있는 거잖아. 가령 예를 들면 크게 싸웠다거나 그래서 말이야."

여직원은 자신 같으면 생각하지도 않고 강윤태 변호사를 선택할 것이라고 이야기했다. 모든 면에서 강윤태 변호사가 훨씬 나아 보인다고.

"에이, 윤태 오빠는 아니에요. 그리고 싸우거나 그러지는 않았을 거예요. 뭔가 다른 이유가 있겠죠."

율희는 가볍게 고개를 저었다. 그리고 얼마 전에 혁민과 위지원 변호사가 지나가는 걸 보았을 때 자신의 가슴이 이상해졌던 기억을 떠올렸다.

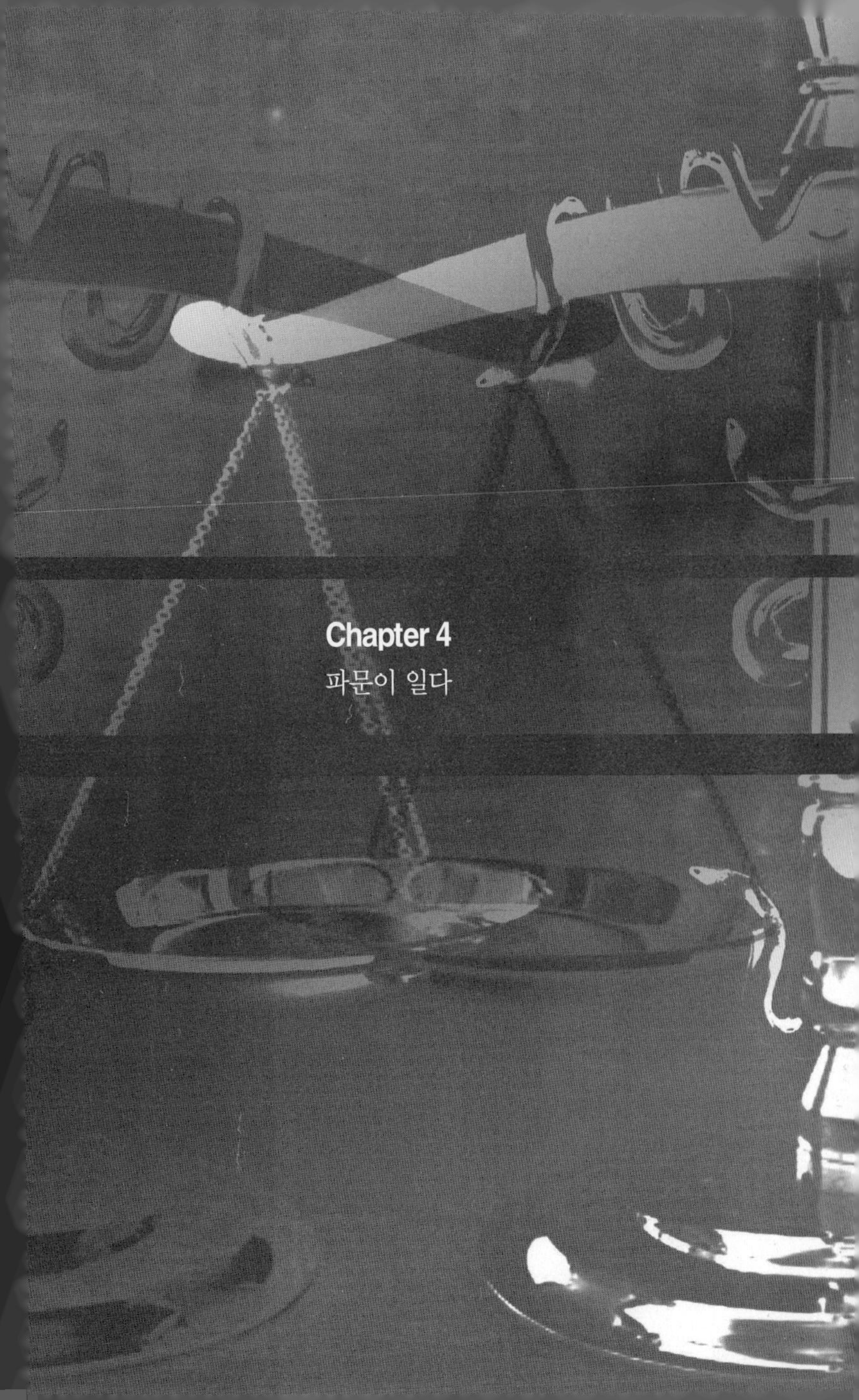

Chapter 4

파문이 일다

"준비는 다 했지?"

"네!!"

오혜나의 말에 루프리 멤버들이 큰소리로 대답했다. 드디어 공연일이었다. 한때 페스티벌에 나가 커다란 무대에서 수많은 관객을 상대로 노래하는 꿈을 꾸었고, 사건이 해결되었을 때만 해도 가능하리라 생각했었다.

하지만 상황은 원하는 대로 흘러가지만은 않아서 그 무대에 서는 건 이미 물 건너갔다. 그렇다고 기운이 없거나 그러지는 않았다.

"떨려요. 지금까지 했던 공연 중에서 오늘이 가장 떨리는 것 같아요."

"나도, 나도. 우리 처음 공연보다도 오늘이 더 떨리는 것 같아."

아이들은 저마다 긴장이 된다면서 호들갑을 떨었다. 팬들과 같이 작업하고 호흡하면서 준비한 무대. 그걸 선보인다고 하니 심장이 두근거렸다.

"그동안 준비 잘했으니 떨 거 없어. 연습한 대로만 하면 되는 거야."

오혜나는 전혀 걱정할 것 없다면서 아이들을 다독였다. 그러면서 옆에 있는 VJ에게 잘 좀 찍어달라고 신신당부를 했다.

"부탁해요. 고생 많이 한 애들이니까 잘 나올 수 있게 신경 좀 써줘요."

"아이고. 여부가 있겠습니까. 말씀하지 않아도 제가 알아서 잘하겠습니다."

VJ는 자신도 이번에 촬영하면서 팬이 되었다면서 걱정하지 말라고 이야기했다. VJ는 촬영하면서 이런저런 이야기를 들었다. 이 아이들이 어떤 일을 겪었는지, 얼마나 힘든 시기를 지나왔는지를 전부 들었다.

그래서 더 안타까웠다. 실력도 있고 열심히 하는 아이들인데 자꾸만 이상한 일이 생겨서 사람들에게 알려질 기회를 놓친다는 게 안타까웠다. 오죽하면 방송을 접는다고 했을 때 PD를 찾아가서 이야기해 볼까 고민을 했을까.

너무나도 아까운 아이템이라고 설득하려고 했는데, 다행스럽게도 곧 상황이 바뀌었다. 다시 방송에 나가게 되었다는 소식을 듣고는 얼마나 기뻐했던가. VJ는 마치 자기 일이 잘 해결된 것처럼 즐거워했다.

그리고 다시 와서 준비 과정을 촬영하니 루프리 맴버도 그렇고 준비하는 팬도 그렇고 전보다 더 기운차 보였다. 그리고 그런 시간이 지나 바로 오늘이 공연 당일이 되었다. 아이들은 들뜬 표정으로 차에 올랐고, VJ는 그 모습을 하나하나 카메라에 담았다.

"너는 일 없냐? 공연에를 다 따라온다고 하고?"

"공연을 보고 싶기도 하고, 또 나 말고 다른 사람들도 있어서 말이야."

오혜나의 장난스러운 핀잔에 혁민은 머리를 긁적이면서 대답했다. 혁민의 뒤로 위지원 변호사와 허 대리, 그리고 강순자 아주머니와 딸 지연이가 서 있었다.

허 대리와 지연이는 루프리 팬이라서 공연을 보겠다고 했고, 강순자 아주머니는 딸과 함께, 위지원 변호사는 자신도 이런 공연 한번 보고 싶다면서 함께하게 된 거였다.

"리허설하는 거 보니까 괜찮던데?"

"무대도 그렇고 음향도 정말 괜찮아. 특히나 음향 쪽으로 좀 걱정을 했었는데, 루지가 그러는데 끝장이랜다, 끝장."

팬이 제공한 장비가 워낙 좋아서 그런 거였다. 루지는 테스트하면서 소리를 듣더니 바로 넋이 나가 버려서 장비 곁을 떠나지를 못했다.

"아주 환장하더라니까. 아마도 억대는 나가는 장비일 거라고 하던데?"

"억대? 히야… 하기야 그런 이야기 들어본 것 같기는 하다. 오디오 이쪽으로는 아무나 취미 붙이는 거 아니라고."

"그러니까 말이다. 그런데 이런 거 그냥 빌려주고 그런 사람도 있으니 참 세상은 넓은 것 같아."

오혜나는 그렇게 이야기하다가 시계를 보더니 가야겠다고 말했다.

"그러면 대전에서 봐. 무슨 일 있으면 연락하고."

"오케이, 대전에서 봅시다."

오혜나는 루프리 아이들이 탄 승합차에 올랐고, 혁민은 자신의 승용차에 탔다. 혁민의 일행도 우르르 차에 올랐고.

"서울에서 하는 공연만 봐도 되는 거 아니니? 공연히 변호사님 피곤하시게 대전까지."

차에 타자 강순자가 미안했는지 지연에게 가볍게 타박을 했다. 혁민은 웃으면서 어차피 가는 길이니까 신경 쓰지 않아도 된다고 이야기했다.

"허 대리하고 같이 대전에 갈 생각이었으니까 그렇게 생각하지 않으셔도 됩니다."

"그럼요. 팬이라면 공연 두 번 다 봐줘야죠."

허 대리가 맞장구치면서 환하게 웃었다. 그는 다섯 명의 사인이 된 CD를 손에 꼭 쥐고 있었는데, 지연이도 같은 걸 가지고 있었다. 오늘 와서 멤버 모두에게 사인을 받은 거였다.

"위 변호사는 이런 공연 처음이라고?"

"예. 이런 거 관심이야 조금 있었지만, 그렇게까지 적극적이지는 않았었거든요. 그리고 사실 볼 시간도 별로 없었고……."

고등학교 때는 대학에 가느라, 대학교 때는 사법시험 준비하느라, 사법시험 합격하고 연수원에 가서는 경쟁하느라. 그래서 공연에는 갈 기회가 없었다.

"그리고 같이 갈 사람도 없었고……."

위지원 변호사는 아무에게도 들리지 않을 정도로 작은 목소리로 중얼거렸다. 그래서 오늘 공연이 더 기대되었다.

처음에는 다소 차 안이 시끄러웠다. 허 대리와 지연은 같은 팬이라서 그런지 죽이 잘 맞아서 이런저런 이야기를 나누었고, 위지원 변호사도 흥분되는지 말을 계속했다.

하지만 채 한 시간이 되기도 전에 차 안은 아주 고요해졌다. 지연이가 가장 먼저 잠이 들었고, 지연이가 잠들자 허 대리도 조용해졌다. 뒷좌석에는 허 대리와 지연이, 강순자 아주머니가 탔는데, 허 대리가 강순자 아주머니와 이야기를 나눌 거리가 뭐가 있겠는가.

자연스럽게 허 대리는 조용해졌고, 분위기가 그렇게 되자 위지원 변호사도 말수를 줄였다. 자는 지연이를 깨우지 않기 위해서 이야기를 하더라도 무척 조용조용 이야기했다.

"잠깐 쉬었다가 갑니다."

혁민은 휴게소에 들렀다. 운전하다 보니 졸음이 좀 오기도 해서 잠깐 쉬었다 가기로 한 거였다. 커피를 한 잔 마시면서 앉아서 쉬고 있는데 위지원 변호사가 앞자리에 앉았다.

"사장님하고는 어떻게 아시는 사이세요?"

"혜나하고? 음… 저기 이채민 판사 알지? 이채민 판사 친구야. 그래서 대학교 때부터 알고 지냈지."

혁민은 미녀 삼총사 이야기를 간략하게 해주었다. 대학교 때 대회에서 만나게 되어서 알고 지내게 된 이야기를.

"그러고 보니까 알고 지낸 지 벌써 10년이 넘었네? 히야아~ 시간 참 빠르구나."

"선배님, 뭐예요? 할아버지 같은 소리를 하고."

"음? 그랬나? 예전부터 사람들이 나보고 그런 소리를 하곤 그랬지."

혁민은 지난 세월을 곱씹으면서 부드러운 미소를 지었다.

"그런데… 그분 기억은 돌아오셨어요?"

혁민은 율희 이야기가 나오자 표정이 살짝 굳었다. 아직까지도 자신에 대한 기억이 돌아오고 있지 않았기 때문이었다.

"아직 그래. 하지만 곧 돌아오겠지. 다른 기억들이 조금씩 떠오른다고 하거든."

"아, 그래요? 정말 다행이다……."

위지원 변호사는 묘한 웃음을 지으면서 고개를 힘없이 끄덕였다.

* * *

"괜찮아. 팬들 앞에서 공연했으면 그걸로 된 거지."

"예, 저희 괜찮아요."

루프리 멤버들은 웃으면서 그렇게 대답했지만, 얼굴에 흐르는 미소에는 힘이 하나도 없었다. 생각했던 것보다 대전에서의 공연에 와준 팬들이 적었기 때문이었다.

팬의 숫자는 몇 명이어도 상관없다고 이야기는 하지만, 그게 어디 그런가. 그래도 많은 팬들이 모여주기를 원하는 것이 솔직한 마음일 것이다. 그리고 나름대로 기대도 좀 했다. 대전 공연에 오겠다고 SNS에 올린 팬들의 숫자도 제법 되었으니까.

하지만 생각했던 것보다는 훨씬 적은 수의 팬들이 모였다. 맥이 빠지고 실망감이 드는 건 당연지사. 하지만 멤버들은 내색하지 않고 끝까지 최선을 다해서 공연했다. 그게 여기까지 찾아와 준 소중한 사람들을 위한 최소한의 마음가짐이었으니까.

"서울에서 할 때는 훨씬 더 많을 거야. 그리고 길거리 공연에서 그 정도 왔으면 괜찮은 거야. 그래도 백 명은 넘어 보이던데."

"맞아. 우리가 기대를 너무 크게 해서 그런 거지 나쁘지 않았다니까?"

리더인 현주도 나서서 아이들을 다독였다. 오혜나는 기특

하다는 생각이 들었다. 분명히 본인도 마음이 좋지 않을 텐데, 리더라고 다른 멤버들을 챙기는 모습을 보니 마음이 흐뭇했다.

"다들 배도 고프고 할 테니까 잠깐 쉬면서 뭐라도 좀 먹고 그러자."

"네!!"

먹는 이야기가 나오자 아이들의 표정이 조금은 밝아졌다. 사실 무대에 선다는 건 엄청난 에너지가 소모되는 일이다. 그리고 그런 것보다 아까 있었던 공연이 생각나지 않게 뭐라도 하고 싶었다.

그렇다고 얼마 후에 있을 공연을 앞두고 마구 먹어댈 수는 없는 일. 오혜나는 매니저에게 적당히 조절하라고 이야기하고는 다른 사람들을 챙기러 움직였다.

"수고 많으셨어요."

"아유, 제가 무슨 수고는요. 허허허."

오혜나는 트럭에서 내리는 사람에게 인사를 했다. 팬들 사이에서 트럭 아저씨라고 불리는 사람. 그는 대전에서 사람이 적어서 애들이 기운이 없는 것 같다면서 안타까워했다.

"그래도 서울에 가면 좀 많을 겁니다."

"그렇겠죠? 그리고 준비는 잘되고 있는 거죠?"

"하이고, 지금도 그거 체크하느라고 지금 나온 거 아닙니까. 걱정하지 마세요. 문제없이 잘 돌아갑니다."

오혜나와 트럭 아저씨는 뭐가 그리 신이 나는지 서로 고개를 숙이고 이야기를 하면서 킥킥댔다. 한참을 그렇게 이야기 하다가 뭐라도 먹기 위해서 자리를 옮기는데 혜나의 눈에 마침 휴게소로 들어오는 혁민의 차량이 들어왔다.

"여기야~"

혁민의 차량은 트럭 근처에 주차했고, 혁민 일행은 오혜나가 있는 곳으로 걸어왔다.

"애들은 좀 어때?"

"기분 좋을 것까지야 없지. 그냥 좀 맥 빠진 것 같아."

사람들은 모두 고개를 끄덕이며 동의했다. 기대한 만큼 실망도 클 테니까. 그냥 팬들과 함께하는 조촐한 자리라고 누누이 이야기했고, 다들 그렇게 알고 있었다. 하지만 그래도 기대를 한 건 사실이었다.

SNS나 팬클럽에 참석하겠다고 한 사람만 다 합쳐도 대전에 온 팬의 숫자보다 많을 것이다. 그래서 기운이 더 빠졌던 것이다. 그래도 대충 어느 정도는 될 것이라고 생각은 했는데, 생각했던 것에도 미치지 못했으니까.

"서울 가면 괜찮을 거야. 이게 반응이 나쁘지 않았거든."

"그러니까. 그리고 취재하러 오는 데도 좀 있다고 했지?"

"관심을 좀 보이더라고. 그리고 연예부뿐만 아니라 다른 곳에서도."

혁민은 의미심장한 표정을 지으면서 이야기했다. 오혜나는 혁민을 슬쩍 끌고는 옆으로 가서 조용히 말을 걸었다.

"뭐가 나온 거야?"

"차 검사님한테 들었는데, 거의 넘어오기 직전이라고 하던데?"

"그래? 역시 우리 동출이 오빠네. 실력이 좋아~"

혁민은 이야기하려다가 멈칫했다.

'우리 동출이 오빠?'

혁민이 이상한 눈초리로 쳐다보자 혜나는 뭘 그렇게 쳐다보느냐는 듯한 얼굴로 말했다.

"왜? 뭐가 잘못됐어?"

"우리 동출이 오빠?"

"음? 그게 뭐 어때서?"

혁민은 지금까지는 계속해서 차 선배라고 그랬는데 언제부터 오빠가 되었느냐고 이야기했다. 오혜나는 피식 웃으면서 이야기했다.

"우리 회사 사건 해주고 있잖아. 사회에서는 내가 잘 보일 필요 있는 남자, 그리고 나보다 나이 많은 남자는 무조건 오빠인 거야."

오혜나는 오히려 혁민에게 그런 것도 모르느냐는 투로 말했다. 아주 틀린 말은 아니었다. 남자야 여자가 오빠라고 해주면 대부분 좋아하니까. 그것도 오혜나같이 늘씬한 미인이 그렇게 불러준다면야 금상첨화다.

하지만 무언가 이상한 기류 같은 게 느껴졌다. 사건 때문에 뻔질나게 검찰에 왔다 갔다 하더니 그사이에 어떤 일이 있었던 게 아닐까 싶었다.

"쓸데없는 거에서 관심 끄고 준비하고 있는 거나 잘되고 있는지 얘기해 봐."

"아, 준비야 착착 진행 중이지. 걱정하지 말라고."

혁민은 공연은 물론이고 취재나 기획사와 대표 엿 먹일 준비까지 차질 없이 진행하고 있다고 이야기했다.

"그런데 너는 왜 이번 일에 그렇게 관심이 많은 거야? 소송 관련된 일도 당장은 아니잖아."

"뭐 어차피 이 일이야 당연히 소송까지 가는 거 아니겠어?"

혁민은 이번 일이야 소송을 피할 수 없는 일이 될 것이라고 말했다. 그래서 미리 고객 확보하는 차원에서, 그리고 루프리 애들이 마음에 들어서 하는 거라고 답했다.

"아깝잖아. 실력 있는 애들이 다른 요소 때문에 사람들 앞에서 자신을 선보일 기회조차 잡지 못한다는 건. 세상이 어차피 공평하지 않은 거야 알지만, 그래도 기회 정도는 주어야지."

혁민은 그렇게 말하면서 자신은 그것이 옳다고 생각해서 그렇게 행동하는 거라고 했다.

"이야, 혁민이 너 멋진데? 남자구만, 남자."

오혜나는 크게 웃으면서 혁민의 등을 팡팡 때렸다. 혁민은 이럴 때 보면 오혜나가 꼭 남자 같다는 생각이 들었다.

"뭐 요즘은 변호사도 먹고살기가 점점 어려워져서 고객 확보하려는 차원에서 그러는 것도 있고."

"짜식이. 그래도 고맙다. 니가 신경 써주니까 그래도 든든하다. 그리고 우리 동출이 오빠하고."

혁민은 쓰읍 하고 소리를 내면서 숨을 들이마시면서 가자미 눈이 되었다. 분명히 무언가 수상하다는 생각이 들어서였다. 하지만 오혜나는 그런 시선을 피하면서 딴청을 부리더니 빨리 움직이자고 했다.

"다들 배고프죠? 우리도 뭐 먹으러 갑시다."

* * *

"그런데 좀 의외군요. 변호사분이 이런 일에 이렇게 적극적으로 나서시다니 말입니다."

서울에 먼저 도착한 혁민은 공연 장소 근처에 차를 대놓고 시간이 좀 남아서 기자와 만나고 있었는데, 기자는 조금은 뜻밖이라는 투로 말을 했다.

"세상에는 여러 사람이 있는 거니까요. 그리고 이런 일을 몰랐으면 모를까 알고서도 가만히 있을 수야 없는 거죠. 그렇게 생각하지 않으십니까?"

혁민은 이런 일을 당연하게 생각해야 하는데 특이하게 여기는 상황 자체가 이상한 거라고 이야기했다. 그런 점에는 기자도 동의했다.

"사람들이 변호사님과 같은 생각을 한다면 얼마나 좋겠습니까. 아마 저희가 하는 일도 지금보다 훨씬 편할 겁니다. 하지만 현실은 그렇지 않거든요."

사람들은 누구나 안전하기를 원한다. 그런데 그런 안전을 확보하는 방법에서 차이가 생긴다. 기자는 취재를 하다 보면 별난 일을 다 알게 된다고 했다. 대부분 불공정하고 불합리한 일을 당하는 경우였다. 그리고 그런 일을 당한 사람들은 비슷한 말을 한다고 이야기했다.

"다른 사람이 당하는 걸 봤을 때는 그냥 가만히 있었다는 겁니다. 그게 잘못된 거라는 걸 알았지만, 자기 일이 아니니 공연히 나섰다가 피해라도 입을까 봐 망설여졌다는 거죠."

그런 걸 보고 나서게 되면 자신이 안전하지 못하게 된다고 생각하는 거였다. 그런데 그건 굉장히 근시안적으로 단순한 생각이다. 그런 생각은 자신이 비슷한 경우를 당하고 나면 완전히 박살 나게 된다. 그러면 안 된다는 걸 여실히 깨닫게 된다.

"언제 자기가 그런 일을 당할지 모르니 그런 걸 외면하면 안 된다는 걸 절실하게 깨달았다고 하더군요."

"그럴 수밖에요. 사람은 자신이 당해보지 않으면 잘 모르거든요. 간접경험? 그런 게 피부에 와 닿을 리가 없죠."

책을 읽는다고 해서 그 안에 적힌 모든 경험과 감정은 고스란히 자신의 것으로 만들 수 없다. 직접 겪어야만 자신의 것이 된다. 그래서 그런 일을 겪고 나면 생각이 조금 바뀐다고 했다.

"그래서 그 후로는 그런 걸 보면 자기도 모르게 나서게 된다고 하더라고요. 그게 그 사람을 위한 것만이 아니라 자신을 위한 거라는 걸 알게 된 거죠."

"맞는 말입니다. 행동하는 사람만이 권리를 주장할 수 있다고 전 생각하거든요."

혁민은 권리만 주장하는 건 옳지 않다는 자신의 의견을 피력했다. 자신의 권리가 중요하면 다른 사람의 권리도 중요한 것 아닌가. 그러니 다른 사람의 권리가 침해되는 걸 알게 되면 행동에 나서야 한다고 말했다.

"그런 의식이 있어야 변할 수 있다고 봅니다. 그게 지금 우리에게 가장 필요한 거 아닐까요?"

"정치하셔도 되겠습니다. 저라면 변호사님께 한 표 드릴 것 같네요."

정치 이야기에 혁민은 손사래를 쳤다. 그런 말 꺼내지도 말라고 하면서.

"아이구, 그런 소리 마세요. 정치는 아무나 합니까? 그냥 저는 변호사 하면서 제가 할 수 있는 거나 할 생각입니다."

혁민은 그나저나 기사나 좀 잘 써달라고 부탁했다. 기자는 그런 이야기 하지 않아도 워낙 소재가 좋아서 빨리 쓰고 싶어서 미칠 지경이라고 대답했다.

"이번 기회에 연예계에서 관행처럼 벌어지는 비리를 기획기사로 내보낼 생각인데 제가 오히려 부탁해야 할 것 같습니다."

기자는 검찰 쪽에서 나오는 소스도 잘 좀 알려달라고 이야기했다. 아무래도 실제 사건과 관련된 소스가 기사에 없어지면 디테일이 살아나고 신뢰성이 높아지니까 그런 거였다. 혁민은 과연 이번 사건의 파장이 어디까지 미칠지가 궁금했다.

'끝까지 갈 수 있을까? 아무래도 중간에 잘리겠지?'

파다 보면 정말 고위층까지 선이 닿아 있을 것이다. 하지만 어디까지 건드릴 수 있을지는 알 수 없다. 중간 어디에선가 반드시 선이 끊어질 테니까.

"이제 슬슬 공연이 시작되려나 보군요."

"아, 저는 이만 가봐야겠습니다. 그럼 기사 잘 부탁드립니다."

기자는 밖의 움직임을 보고 있다가 이야기했고, 그 말을 들은 혁민은 자리에서 일어났다. 가볍게 인사를 한 혁민은 밖으로 나와서 일행을 찾았고, 사람들이 모여 있는 걸 발견하고는 다가가서 물었다.

"시작하는 건가?"

"곧 하려나 봐요. 정말 떨리겠다……."

대전에서 팬이 적어서 실망한 경험이 있어서 더 떨릴 거라고 허 대리가 걱정을 했다. 실제로 루프리 멤버는 트럭 안에서 문이 열리기를 기다리면서 초조하고 떨리는 시간을 보내고 있었다.

"언니, 이번에는 분명히 많겠죠? 그렇죠?"

"그럼, 당연하지……."

멤버들은 서로를 위로하면서 공연 트럭의 문이 열리기를 기다렸다. 눈앞에 많은 팬들이 기다리고 있기를 바라면서.

쿵. 그으으웅.

조금은 요란한 소리를 내면서 트럭의 문이 위로 올라가기 시작했다. 아이들은 손을 꽉 잡고 앞을 바라보았다. 문이 열릴수록 사람들의 모습이 보이기 시작했다. 바닥을 꽉 메운 사람들.

"어?"

하지만 문이 올라가자 바로 앞에 모여 있는 사람들이 전부라는 사실을 알게 되었다. 그 뒤로는 사람들이 없었다. 어찌 보면 대전에 모였던 사람보다도 적어 보였다.

"괜찮아. 아직 시간이 일러서 그럴 거야."

예라가 주변을 둘러보면서 이야기했다. 하지만 애써 밝게 이야기하려고 한 그녀의 목소리도 약간 울먹이고 있었다. 그런 감정은 다른 아이들도 마찬가지였다. 생각한 것보다 적은 사람들을 보니 갑자기 서러움이 밀려왔던 것이다.

하지만 아이들은 마음을 고쳐먹었다. 지금 자신들을 보기 위해서 와준 팬들도 고마운 사람들이다. 그리고 자신들과 함께 이 무대를 위해서 애써준 사람들을 위해서라도 멋진 공연을 해야겠다고 생각했다. 그렇게 마음을 먹고 사람들에게 인사를 하려는데 갑자기 이상한 소리가 났다.

쿵. 그으으웅.

아이들은 깜짝 놀라 주변을 두리번거렸다. 그리고 지금 문이 열린 쪽이 아닌 반대쪽 문이 위로 열리고 있다는 걸 알 수 있었다. 아이들은 어리둥절하면서 뒤를 돌아다보았다.

"우아아아아!!"

엄청난 함성이 들렸다. 아이들은 아직까지도 어리둥절한 모습이었다. 하지만 문이 조금 더 올라가고 자신들의 눈앞에 엄청난 사람들이 모여 있는 걸 눈으로 확인하게 되자 모두가 눈물을 글썽였다.

'미안하다, 애들아. 알고 있었지만, 미리 얘기 못 해줘서.'

VJ는 아이들의 모습을 카메라에 담으면서 속으로 생각했다. 입이 근질거려서 죽는 줄 알았다. 그리고 아까 문이 열리고 아이들이 실망하는 표정을 지을 때는 슬쩍 귀띔이라도 해줄 걸 그랬나 싶기도 했다.

하지만 그러지 않기를 다행이었다. 그랬다면 지금처럼 벅찬 감동을 받지는 못했을 테니까. 앞에는 수를 세기도 어려울 정도로 많은 사람들이 모여 있었고 모두가 루프리를 향해서 환호를 보내고 있었다.

"애들 저러다가 공연 못하는 거 아냐?"

"아니, 애들이라면 잘할 거야."

애들이 입을 가린 채 말도 제대로 하지 못하는 걸 보고 혁민이 걱정하자 오혜나는 그럴 일은 없을 것이라고 했다. 어려 보여도 프로이니 공연이 시작되면 확 바뀔 것이라면서.

혁민은 혜나가 왜 그렇게 호언장담했는지 곧 알게 되었다. 정말로 공연이 시작되니 아이들의 표정과 눈빛부터 달라졌다. 지금까지 울먹거리던 아이들의 모습이 아니라 열정을 쏟아낼

줄 아는 연예인의 모습으로 돌변했다.

모두가 루프리 멤버의 공연에 흠뻑 빠져들었다. 이런 무대를 별로 좋아하지 않는 혁민도 저절로 몸이 움직여지는 걸 느꼈을 정도였다.

혁민은 환하게 웃으면서 힘차고 폭발적인 무대를 선보이고 있는 아이들을 바라보았다. 아이들의 손짓과 눈빛 하나하나에 힘과 에너지가 느껴졌다. 그리고 그걸 보면서 환호하는 사람들에게서도 비슷한 느낌을 받을 수 있었다.

펄쩍펄쩍 뛰면서 아이처럼 웃고 있는 허 대리의 모습에서도, 엄마와 함께 몸을 이리저리 흔들고 있는 지연이의 모습에서도, 그리고 무언가 고래고래 소리를 지르면서 열광하고 있는 위지원 변호사의 모습에서도.

모두가 하나가 되고 열광하는 그런 무대였다. 혁민은 이런 무대를 위해서 자신이 지금까지 그렇게 여러 가지 일을 해왔다는 생각을 하니 정말 뿌듯해졌다.

* * *

페스티벌은 당연히 화제가 되었다. 유명한 아이돌 그룹이 총출동한 거나 마찬가지였으니까. 하지만 워낙 무대에 오른 그룹이 많아서 유명 그룹을 제외하고는 거의 소개도 되지 못했다.

그에 반해서 루프리의 공연은 여러 가지 면에서 화제가 되었다. 그중 하나는 팬들과 함께 준비했다는 점이었다.

"이거 만든 사람도 정말 대단하네요. 정성이네요, 정성."

누군가가 준비 과정을 압축한 동영상을 올렸는데, 어떤 과정에 누가 참여했는지까지 전부 소상하게 기록했다. 영상을 본 사람들은 정말 신기하다고 했다.

어떤 사람은 자동차나 가전제품 조립 과정을 보는 것 같다고도 했고, 이런 기회가 또 있다면 자신도 참여해 보고 싶다는 사람도 있었다.

"그것보다 애들 얘기가 제대로 알려진 게 더 크지."

"그건 그래요. 그런데 이거 선배님이 퍼뜨린 거 맞죠?"

인터넷에는 루지의 노예 계약부터 시작된 모든 과정이 올라와 있었다. 사람들은 거대 기획사의 갑질이라면서 해당 기획사를 성토하기 시작했다.

"아냐, 이번에는 내가 한 거 아니야. 아마도 기자가 조사했든가 아니면 이 일을 잘 아는 다른 사람이 한 거겠지."

"그런가요? 저는 선배님이 하신 건 줄 알았는데."

"만약 반응이 없었으면 할 수도 있었겠지. 그런데 뭐 그러기도 전에 다 올라왔으니 뭐… 그런데 그쪽 회사가 갑질을 엄청 해댄 모양이더라고."

평소에는 누구도 이야기를 꺼낼 수가 없었다. 잘못해서 찍히면 이 바닥에서 살아남기 어려우니까. 그러니 대형 기획사에서 갑질을 해도 아무런 말도 하지 못했다. 실제로 문제 제기를 했다가 사라진 경우도 있었다.

그런데 이번에는 사정이 좀 달랐다. 사건이 널리 알려지니 여기저기서 말들이 봇물 터지듯 나왔다. 그리고 이 기회에 문제가 되는 점을 개선해야 한다는 목소리도 나왔다.

"이번에는 고쳐질 수 있을까요?"

"단번에 바뀌는 건 쉽지 않지. 하지만 충분히 의미 있는 일은 될 거야."

이런 일이 쌓이다 보면 분명히 바뀌는 날이 올 테니까. 혁민은 호평이 가득한 기사를 여유 있게 보았다.

하지만 그 순간 다른 곳에서 누군가는 숨을 헐떡이며 도망치고 있었다.

"이런… 허억… 도대체… 누가……."

남자는 숨을 급하게 몰아쉬면서도 발걸음을 멈추지 않았다. 여기서 잡히면 어떻게 될 것이라는 걸 잘 알고 있었기 때문이었다. 한참을 그렇게 움직이던 남자는 커다란 나무를 발견하고는 나무를 등지고 앉았다.

잠깐이라도 휴식을 취하기 위해서였다. 움직여야 한다는 건 알고 있었지만, 몸이 생각을 따라주지 못했다. 그리고 엉덩이를 땅에 붙이고 앉으니 정말 살 것 같았다.

"야, 저쪽. 너는 이쪽."

멀지 않은 곳에서 사람의 소리가 들렸다. 그리고 이어지는 발소리. 나무 뒤에서 몸을 숨긴 채 잠시 숨을 고르던 남자는 도망치는 게 쉽지 않겠다는 생각을 했다.

"중범이가 올 때까지는 버텨야 하는데……."

남자는 주변을 살펴보다가 조심스럽게 몸을 낮추고 움직이기 시작했다. 이대로 계속 도망가는 건 좋은 방법이 아니라는 생각이 들었던 것이다.

'어차피 체력적으로나 뭐로 보나 내가 불리하지. 그러니 이 방향으로 계속 가봐야 결국에는 잡히는 것 말고는 없을 거야. 이럴 때가 승부를 걸어야 할 때지.'

남자는 왔던 길을 거꾸로 오르기 시작했다. 만약 이런 식으로 추적자를 피해 다시 되돌아갈 수만 있다면 시간을 꽤 벌 수 있을 것이다. 그는 발소리도 내지 않으려고 조심하면서 살금살금 움직였다.

조그마한 인기척이라도 느껴지면 바로 움직임을 멈추고 자세를 낮추었다. 그래서인지 고작 몇 미터를 움직이는 데도 엄청나게 오랜 시간이 걸렸다. 하지만 추적하는 사람들은 온통 앞쪽에만 신경을 쏟고 있는지 남자를 발견하지 못한 채 지나가고 있었다.

남자는 이제 거의 되었다는 생각을 하면서 조금씩 길을 거슬러 움직였고 이제 추적하는 사람들을 거의 따돌렸다고 생각했다.

"백 선생, 어디를 그렇게 살금살금 가시나?"

백 선생은 화들짝 놀라서 주변을 둘러보았다. 그러자 자신에게서 얼마 떨어지지 않은 곳에서 한 남자가 자신을 내려다보고 있는 것이 보였다.

"설마하니 여기서 더 어쩌겠다는 생각을 하시는 건 아니겠지요? 어차피 결과는 뻔한데 얌전하게 같이 가시죠? 신사적으로 대해 드리겠습니다."

백 선생은 숨을 들이마셨다가 후우 하고 내뱉었다. 모든 게 허무했다. 그렇게 이들을 피해서 도망 다녔는데 결국 이렇게 잡히다니.

백 선생이 자리에서 일어나 가만히 있자 남자가 다가왔다. 그런데 그때 저 멀리서 장중범의 모습이 보였다. 장중범은 백 선생에게 잠시만 기다리라는 신호를 보내왔다. 지금 바로 구하러 가겠다는 표시를 손가락으로 전하면서.

백 선생은 주변을 살폈다. 벌써 연락을 받았는지 밑에서 사람들이 이동하고 있는 게 보였다. 백 선생은 장중범을 보면서 살짝 고개를 저었다. 이미 늦었다는 입 모양을 하면서.

"아이고, 이거 선생님께서 좋아하시겠습니다. 오랜만에 뵙는다고 말이에요."

남자는 낄낄대면서 백 선생의 손에 수갑을 채웠다.

* * *

"저기, 혁민아."

오혜나는 조금 굳은 얼굴로 혁민을 바라보았다. 혁민이 왜 그러는 것이냐며 묻자 그녀는 혹시 소송이 가능한지를 물었다.

"그 기획사를 상대로?"

"그래… 지금 그냥 넘어가는 게 좋은 건가 생각을 좀 해봤거든……."

루프리의 현재 상태는 오해도 풀리고 팬들과 함께 만든 공연도 하게 되어서 결과적으로는 나쁘지 않았다. 어제 공연에 대한 기사가 올라왔는데, 반응이 나쁘지 않았다.

"하지만 이건 정말 특이한 케이스일 거야. 대부분은 그 인간 뜻대로 망하겠지."

"그럴 거야. 이런 식으로 잘 해결되는 경우는 정말 드물겠지."

"그래서 그런 생각이 들더라고. 이거 가만히 있으면 또 당할 수도 있겠구나."

어제까지만 해도 그런 생각을 하지 않았다고 했다. 오혜나는 사건도 잘 해결되었으니 어지간하면 넘어갈까 생각했다고 말했다. 그리고 전에 확 받아버리려고 했을 때 주변에서 전부 말렸단다.

어차피 해도 소용없다. 너만 다친다. 세상 돌아가는 거 모를 나이도 아닌데 왜 그러느냐. 하지만 어제 곰곰이 생각하다 보니 그게 아니라는 걸 깨달았다고 했다.

"티비 보다가 상대방 입장에서 생각해야 한다는 그런 게 나오더라고. 그냥 웃으면서 보고 있었는데 갑자기 기획사 대표 입장에서 생각해 보면 어떨까 싶더라고."

그래서 기획사 대표라고 계속 생각하면서 지금 상황을 떠올려 보았다고 했다. 그랬더니 자신이 생각한 것과는 완전히 딴판이었단다. 정말 갑자기 소름이 확 돋을 정도로 놀랐다는 거였다.

"나는 사건이 이렇게 되었으니 대표가 자중하겠지. 쉽게 또 움직이지는 못하겠지. 이런 식으로 생각했거든? 거기 이사 한 명이 검찰에서 조사까지 받고 있으니까 말이야."

그런데 전혀 그렇지 않더라는 거였다.

"대표라고 생각해 보니까 그냥 좀 짜증 나는 상황? 어차피 자신에게까지 무슨 일이 벌어지지 않는다는 느낌이라서 자기 뜻대로 되지 않은 거가 불만인 그런 상태일 거란 생각이 들더라고."

"흠… 그 사람 머릿속에 들어갔다가 나오지 않아서 뭐라고 할 수는 없지만, 아마도 그럴 것 같은데?"

혁민은 그런 식으로 생각해 본 적은 없었다. 그래서 오혜나의 말을 듣고 얼추 짐작을 해보았다. 그랬더니 오혜나와 비슷한 생각이 들었다.

"그런 사람들은 자신에게 어떤 문제가 생길 거라는 생각 자체를 하지 않는 경우가 많지. 자신은 힘이 있으니까. 다른 사람에게 떠넘기면 되거든."

"그러니까 말이야. 그래서 이대로 넘어가면 똑같은 일이 또 생길 것 같더라고."

그래서 가만히 있으면 안 되겠다고 생각했다는 거였다. 그 인간이 자신의 회사를 호시탐탐 노리고 있을 게 뻔한데 조금 일이 잘 풀렸다고 희희낙락하고 있다가는 나중에 크게 당할 것 같았다고 했다.

“생각의 차이지. 육식동물과 초식동물에 비유하면 되려나? 초식동물은 위험에서만 벗어나면 모든 게 다 해결되었다고 생각하지. 하지만 육식동물은 사냥에 실패했다고 해서 그만두지 않아. 계속해서 상대의 숨통을 노리고 있지.”

“비유가 적절한 것 같기도 하고, 아닌 것 같기도 하고… 아무튼, 나도 살려면 가만히 있으면 안 되겠다는 생각이 들었어.”

혁민은 소송으로 가면 상대가 영업 방해를 했다는 걸 입증해야 하는데 쉬운 일은 아닐 거라고 했다. 본인은 그런 적이 없다고 잡아떼면 그만이니까.

“그리고 문제는 그렇게 힘이 있는 사람들은 이래저래 연관된 사람들이 많이 있잖아. 그래서 소송까지 가더라도 쉽게 이기기 어렵지.”

돈과 인맥. 그들만의 막강한 바리케이드가 있다. 그리고 그런 자들은 다른 때는 서로를 잡아먹지 못해 난리지만, 자신들의 울타리가 무너지는 일에는 한마음이 되어서 적극적으로 나선다.

“그래서 안 된다는 거야?”

“아니. 안 되는 게 어디 있겠냐. 하지만 전략적으로 접근할 필요가 있지. 대뜸 소송부터 걸고 시작하면 오히려 힘들어지고 말릴 수가 있으니까 작전을 좀 짜야지.”

오혜나는 무슨 좋은 생각이 있으면 이야기해 보라고 말했다. 혁민은 일단은 검찰의 조사를 조금 더 지켜보고 지금은 언론을 활용하는 쪽에 집중하는 편이 좋을 것 같다고 했다.

"증거와 증인. 그걸 확보해야 소송에서 이길 확률이 높아지잖아. 그리고 대중적으로 널리 알려진 사건은 판사도 쉽게 덮어버리지 못해. 부담감이 생기거든. 그러니까 이 사건을 더 알려야 해."

그리고 지금 조사를 받고 있는 이사와 다른 증인들을 모으는 게 중요하다고 했다.

"그리고 내가 좀 알아보니까 그 회사 소문이 좋지 않던데?"

"뭐야? 이미 조사하고 있었던 거야?"

"아니. 알아본 건 아니고 이번에 기자들한테 기사 좀 잘 써달라고 하면서 이야기를 나눈 적이 있거든. 그런데 그 자리에서 물어보니까 이런저런 이야기가 나왔지."

그 기획사는 예전부터 악명이 자자했다는 말을 들었다고 했다.

"나도 소문이야 들어서 알고는 있지만……."

"그리고 거기서 손을 대서 망한 회사도 여럿 있다면서."

혁민은 망한 회사에서 가만히 있었겠느냐고 물었다. 오혜나는 고개를 저었다. 망하게 생겼는데 가만히 있을 사람이 어디 있겠는가. 모든 방법을 다 동원해서라도 망하지 않으려고 발버둥 쳤을 것이다.

그래도 망하게 생겼다면? 그렇다면 자신을 그렇게 만든 사람에게 뭐라도 할 것이다. 비리를 고발하고 투서도 넣고 별짓을 다 할 것이다. 그럼에도 아직도 건재하다는 건 그만큼 뒷배가 든든하다는 거였다.

"그러니까 쉽게 생각할 상대가 아니야. 큰 사냥감을 잡을 때는 성급하게 덤벼들면 안 되지."

"그러면 어떻게 하자는 건데?"

"그쪽에서 한 방식을 비슷하게 사용하려고."

오혜나는 어떤 방식을 이야기하는 거냐면서 물었고, 혁민은 일단은 이야기를 흘리는 것부터 시작하는 게 좋겠다고 이야기했다.

"이 사건의 본질은 루지하고 기획사 사장 이야기잖아. 노예 계약을 해서 놓아주지 않으려고 하다가 소송까지 가서 풀려났다. 그랬더니 앙심을 품고 계속 해코지를 하고 있다."

그렇지만 상대가 워낙 갑이라서 아무런 말도 하지 못하고 당하고만 있다. 그런 내용을 퍼뜨리자고 했다. 사람들이 충분히 흥미를 갖고 분개할 만한 내용이니 삽시간에 퍼질 거라고 하면서.

"그런데 이런 게 정말 도움이 될까?"

"만약 이런 게 정말 화제가 되면 경찰이나 검찰에서 수사에 나설 수도 있어."

"그래? 고소나 고발을 하지 않아도 수사를 할 수 있는 거야?"

혁민은 가능하다고 이야기했다.

"수사기관에서는 범죄 사실을 인지하면 수사를 할 수 있거든. 인지라는 게 신고나 기사와 같은 것도 있지만, 소문일 수도 있지."

"소문만 듣고 수사를 한다고? 그건 좀 그렇지 않나?"

"아니야. 예를 들어서 어디에 마약이 돌고 있다. 이런 소문이 경찰이나 검찰에 들어갔다고 쳐 보자고. 그러면 수사를 하는 게 이상하지 않잖아."

"아, 그렇게 이야기하니까 또 그런 것 같네."

하지만 소문은 말 그대로 소문이다. 심각한 범죄가 아닌 경우에는 일일이 수사를 하지 않는다. 그러니 최대한 엄청난 범죄의 온상이라는 걸 어필하는 것이 중요하다.

"물론 소문이 돈다고 해서 전부 다 수사를 하지는 않아. 어떻게든 손을 써야지."

그리고 그전에도 작업을 해둘 게 좀 있다고 했다. 오혜나는 잘은 모르겠지만, 혁민이 단단히 준비하고 있다는 건 느낄 수 있었다.

"그런데 너는 내가 이야기 꺼내기도 전에 아예 준비를 하고 있었던 것 같다?"

"어느 정도는. 왜? 그게 그렇게 이상해?"

"아니, 변호사라고 하면 이미지가 그렇지 않잖아. 굳이 소송을 맡은 것도 아닌데 그런 것에 참견하는 게 좀 이상하다는 생각이 들어서."

혁민은 웃으면서 이야기했다. 그건 잘 모르는 소리라고.

"변호사는 공익의 대변자로서의 의무도 있는 거야. 그러니까 범죄 사실을 알고도 모른 척하는 건 변호사로서 의무를 저버리는 거지."

"그래? 흠… 내가 생각했던 변호사하고는 좀 다른데……."

"아무튼, 그건 중요한 게 아니고. 앞으로 어떻게 해야 그 인간을 제대로 털어버릴 수 있는지 궁리를 해보자고."

혁민은 기본적인 계획은 세워져 있지만, 디테일이 아직 부족하다면서 같이 논의해 보자고 이야기했다.

*　　*　　*

루지와 노예 계약 이야기가 올라올 때만 해도 사건이 그렇게 커지리라고는 아무도 예상하지 못했다. 하지만 기획사 대표의 성이 언급되고 이런저런 이야기가 오가다가 어떤 사람이 글을 올리면서부터 갑자기 상황이 급박하게 진행되었다.

"아니, 그게 무슨 말씀이십니까. 제가 그런 걸 소홀하게 다루었을 리가 없잖습니까. 그냥 인터넷에 떠도는 루멉니다, 루머. 그리고 사건도 이미 끝난 거 아닙니까."

기획사의 대표인 지원민은 죽을상을 하고 이야기했다. 아랫사람 같았으면 죽이네 살리네 하면서 성질을 부렸겠지만, 자신이 어떻게 할 수 없는 위치에 있는 사람이니 그럴 수도 없는 일이었다.

—하여간 이런 일이 언급된다는 것 자체가 아주 불쾌하군요.

"아이고, 걱정하지 마시라니까요. 괜찮습니다. 전혀 문제가 없는 일이고, 만약에 무슨 일이 생긴다고 하더라도 제가 다 알아서 하겠습니다. 저하고 알고 지낸 지가 벌써 몇 년인데 이러십니까. 저 지원민입니다, 지원민!"

지 대표의 말에 상대방의 말투도 조금은 누그러졌다.

—내가 지 대표를 몰라서 하는 소리가 아니에요. 세상일이란 게 모르는 거니까 그러는 겁니다. 게다가 요즘은 예전하고는 달라요. 인터넷이라는 변수가 있어서 일이 어떻게 될지 예상을 할 수가 없습니다. 그러니 각별하게 신경 써야 합니다.

"여부가 있겠습니까. 당연히 신경을 써야죠."

지 대표는 앞에 상대가 없는데도 연신 고개를 숙였다. 그리고는 통화가 끝나자 한숨을 크게 내쉬었다. 오늘만 해도 벌써 이런 전화가 몇 번인지 몰랐다.

"아니 어떤 새끼가 그런 쓰잘데기없는 걸 올려 가지고는……."

지 대표는 바로 사람을 불렀다. 그가 인터폰으로 소리를 지르자 바로 남자 한 명이 튀어 들어왔다.

"야!! 내가 알아보라고 한 거 어떻게 됐어?"

"저기… 그게… 경찰 쪽에다가 이야기는 했는데 시간이 좀 걸릴 거라고……."

남자는 머뭇거리면서 이야기했다. 지 대표가 어떤 놈이 그따위 글을 올렸는지 당장 알아보라고 이야기를 했는데 그걸 그렇게 빨리 알아내는 건 어려운 일이었기 때문이었다.

당연한 일이었다. 경찰에서 접수를 받아 조사하고, 필요하다고 판단되어 영장을 청구하면 검사가 법원에다가 영장을 신청한다. 그러면 판사가 판단해서 영장을 발부하고 검사를 거쳐 경찰에게 내려오면 해당 업체에 정보 확인을 요청하게 된다.

시간이 얼마나 걸릴지는 아무도 알 수 없는 일이다. 게다가 중간에 영장을 청구할 것까지는 없다고 생각하는 사람이 있을 수도 있고.

"야!! 내가 언제 경찰에다가 알아보래? 내가 경찰에다가 이야기하면 어떻게 되는지를 몰라서 지금 너한테 그런 이야기를 한 줄 알아?"

지 대표는 서류를 돌돌 말은 뭉치로 남자를 탁탁 때리면서 이야기했다.

"이 멍충아. 내가 그런 걸 얘기했을 때는 뒷구멍으로 어떻게든 알아보라는 거지. 경찰? 야, 내년이나 돼서 누군지 자료 받으려고? 엉?"

지 대표는 화가 좀처럼 사그라지지 않는지 말을 마치고 뒤돌아 자기 자리로 돌아가다가 다시 서류를 말아 쥐고 뛰어가서는 남자를 팍팍 때리기 시작했다.

"아우~ 생각할수록 열 받네."

지 대표는 숨을 씩씩 내쉬고는 남자에게 손가락질하면서 이야기했다.

"당장 나가서 무슨 수를 써서든 그 글 올린 게 누구인지 알아 와. 당장!!"

"예… 당장 알아 오겠습니다."

남자는 당장 알아 올 자신은 없었지만, 그런 이야기를 했다가는 어떤 꼴을 당할지 모르니 일단은 그러겠다고 대답했다. 나중에야 어떻게 되든 간에 지금은 그렇게 대답해야 했다.

남자는 그렇게 말하고는 황급히 밖으로 나갔고, 방 안에는 지 대표의 거친 숨소리만 울리고 있었다. 그런데 갑자기 숨소리 사이로 지 대표의 핸드폰 벨소리가 들려왔다. 그는 액정을 확인하고는 숨을 골랐다.

"예, 선생님. 잘 지내셨습니까?"

—최근에 좋은 일도 있고 해서 잘 지냈는데 이상한 이야기가 좀 들려. 어떻게 된 일인지 내가 알아야 할 것 같은데…….

지 대표는 가슴이 진탕되는 걸 느꼈다. 전화를 건 사람은 엄청난 거물이었다. 사실 지 대표는 얼굴을 본 적도 없었다. 자신이 아는 가장 고위층 인사를 통해 소개를 받은 분이었다.

자신은 그 고위층 인사를 제대로 쳐다볼 수도 없는데, 그 고위층 인사가 지금 전화를 건 사람에게는 깍듯이 선생님이라고 부르며 공대를 했다. 그래서 번호를 받았을 때 자신도 선생님이라고만 저장을 해놓았다.

궁금하기는 했지만, 목소리의 주인공이 누구인지 알아본 적은 없었다. 이런 걸 잘못 알아보다가는 어떻게 된다는 것쯤은 알고 있었으니까.

“죄송합니다. 제가 미연에 방지해서 이런 일에까지 신경을 쓰지 않게 해드려야 하는 건데…….”

—아니야, 아니야. 그럴 수도 있지. 세상일이라는 게 다 그런 거 아니겠나…….

목소리의 주인공은 별일 아니라는 듯 이야기했다. 하지만 그럴수록 조심해야 한다. 이런 사람들의 말을 곧이곧대로 들었다가는 낭패를 당하기 쉽다. 원래 본심을 잘 이야기하지 않는 사람들이니까.

—그런데 이번 일을 좀 불편해하는 사람들이 있어.

“걱정하지 않으셔도 됩니다. 제가 확실하게 관리해서 누가 되지 않게 하겠습니다.”

—그런가? 나도 그랬으면 좋겠군……. 그리고 그렇게 되는 게 서로에게 좋을 거야.

목소리 속의 남자는 조용하게 이야기했다. 하지만 지 대표는 그 말투에 더욱 긴장이 되는 걸 느꼈다. 저런 경고를 듣고 사라진 사람의 이야기가 생각나서였다.

* * *

"자살 사건이라……."

혁민은 처음에는 연관된 일인지 모르고 있다가 나중에야 그 사실을 알게 되었다. 자살을 한 여자 연예인의 지인이라는 사람이 의혹이 있다면서 글을 올린 게 발단이었다. 위지원 변호사도 이 사건에 무척 관심을 기울였다.

"외국에 서버가 있는 SNS인 데다가 계정까지 지워져서 아마도 본인 확인은 어려울 것 같은데요? 하지만 얘기는 벌써 다 퍼졌으니……."

"그러니까. 그런데 이게 사실이면 이건 좀 심각한데?"

연예인의 지인이라는 사람은 자살하기 전날까지만 해도 자신과 만나서 이야기를 나누었고, 다음 달에 새로 작품을 할 것이라는 이야기를 나누었다고 했다. 게다가 며칠 뒤에 친구들과 만날 약속도 있었는데, 오랜만에 보는 얼굴도 있어서 기대된다는 말도 했다는 거였다.

그런 상황이었는데, 갑자기 자살했다는 것이 말이 되느냐는 거였다. 게다가 자살이라고 하면 보통 유서가 있어야 하는데, 유서가 없다는 점도 이상하다고 했다.

"문제 제기가 거기에서 끝났으면 이렇게까지 커지지는 않았을 거예요."

위지원 변호사는 살짝 흥분한 목소리로 이야기했다. 사건이 지금처럼 화제가 되고 커진 데는 다른 소문까지 돌게 된 것이 결정적이었다. 몇 년 전에 자살한 다른 연예인도 지 대표와 관련이 있다는 소문이었다.

그 글을 올린 사람은 자살한 다른 여자 연예인이 지 대표가 예전에 소유하고 있던 회사 소속이라는 점, 그리고 그렇게 비슷한 시기에 자살한 몇 명의 여자 연예인이 모두 지 대표와 직간접으로 연관이 있다는 점을 들어 무언가 수상한 점이 있다고 이야기했다.

그 글을 본 사람들의 반응은 폭발적이었다. 자살한 연예인이 사실은 타살일 수도 있다? 자살이라고 하더라도 세간에 알려진 이유가 아니라 다른 이유가 있을 수도 있다? 이런 의견들이 터져 나왔다.

"저는 이거 다시 조사해야 한다고 생각해요."

"하지만 이미 자살로 종결이 난 사건이라서 새로운 증거가 나오지 않는 이상 다시 수사할 수는 없을 건데……."

지극히 정상적인 의견이었다. 하지만 위지원 변호사는 그 말을 듣고는 고개를 휙 돌려 혁민을 째려보았다. 어떻게 그런 말을 할 수가 있느냐는 듯이.

"선배님. 어떻게 그런 식으로 이야기할 수가 있으세요? 아직 새파란 애들이 억울하게 죽었을 수도 있는데 그렇게 태평한 소리가 나오세요?"

"아니… 나는 그냥 일반적으로는 그렇다 이거지……."

혁민은 처음 보는 서슬 퍼런 위지원 변호사의 모습에 자신도 모르게 슬그머니 말을 흐렸다. 위지원 변호사는 자살한 연예인들이 사람들 사이에 언급되는 것처럼 험한 일을 당하다가 결국 자살 혹은 타살로 생을 마감했다고 굳게 믿는 모양이었다.

'하기야 여자 입장에서야 흥분할 만도 하지. 그런데 확실히 이상하기는 해…….'

자살한 연예인이 그들만 있는 건 아니었지만, 비슷한 시기에 유독 지 대표와 연관된 여자 연예인들이 많이 자살했다는 건 분명히 의심이 갈 만한 일이었다.

"선배님, 이거 어떻게 할 수 있는 방법 없나요?"

"법적으로야 특별한 방법은 없지. 이미 자살로 결론 난 사건인 데다가 특별한 증거가 새로 나온 것도 아니니까."

"저도 변호사인데 그런 걸 몰라서 물었겠어요? 선배님은 그런 거 말고 다른 방법도 잘 찾아내시니까 제가 물어본 거죠."

위지원 변호사는 이 사건을 반드시 다시 파봐야 한다고 이야기했다. 분명히 알려지지 않은 무언가가 있는 게 틀림없다면서.

"그냥 보기에 딱 떠오르는 방법은 없고, 사건에 관해서 살펴보다 보면 무언가 생각이 날지도 모르지. 가만……."

"왜요? 무슨 좋은 방법이라도 떠오르신 거예요?"

혁민이 미간을 찌푸리며 무언가를 생각하자 위지원 변호사는 반색하면서 물었다. 혁민이 저런 표정을 할 때는 사건을 해결할 좋은 생각이 떠오르는 경우가 많았기 때문이었다.

"아니, 방법이라기보다는… 음… 나한테 지 대표와 연관된 사실을 이야기해 준 기자가 있었거든. 그런데 그 기자가 지나가는 투로 이야기한 게 있거든."

혁민은 얼마 전에 기자와 식사하면서 들은 이야기가 떠올랐다.

'그래, 분명히 그런 이야기를 했어. 내가 이야기를 듣고 인상을 찌푸렸지?'

혁민은 지 대표와 관련된 지저분한 이야기를 듣자 저절로 인상이 구겨졌다.

성과 관련된 추문이라서 더욱 불쾌했고, 속이 매슥매슥한 것 같아서였다.

"그게 사실이라면 정말 엄청난 사건이겠네요."

"하지만 지금은 소문만 무성하지 특별한 증거 같은 게 없어서 말이죠. 거기에 관해서 이야기하는 사람도 없고 말입니다."

기자는 자신도 조금 알아보려 했지만, 특별한 점은 찾을 수 없었다고 했다. 그런데 의아한 구석은 분명히 있었다는 말도 덧붙였다.

"사람들이 이야기하는 걸 무척이나 꺼리더라고요."

"가족이나 지인이 그렇게 되면 아무래도 그렇지 않나요?"

기자는 자신도 처음에는 그런 줄 알았다고 했다.

"그런데 그런 걸 감안해도 좀 이상한 사람이 몇 명 있더라고요. 의식적으로 피하는 게 보인다고나 할까요? 그래서 일부러 아닌 척하고 인터뷰를 한 적이 있어요. 생전의 선행이나 이런 걸 위주로 물어보면서요."

처음에는 조금 경계했지만, 고인의 선행이나 좋은 면만 계속 물어보니 경계심이 조금 누그러졌다. 그러다가 슬쩍 화제를 바꾸었더니 말실수를 하는 사람이 있었다고 했다.

"급히 입을 다물기는 했는데, 이 정도면 뭔가가 더 있다는 건 확실한 거죠."

기자의 말에 다른 동료 기자도 관심을 보였다. 하지만 기자는 더 이상의 이야기는 꺼내지 않았다. 그 이상은 사람들이 이야기하지 않았다면서. 동료 기자들은 그러지 말고 조금만 더 풀어보라고 말했지만 소용없었다.

"정말이라니까 그러네. 말을 하지 않는데 나라고 별수 있나."

기자는 그렇게 말했지만, 혁민은 아주 흥미로운 말을 들을 수 있었다.

다른 사람들이 모두 나가고 뒤늦게 자리에서 일어나면서 기자가 혼잣말로 중얼거린 소리였다.

아주 작은 소리여서 바로 옆에 앉는 혁민에게도 잘 들리지 않을 정도였다.

"파티를 시작하기도 전에 샴페인을 터뜨릴 이유는 없지."

혁민은 그 당시에는 대수롭지 않게 넘어갔다. 대충 어떤 것을 의미하는 이야기인지는 알 수 있었지만, 자신과는 무관한 일이라고 생각했으니까. 하지만 지금은 상황이 조금 달라졌다.

"그런 이야기를 했지."

"분명히 그 기자는 무언가를 알고 있는 거네요. 조사를 더 해서 특종을 잡으려는 그런 생각인 것 같은데요?"

"하기야 이런 사건을 제대로 캐기만 한다면 특종 중에서도 특종이겠지."

하지만 혁민은 만약 진실을 알아낸다고 하더라도 이런 기사는 나가기가 쉽지 않을 것이라고 생각했다. 돌고 있는 말이 사실이라면 관련된 사람들이 모두 고위층에 있는 자들이다. 그렇다면 이런 기사가 나가도록 가만히 두지 않을 것이다.

"쉽지는 않을 거야. 든든한 버팀목이 없으면 이런 기사는 그냥 묻히기 쉬워."

"에이… 설마요. 요즘이 어떤 시대인데… 데스크에서 내보내지 않으면 다른 매체 알아보거나 인터넷에 올려 버리면 되죠."

"그렇게 간단하지가 않아. 너는 그런 자들이 어떤 짓까지도 할 수 있는지 몰라서 그래."

혁민의 말에 위지원 변호사는 무척 실망한 투로 말했다.

"그러면 선배님도 이 사건 관련해서 알아보지 않을 거예요?"

"아니. 그 기자 만나서 이야기해 봐야지."

"예? 아니… 방금 전에는 위험한 일이니까 조심해야 한다고 그러셔 놓고……."

혁민은 피식 웃으면서 이야기했다.

“위험하지. 그런데 이건 알아볼 만한 가치가 있는 일이거든.”

“그렇죠? 역시 선배님이시라니까. 그러면 기자 만날 때 저도 같이 가요.”

혁민은 그렇게 하자고 이야기했다. 공유하고 있는 사람이 많으면 그만큼 상대도 손을 쓰기가 쉽지 않을 테니까.

“어? 이상하네. 저는 선배님이 저는 안 된다고 그럴 줄 알고 설득할 것까지 생각하고 있었는데…….”

“너 어차피 내가 안 된다고 해도 어떻게든 알아볼 거잖아.”

“뭐… 그렇기는 하죠.”

혁민은 그러니까 허락하는 거라고 했다. 자신이 하지 말라고 해도 이번 사건은 어떻게든 들쑤시고 다닐 게 뻔하다면서. 그리고 오히려 그렇게 어설프게 뒤지고 다니는 게 더 위험하니까 같이 다니자고 한 거였다.

“그러면 약속 잡히면 같이 가서 들어보고, 우리가 할 수 있는 걸 알아보자고.”

혁민은 기자도 자신들의 도움이라면 거절하지 않을 것이라고 생각했다. 같은 기자라면 꺼림칙한 게 있겠지만, 자신들은 변호사 아닌가. 이번에 맡은 사건과 관련이 있다고 하면서 서로 윈윈이라고 하면 기자도 좋아할 것이라는 생각이 들었다.

*　　　*　　　*

"뭐? 그 새끼가 내가 했다고 입을 열었다고?"

지원민은 요즘 왜 이렇게 자신에게 일이 터지는지 모르겠다는 생각을 했다. 그동안 큰 사건이 터져도 그다지 어렵지 않게 수습을 했는데, 별거 아닌 일인데도 왜 이렇게 잘 풀리지 않는지 짜증스러웠다.

"그렇답니다. 검찰에서 연락이 왔는데 준비를 하시는 게 좋을 것 같다고……."

"하아… 그 새끼는 내가 그렇게 알아듣게 이야기를 했는데도……."

지 대표는 애초에 이사가 잡혀 들어간 것부터 뭔가 이상했다는 생각이 들었다. 그동안 비슷한 일을 한 적이 여러 번 있었는데, 이런 식으로 풀린 적은 처음이었기 때문이었다.

"변호사 오라고 하고 이사 가족한테 애들 좀 붙여놔."

"예… 저기… 다른 지시 사항은 없으신지……."

지 대표는 그런 거 없으니까 빨리 나가보라고 손짓했다. 모든 게 귀찮다는 표정을 한 채로. 그는 사람이 나가자 이번에는 다른 문제로 고민하기 시작했다. 사실 이사가 검찰에 불었다는 건 큰 문제거리도 아니었다.

"그거야 어떻게든 해결할 수가 있을 것 같은데……."

그는 지금 인터넷에 퍼지고 있는 이야기가 더 신경 쓰였다.

자살한 여배우들이 모두 고위층 성 상납과 관련이 있다는 이야기였다. 얼토당토않은 헛소리도 있기는 했지만, 개중에는 사실인 것도 있었다.

그래서 지 대표에게 최근에 전화가 자주 걸려왔다. 도대체 관리를 어떻게 하는 건데 이런 이야기가 새 나간 것이냐면서. 지 대표는 그냥 사람들이 루머를 올린 것 중에 우연히 들어맞은 게 있는 것뿐이라고 변명했다.

"하지만 생각보다 자세하게 이야기를 적은 사람도 있는 것 보니까 분명히 뭔가 아는 사람이 있는 것 같은데……."

지 대표는 다른 거야 모르겠지만, 문제를 일으키고 있는 주모자는 빨리 알아내야겠다고 생각하고 있었다. 그래서 사람을 시켜서 조사하고 있는데, 생각보다 쉬운 일이 아니었다.

"누군지만 알아내면 어떻게든 처리하고……."

그렇게 되면 나머지는 신경을 쓸 것도 없었다. 인터넷에 헛소문이 도는 게 어디 한두 개인가. 그냥 떠돌다가 다른 화제가 생기면 언제 그랬냐는 듯 사라질 것이다. 그는 의뢰한 사람에게 연락을 했다.

"그래, 어떻게 좀 알아봤어?"

—아시잖습니까. 쉽지 않습니다. 준비를 단단히 한 것 같네요.

전화기에서는 그 사람의 글이 다시 올라오기를 기다려야겠다는 말이 흘러나왔다. 지금까지로는 누군지를 특정할 수 있는 정보가 거의 남아 있지 않았기 때문이었다.

—하다못해 IP 주소라도 남아 있어야 하는데 싹 지워진 상태라서 온라인 쪽에서는 뭔가를 찾기가 좀 어려울 것 같고, 오프에서도 비슷합니다. 뭐 범위를 좁힐 만한 뭔가 단서라도 좀 주셔야…….

남자는 정보가 너무 없다고 하소연을 하면서 누군가가 같은 방식으로 복수를 하는 것 같으니 그쪽으로 잘 생각해 보라고 이야기했다.

"가만… 이거 어쩐지 기분이 좀 쎄~하다 했더니… 그렇단 말이지?"

지 대표는 가만히 생각해 보니 자신이 지금까지 써먹었던 수법을 누군가가 따라 하고 있다는 걸 알 수 있었다. 외국 계정을 이용해서 소문을 흘리고 빠지는 것이나, 그런 걸 이용해서 상대를 곤경으로 몰아가는 게 데칼코마니처럼 똑같았다.

"좋아. 그렇다면 범위를 좀 줄일 수도 있겠어."

—예. 일단은 뭐라도 정보가 있어야 저희도 움직일 수가 있으니까요.

"알았어. 잠깐만 기다려 봐."

지 대표는 이를 박박 갈았다. 그리고 자신에게 원한이 있을 법한 사람의 이름을 가만히 떠올려 보았다. 이 정도로 움직일 때는 원한이 깊은 사람일 테니까 그럴 만한 인물들을 추려보았다.

하지만 도중에 포기했다. 볼펜으로 그럴 만한 사람을 적었는데, 숫자가 서른이 넘어갔는데도 아직 떠오르는 사람들이 남았기 때문이었다.

—어떻게 누군지 좀 감이 오십니까?

"일단 조사를 해봐. 내가 나중에 알려줄 테니까."

지 대표는 소리를 질렀다. 모든 상황이 짜증스러웠기 때문이었다.

—알겠습니다. 그러면 일단 다른 글이 올라오면 그걸로 누구인지 파악하는 방향으로 초점을 맞추겠습니다. 지워지기 전이면 뭐라도 정보가 있을 테니까 말이죠.

"그래. 애 좀 써주게. 내가 이번 사건만 해결되면 단단히 한 몫 챙겨 줄 테니까. 나랏일 하면서 받는 돈으로 집이나 살 수 있겠어? 이번에 집 한 채 장만하라고."

—지금도 최선을 다하고 있지만, 기운이 부쩍 나는군요. 이거 최선 그 이상도 할 수 있을 것 같은데요?

지 대표는 피식 웃으면서 잘 부탁한다고 하고는 전화를 끊었다.

"역시 기름을 쳐야 기계가 잘 돌아간다니까."

잠깐 얼굴에 미소가 머물던 그는 모니터를 보면서 바로 한숨을 내쉬었다. 지 대표와 고위층에 관한 글들이 쉴 새 없이 올라왔기 때문이었다. 그리고 아무런 반응도 없는 걸 보니 찔리는 게 있어서 그런 모양이라는 글도 계속 달렸다.

"이런 겁대가리 없는 새끼들이. 아우… 이걸 그냥 다 어떻게 할 수도 없고. 하여간 어떤 새끼가 그랬는지 잡히기만 하면 뼈를 갈아서 커피 프림 대신 타 먹을까 보다."

지 대표는 씩씩대면서 분을 참지 못했다.

Chapter 5
숨겨진 진실

기자는 상당히 경계하면서 혁민과 위지원 변호사를 맞이했다. 지 대표와 관련해서는 무조건 조심하는 게 최선이기 때문이었다.

"저희가 지금 진행하려는 소송을 준비하다 보니까 말이죠……."

혁민은 걸그룹 루프리의 소송을 맡고 있는데, 지 대표를 고소할 수 있는지 알아보고 있다고 이야기했다. 영업 방해 등으로 소송을 제기할 생각인데, 조사하다 보니 알게 된 사실이 있어서 이렇게 찾아오게 되었다고 했다.

"지금 인터넷이 한창 시끄럽지 않습니까. 확실하게 소송감이라는 생각이 들어서요."

혁민은 돈이 될 것 같아서 관심이 있다고 이야기했다. 공익의 대변자나 당연히 해야 할 일 같은 이야기를 꺼냈다가는 오히려 의심만 살 테니까.

그런 가치나 행동이 훌륭한 것이라는 거야 다들 알고 있지만, 그런 이유로 사건을 파고든다고 하면 믿을 사람이 얼마나 되겠는가. 기자도 진실을 밝혀야 한다는 사명감이라고 포장은 하지만, 결국 특종을 잡아서 자신의 욕망을 채우기 위함이 아닌가.

그래서 차라리 이런저런 이야기를 하고 부연 설명을 하느니 그냥 돈 때문이라고 이야기했다. 그편이 서로 편했다. 서 기자는 납득이 간다는 듯 고개를 주억거렸다.

"하기야 제대로 밝혀지기만 한다면 큰 사건이죠. 소송이 걸리면 엄청난 합의금을 받을 수도 있을 테고……."

"뭐, 그렇습니다. 그래서 서로 도움을 주고받으면 어떨까 해서요. 분야가 다르니 서로 신경 쓸 일도 없잖습니까. 저야 기사 같은 건 어떻게 나도 별 상관 없고, 서 기자님이야 소송과는 무관할 테니 말입니다."

서 기자는 그래도 아직 경계를 완전히 풀지 않았다. 소스를 말해주는 것과 정보를 공유하는 건 엄청난 차이가 있는 일이다. 소스 정도야 누구에게 이야기해도 별문제가 되지 않지만, 민감한 정보를 공유하는 건 큰 위험을 감수해야 하는 일이니까.

"저로서도 시간이 좀 필요하군요. 당장 뭐라고 이야기를 드리기가 좀 그렇습니다."

"물론입니다. 지금 바로 서로 정보를 다 나누자는 건 무리겠죠."

혁민은 일단 이야기나 좀 나누자고 말했다.

"지금 글을 올리는 사람 중에 아무래도 지인이나 가족이 있는 것 같더군요. 정황이나 속사정 같은 게 잘 나타나 있는 내용이 있는 걸로 봐서는 말입니다."

"아무래도 그럴 가능성이 높겠죠. 저도 유심히 내용을 살펴보는데, 그 당시 사정을 잘 아는 사람이 있는 것 같았습니다. 사실 얼마나 답답했겠습니까. 그동안 말을 하고 싶어도 못 하고 있었는데, 이런 기회가 생기니 용기를 낸 거겠죠."

갑자기 당시 억울한 사정을 이야기하는 글을 올리면 세간의 주목을 받게 될 것이다. 그리고 누가 올렸는지도 금방 알려질 것이고. 그건 부담스러운 일이다. 특히나 상대가 엄청난 권력을 가진 자들이라면 더욱.

그나마 공론화가 되어서 억울함이라도 풀 수 있는 기회라도 잡을 수 있으면 다행이다. 하지만 현실은 대부분 그렇지 않았다. 공연히 먼저 말을 꺼낸 사람만 다치고 사건은 흐지부지될 가능성이 높았다.

"개중에 한 명 소재를 파악한 것 같은데, 관심이 있으십니까?"

"그래요? 누굽니까? 어떤 사람이에요?"

서 기자는 다급하게 질문을 던졌다. 그리고는 호기심 가득한 표정으로 혁민에게 바짝 붙었으면서 자연스럽게 펜과 수첩을 잡았다. 혁민은 그 모습을 보고는 슬쩍 웃었다. 영락없는 기자라는 생각이 들어서였다.

“혹시 기자님이 아시는 분일 수도 있지 않습니까.”

“아뇨. 제가 취재하는 분은 지금 인터넷에 글을 올리지 않고 있어요. 아주 몸조심을 하고 있거든요. 그러니까 절대로 그 사람은 아닙니다.”

혁민은 조금 의외라는 생각이 들었다. 서 기자가 취재하는 사람 중에서 지금 글을 올리고 있는 사람이 있을 수도 있다고 생각했기 때문이었다. 그런데 이야기하는 걸로 들어봐서는 한 사람에게서 정보를 얻고 있는 모양이었다. 그리고 그 사람은 글도 올리지 않고 있었고.

“그런가요? 그러면 빨리 찾아야겠네요. 이게 좀 좋지 않을 수도…….”

“예? 무슨 문제라도 있는 건가요?”

“그 사람은 계속해서 PC방에서 글을 올리고 있거든요…….”

혁민은 올라온 글 중에서 가장 신빙성이 있어 보이는 글을 추렸다. 그리고 개중에서 가장 사건에 관해서 잘 알고 있는 것 같은 글을 누가 올리는지 알아봐 달라고 허 대리에게 부탁했다.

상대는 무척이나 조심하고 있었다. 글을 올리고는 얼마 지나지 않아서 바로 지워 버리는 수법으로 자신의 정체를 숨겼다. 글을 올리는 것도 외국에 서버를 둔 사이트였고. 하지만 글을 올리는 게 반복되다 보니 완전히 정체를 숨길 수는 없었다.

문제는 상대도 예의 주시하고 있을 거라는 점이었다. 지 대표라고 가만히 있겠는가. 자신이 이런 식으로 상대를 공격하는 걸 즐겼던 사람이었다. 어떻게 하면 걸리지 않을지도 잘 아는 사람이었고.

"당연히 상대도 찾고 있을 겁니다. 그러니 빨리 찾아야……."

"그럼 당장 찾으러 가죠!!"

서 기자가 갑자기 급하게 짐을 챙겼다. 혁민이 의아하다는 표정으로 쳐다보자 서 기자는 아주 심각한 표정으로 이야기했다.

"지 대표가 어떤 사람인지 잘 모르셔서 이렇게 태평한 겁니다. 제가 지금 취재하는 분에게 들은 이야기가 전부 사실이라면 지금 그 사람이 어떤 위험에 처했을지 모르는 일이에요."

서 기자는 자세한 이야기는 가면서 이야기해 주겠다면서 일단 움직이자고 말했다. 일행은 밖으로 나와서 바로 차에 올랐다. PC방의 위치는 이미 확인을 해둔 상태였다.

"사실 기자 생활을 하면 이런 거 저런 거 많이 봅니다."

차가 출발하고 나서 잠깐은 서로 말이 없었다. 그러다가 침묵을 깨고 나온 건 서 기자였다. 그는 조용히 이야기를 시작했다.

"사실 성 접대도 알게 모르게 많이 이루어지고 있습니다. 다들 이야기 정도는 들어보셨겠죠? 아마도 들으신 것보다 몇 배는 많은 일이 일어나고 있다고 보시면 될 겁니다."

"아니, 남자들은 도대체 왜 그런 거죠? 저는 아무리 이해를 하려고 해도 할 수가 없어요."

서 기자의 말에 위지원 변호사가 발끈했다. 서 기자는 씁쓸한 표정으로 입맛을 다셨다.

"여자분 계신데 이런 이야기를 해도 될지 모르겠지만, 제가 생각하기에는 과시욕 같은 게 아닐까 싶어요. 설마하니 그런 사람들이 하룻밤 지낼 여자를 구하지 못하겠습니까."

서 기자는 접대를 받으면서 존재감을 느끼고 위세를 한껏 뽐내는 그런 심리 같다고 말했다.

"나는 이런 대접을 받는 사람이다. 그 정도 되는 인물이라는 걸 느끼는 거죠."

위지원 변호사는 그런 것도 이해가 안 된다면서 씩씩거렸다. 아주 삐뚤어지고 왜곡된 가치관이라면서 분통을 터뜨렸다. 그녀의 말에 두 남자는 잠시 할 말이 없었다.

"그런데… 제가 아는 분이 영상을 가지고 있답니다."

서 기자가 잠시 망설이다가 이야기를 꺼냈는데, 혁민과 위지원 변호사는 생각지도 못한 이야기에 깜짝 놀랐다.

"영상이요? 관계를 하는 걸 찍은 영상이 있다는 얘긴가요?"

"예, 그렇습니다. 그런데… 상대가 워낙 거물이라서……."

서 기자는 누구인지는 이야기하지 않았지만, 쉽게 건드릴 수 없는 인물이라고 이야기했다.

"잘못하면 역으로 당합니다. 전에 가족 중 한 명이 직접 찾아가서 항의했는데, 절대로 그런 일은 없었다는 말만 들었다죠. 그 사람을 직접 본 것은 아주 잠깐뿐이고 말입니다."

그리고 며칠 후에 그 사람이 교통사고를 당했다고 했다.

"정상적인 범주 안에서 생각하시면 안 됩니다. 우리랑은 완전히 다른 사람들이에요."

"그런데 왜 기자님은 취재하려는 겁니까? 그렇게 위험한데 말입니다."

혁민의 말에 서 기자는 피식 웃었다.

"솔직하게 말해서 사회 정의를 밝히고 이런 얘기 기자 처음 할 때는 그런가 보다 했는데 지나면서 생각해 보니까 아닌 것 같아요. 그냥 그런 꼴을 가만히 보질 못하겠더군요. 성질머리가 그렇게 생겨먹었나 봅니다."

서 기자는 원래 그런 사람이라서 이런 일을 하는 거라고 했다. 그건 사자가 육식을 하고 코끼리가 채식을 하는 것처럼 자연스러운 일이라고 했다.

"저는 그런 얘기가 더 와 닿는군요. 저도 비슷한 것 같아서 더 그런 것 같습니다. 이상하게 그런 인간들만 보면 삐딱해지거든요."

혁민의 말에 서 기자의 눈이 빛났다. 혁민이 그런 이야기를 하니 훨씬 가깝게 느껴졌기 때문이었다. 그는 혁민에게 이런 저런 질문을 하더니 정말 비슷한 성격이라고 맞장구를 쳤다.

그리고 조용히 중얼거렸다.

"아무튼, 이번 일이 제대로 알려지기만 한다면 발칵 뒤집어질 겁니다. 그냥 몇 명이 뉴스에 나오는 정도가 아니라 정말 온 나라가 전부요."

* * *

"그러니까 이렇게 이야기를 드리는 것 아닙니까. 신경을 좀 써주시면 제가 따로 한번 모시겠습니다."

—요즘 때가 좋지 않아요. 지 대표도 알 것 아닙니까. 분위기 좋지 않다는 거.

지 대표는 욕설이 튀어나오려는 걸 꾹 참았다. 아닌 말로 분위기가 좋은 때가 어디 있단 말인가. 어느 때나 다 문제가 있고 살펴야 할 게 있는 법이다. 그런데도 저런 이야기를 하는 건 조금이라도 더 뜯어내기 위한 수작이다.

아예 안 되는 일 같았으면 저런 식으로 이야기하지도 않는다. 처음부터 다른 식으로 표현해서 여지를 남기지 않았을 것이다. 저렇게 앓는 소리를 하면서 질질 끈다는 소리는 뭔가 더 내놓으라는 말이었다.

하지만 분위기를 맞추어줄 수밖에 없었다. 아쉬운 건 자신이었고, 상대는 들어주든 아니든 별 상관 없는 사람이었으니까.

"제가 저번에 인사드린 것보다 준비를 더 하겠습니다. 그러니 사정 좀 봐주시죠."

—허허… 지 대표가 이렇게까지 나오는데 모르는 척할 수도 없는 일이고… 이거 참…….

지 대표는 속으로는 지랄을 하고 있다며 갖은 욕을 퍼붓고 있었지만, 겉으로는 조용히 상대의 답이 나오기를 기다리고 있었다. 그리고 잠시 후 그가 기다리던 말이 상대의 입에서 나왔다.

—그러면 내가 한번 알아보지요. 결과가 나오면 알려 드리리다.

"아이고, 감사합니다. 제가 이번에는 제대로 준비를 하겠습니다.

—어떻게 될지 모르는 일인데 미리 그럴 것 없습니다.

"아니, 영감님이 나서시는데 일이 안될 리가 있겠습니까. 저는 된 걸로 생각하고 편하게 있겠습니다.

—허허허, 이거 부담이 되는군그래…….

지 대표는 일이 거의 성사되었다는 걸 알 수 있었다. 저런 식으로 이야기하는 건 실제로는 전혀 부담스럽지 않다는 거였으니까. 그래서 통화를 마치고 지 대표는 그쪽으로는 신경을 꺼도 되겠다고 판단했다.

"저 새끼가 알아서 처리해 줄 거고……."

문제는 지금 자꾸만 이야기를 퍼뜨리는 놈이었다. 점점 자세한 이야기가 흘러나오고 있었고, 그걸 본 당사자들의 압력도 그만큼 거세지고 있었다.

"아니, 남자 새끼들이 그런 걸로 확 쫄아가지고……."

그래도 사회 고위층에 있는 놈들이 하는 짓은 좀생원 같았다. 자신과 그다지 상관없는 일에는 마음이 태평양처럼 넓었지만, 자신과 관련이 있는 일이라면 아주 민감했다. 조금이라도 손해를 보거나 자신에게 피해가 오는 일은 기를 쓰고 막으려고 했고.

지 대표는 그래도 한쪽은 이제 마음을 놓아도 되니 다른 쪽을 해결하는 데 집중해야겠다고 마음먹었다.

그리고 그날 오후.

"뭐냐, 그 표정은?"

검사는 차동출의 뚱한 표정을 보고는 물었다.

"부장이 불러서……."

"그런데 표정이 왜 그런 건데?"

"정말 몰라서 묻냐? 부장이 부르는 거면 무슨 일인지 뻔한 거 아냐, 이 자식아."

동료 검사는 한숨을 내쉬면서 그러니까 좀 성질 좀 죽이라고 이야기했다.

"얌마. 너무 들이받지 말고 적당히 해, 적당히. 기소했다가 깨지면 너만 손해라니까."

"넌 그게 되냐? 난 죄가 있다는 게 보이면 그게 안 된다."

동료 검사는 고개를 흔들었다. 도저히 말릴 수 없는 놈이라면서. 하지만 그도 알고 있다. 차동출이 틀린 게 아니라는 걸.

죄 있는 사람을 기소하는 게 어떻게 잘못된 일이겠는가. 하지만 현실은 교과서에 나온 것 같은 세상이 아니었다.

"가서 얘기 잘 듣고 생각 잘해."

차동출은 한숨을 푹 내쉬고는 도살장에 끌려가는 소 같은 표정을 한 채 부장검사의 방으로 향했다. 그리고 자신이 예상했던 소리를 들었다.

"끝내. 이 정도 가지고 어떻게 기소를 하겠다는 거야?"

"지 대표가 지시를 한 게 틀림없습니다."

"그러니까 지시를 한 증거가 어디 있느냔 말이야! 증거가!!"

증거. 이런 사건의 경우 녹취를 하지 않은 이상에는 증언 말고 다른 증거가 있을 리가 없다.

"증언이 있지 않습니까. 지 대표가 지시했다고 이야기하고 있습니다."

"그것도 말했다가 바꿨다면서. 폭행에다가 공포 분위기를 잡아서 억지로 대답한 거라고 했다매? 야, 그리고 너는 손 좀 조심해. 요즘 같은 때 누가 사람들한테 손을 대, 손을!!"

차동출은 이미 결론은 나 있다는 걸 알 수 있었다. 그래서 고민이 되었다. 기소할 수는 있었다. 검사는 독립된 수사기관이니까. 하지만 그래 봤자 달라지는 건 없었다. 재판에 가더라도 지 대표는 무죄로 풀려날 것이다. 부장검사도 그걸 아니까 자신을 말리는 것이다. 그래서 더 고민이 되었다.

* * *

부장검사는 차분하게 차동출을 설득했다.

"야, 동출아. 너 실력 좋은 거 모르는 사람 없어. 하지만 말이야, 눈에 보이는 게 더 우선이란 말이야. 그래서 실적이 좋아야 한다고. 거기다가 평판 같은 것도 신경 써야 하는 거고."

부장검사는 이런 식으로 기소했는데, 무죄로 풀려나면 검사로서 마이너스라고 이야기했다. 직접 입으로 말한 건 아니었지만, 어차피 지 대표가 손을 써서 풀려날 건데 공연히 덤터기 쓸 필요 없다고 만류하는 거였다.

확실한 줄만 있다면야 이런 거 크게 신경 쓰지 않아도 될지 모른다. 하지만 차동출은 그런 줄도 없는 사람 아닌가.

"어차피 고위직으로 올라갈 사람들은 처음부터 정치적으로 놀아. 안 그러면 올라갈 수 없는 그런 데야, 높은 자리라는 데는. 너한테 그런 것까지 바라지는 않아."

부장검사는 그렇지만 다들 올라가는 자리까지는 올라가야 할 것 아니냐고 이야기했다. 안 그래도 찍혀 있는데 이런 식으로 실적까지 좋지 않으면 정말 이상한 자리로 발령을 받을 수도 있다면서.

"이런 거 모르는 것도 아니잖아. 그리고 니가 지금 검사 된 지 얼마 안 되는 초짜냐? 이제는 니 갈 길도 좀 챙기고 그래야지. 너 같은 놈이 올라가야 분위기도 좀 바뀌고 그럴 거 아냐, 인마. 그러니까 조금만 현명하게 굴어."

부장검사는 서류를 건네주면서 말했다.

"무조건 위에서 내려오는 명령에 따르라고 하는 것도 아니야. 그리고 범죄자를 무조건 봐주라는 것도 아니고. 그딴 식으로 일하는 검사를 얻다가 쓰겠냐? 하지만 어떻게 하는 게 현명한 건지는 생각해 봐."

차동출은 결재가 나지 않은 서류를 들고 자신의 방으로 돌아왔다. 하지만 아무리 생각해도 어떤 것이 옳은 것인지, 더 현명한 일인지는 결론 내릴 수 없었다.

이것저것 재지 않고 신념대로 움직일 것인가. 아니면 당장은 조금 몸을 굽히더라도 큰 그림을 그릴 것인가. 차동출은 이런 고민을 해야 한다는 것 자체가 마음에 들지 않았다.

"나 참. 이런 고민을 하는 지금 세상이 미친 거 아닌가?"

차동출은 정작 미쳐서 돌아가는 건 자신이 아니라 이 세상이라고 생각했다. 하지만 그런 푸념이나 하면서 계속 있을 수는 없었다. 이번 사건을 어떻게 처리해야 할지 결정을 해야 했다. 차동출은 조용히 중얼거렸다.

"이러니까 내가 술을 끊을 수가 있어? 니미."

그는 핸드폰을 꺼내서 전화를 걸었다.

"야! 혜나야. 술이나 한잔하자."

—이 오빠가. 내가 갑자기 전화해서 술 먹자고 하면 바로 나갈 수 있을 정도로 한가한 줄 알아요?

"그래? 바쁘냐? 그럼 다른 사람한테 연락하고."

—됐어요. 무슨 일 있는 것 같은데 또 어떻게 내가 모른 척할 수가 있겠어? 바쁘긴 한데, 조금 있으면 급한 건 끝나니까

나갈 수 있어.

차동출은 피식 웃고는 만날 장소를 이야기했다.

* * *

"그만 얘기하지? 여기서 당신한테 무슨 일이 일어나도 아는 사람 아무도 없을 거라는 사실, 백 선생, 당신이 더 잘 알고 있지 않나?"

"후우… 나도 얘기를 하고는 싶은데……."

백 선생은 퉤 하고 핏물을 내뱉은 다음 숨을 몰아쉬면서 이야기했다. 심하게 얻어맞아 만신창이가 된 그의 모습에서 그동안 어떤 일이 있었는지 짐작할 수 있었다.

"그럼 얘기를 하라고. 얘기하면 서로 편안해지는 거야. 그래도 예전에 일을 봐줬던 걸 생각해서 심하게는 하지 않고 있잖아……."

남자는 능청스럽게 말을 하면서 자신의 앞에 놓인 여러 가지 연장을 슬슬 매만졌다.

"나도 손발톱 뽑고 그러는 거는 별로 좋아하지 않는다고. 그러니까 얘기하고 깔끔하게 마무리합시다. 어차피 불게 될 거라는 거 서로 잘 아는 거잖아."

남자는 백 선생의 뺨을 툭툭 치면서 말했다.

백 선생은 속으로 생각했다. 이 남자는 지금 자신이 말을 하지 않기를 바라고 있을 수도 있다고.

'좋아하지 않아? 손발톱이 아니라 손가락 자르면서도 실실 웃는 새끼가…….'

오히려 그런 걸 즐기는 놈이었다. 사람을 죽여도 간단하게 죽이는 것보다는 아주 잔혹하게 손을 쓰는 걸 더 선호하는 인간 백정 같은 놈. 같은 편이었을 때도 정말 더러운 놈이라고 생각했었는데, 적으로 만나니 정말 최악이었다.

백 선생은 자신이 계속 버틸 수 없다는 걸 잘 알고 있었다. 하지만 바로 자백을 할 수도 없었다. 그랬다가는 오히려 의심을 받거나 바로 이 남자의 노리개가 되어서 비참하게 죽어갈 테니까. 그래서 지금까지 버텼다. 그리고 이제 슬슬 때가 된 것 같았다.

"어차피 내가 이야기를 해도 살려두지 않을 거 아닌가?"

"에이, 사람이 그렇게 부정적인 사고방식을 가지고 있으면 안 되지."

남자는 낄낄대면서 이야기했다.

"그거는 이야기하고 나서 나중에 생각하는 거야. 일단은 몸이라도 좀 편안해져야 할 거 아니냐고. 혹시 알아? 중간에 무슨 변동 사항이라도 생길지?"

백 선생은 코웃음을 쳤다. 워낙 기력이 없어서 바로 앞에 있는 남자도 느끼지 못할 정도로 약했지만. 백 선생은 천천히 입을 열었다.

"선생님을 한번 만나고 싶은데……."

"서로 봐서 좋을 게 뭐 있다고……. 선생님은 결과만 들으면 된다고 하시던데? 나머지는 나보고 알아서 하라고 그러셨고."

"그런가? 하기야 이제는 몸을 좀 사려야겠지. 요즘은 워낙 기술이 발전해서……."

남자는 큭큭대면서 웃었다. 그래서 자신도 활동하기가 무척 불편하다면서.

"아주 고약해졌어. CCTV니 블랙박스니 해서 아주 피곤하다니까. 예전에는 그냥 말로 대충 때우면 됐는데 말이지… 그나저나 슬슬 불지? 말장난하는 것도 좀 지겨우니까."

남자는 슬쩍 공구 중 하나를 집으면서 이야기했다. 그는 공구를 살피면서 사이코패스 연쇄살인마도 이런 일을 시키면 잘할 것 같다는 생각을 했다.

'그 자식도 나랑 비슷하니까 무척 잘하겠지? 하지만 다른 데 쓸데가 있다고 했으니까…….'

남자는 얼마 전 교도소에서 사이코패스를 보았던 때를 떠올리면서 씩 웃었다. 아주 여유로운 표정.

반면에 백 선생은 한숨을 크게 내쉬었다. 조금만 지체해도 당장 남자가 손에 든 공구를 사용할 것 같았기 때문이었다. 그는 천천히 입을 열었다.

"내가 가지고 있던 자료는 다른 사람한테 넘겼네."

"누구?"

남자의 대꾸는 마치 예상이나 했다는 듯 바로 튀어나왔다. 어차피 본인이 가지고 있을 거라는 생각은 하지 않았으니까 당연한 일일 수도 있었다.

"자네들도 잘 아는 사람일 거야. 장중범."

"장중범?"

공구로 손바닥을 탁탁 치고 있던 남자의 움직임이 딱 멈추었다. 개인적으로 흥미가 있는 인물이었기 때문이었다.

"같이 다니던 사람이 장중범이었던 게 맞았군."

내부적으로도 말이 좀 있었다. 장중범이 아니라 다른 인물이라는 말도 있었고, 여러 가지 이야기가 돌고 있었다. 남자는 백 선생이 접촉하고 있었던 인물이 장중범이라는 사실을 확인한 것만으로도 나쁘지 않다는 생각을 했다.

"그렇군. 아주 재미있어… 자료를 장중범에게 주었다… 그러면 장중범은 그 자료를 어디에다가 숨겼지?"

백 선생이 자료를 누구에게 넘겼는지는 중요하지 않았다. 자신은 그 자료를 찾기만 하면 그만이니까. 방법이 없을 때는 폐기라도 해야지만, 그것보다는 온전한 상태로 돌려받기를 선생님이 원하고 있었다.

"내가 잡힐 때까지만 해도 그가 가지고 있었지……."

"흠… 가지고 있었다? 그런 중요한 자료를?"

남자는 의심의 눈초리가 가득한 표정으로 백 선생을 째려보았다. 하지만 백 선생은 당연한 걸 왜 묻느냐는 듯 대꾸했다.

"그럼 그걸 어디다 숨기겠나. 이 나라에서 당신들 손이 미치지 않는 데가 어디 있다고. 품 안에 가지고 있는 편이 가장 안전하지."

백 선생의 말에 남자는 고개를 끄덕였다. 일리가 있는 말이었으니까. 백 선생은 티 나지 않게 남자의 표정을 슬쩍 살피면서 말을 이었다.

"나야 지금처럼 잡힐 수도 있는 몸 아닌가. 중범이가 가지고 있는 편이 훨씬 안전하지. 중범이까지 잡힐 상황이라고 하면 어쩔 수 없는 거겠고."

남자는 여전히 의심스럽긴 했지만, 일단은 백 선생의 말에 신빙성이 있다고 판단했다. 완전히 믿을 수는 없지만, 확인해볼 필요성은 있었다.

"그럼 장중범은 지금 어디 있지?"

"헤어지고 나서야 나도 모르지."

남자는 피식 웃으면서 되물었다.

"이거 왜 이래? 보통 어디로 움직일지 정도는 약속을 해놓잖아. 베타나 델타 포인트라고 이야기를 하던가?"

남자는 명칭이야 뭐가 되었든 상관없고 헤어져서 만나기로 한 장소가 어디인지를 물었다. 이런 식으로 급습을 받게 될 경우 만약을 위해서 서로 접선을 할 장소를 미리 정해놓는다.

백 선생과 장중범도 그런 지점을 정해놓았다. 백 선생은 그곳까지 갈 수 없는 상황이 되었지만.

백 선생은 얼굴을 찡그리면서 이야기했다.

"어려운 애기를 강요하는군……."

"쉬운 이야기야 이렇게까지 할 필요가 있나. 조금만 움직이면 다 알 수 있는 건데. 그래서 이렇게 내가 수고를 하는 거잖소. 어려운 이야기를 들으려고 말이야……."

남자는 조금 천천히 들어도 상관없다면서 공구를 쥐고 이리저리 살펴보았다. 입가에 기묘한 비웃음 같은 걸 달고서. 백 선생은 한숨을 푹푹 내쉬면서 망설였다. 하지만 결국 입을 열었다.

"그래, 이렇게 협조를 하니까 좋잖아… 서로 편하고."

남자는 만족스럽다는 표정을 한 채 공구를 철로 된 박스 안에 넣고는 물건들을 챙겨 들었다. 그리고 밖으로 나가려다가 뒤를 돌아다보고는 이야기했다.

"아! 혹시 몰라서 하는 이야기인데, 혹시라도 거짓말을 한 거라면 지금 이야기하는 편이 좋을 거야. 나야 당신이 거짓말을 하는 거면 좋은데, 선생님이나 그런 거 좀 싫어하는 사람들이 있거든."

남자는 귀찮은 일은 딱 질색이라면서 인상을 찌푸렸다.

"그러니까 혹시라도 문제가 있는 부분이 있으면 지금 이야기를 하라고."

"내가 그런 걸 모르겠나. 나도 여기서 일이 어떻게 돌아가는지 뻔하게 아는 사람인데……."

"아하! 하기야 백 선생도 여기 출신이지……."

남자는 알았다고 하고는 밖으로 나갔다. 나가기 전에 만약 장난을 친 거면 화끈한 걸 기대해도 좋을 거라는 협박을 던지면서.

백 선생은 시간이 많이 남지 않았다는 걸 직감했다. 자신이 지금 한 이야기는 대부분 진실이었다. 어설픈 속임수가 통할

곳이 아니었다. 그래서 최대한 자신의 말이 진실처럼 보이도록 꾸몄다.

장중범과 만나기로 한 장소는 진짜였다. 그 장소 부근을 뒤지다 보면 장중범 일행의 모습을 발견할 수 있을 것이다. 하지만 그것뿐일 것이다.

"어차피 거기야 모이는 장소에 불과하니까……."

게다가 장중범은 백 선생이 잡힌 걸 보았다. 당연히 지금과 같은 상황을 대비하고 움직일 것이다. 하지만 언제까지 이렇게 피해 다닐 수만은 없는 일이다.

"빨리 필요한 자료를 찾아야 하는데……."

백 선생이 가지고 있는 자료만으로는 부족했다. 물론 이 자료만 가지고도 핵폭탄이 터진 것 같은 일이 벌어질 것이다. 이 나라의 고위층이라고 하는 사람들이 어떤 짓을 했는지가 들어 있는 자료였으니까.

하지만 상대는 강력한 권력을 쥐고 있는 자들이다. 이미 많은 부분을 조작하고 지웠다. 그러니 더욱 자료를 쉽사리 공개할 수가 없었다. 공개를 해도 조작이라고 우기고 덮어버리면 그만이니까.

그 정도 힘은 있는 자들이었다. 그러니 그런 힘이 있어도 어떻게 손을 쓰기 어려운 상황을 만들어야 했다. 그렇게 하기 위해서는 무언가가 더 필요했다.

"시간이 많지 않아… 중범이까지 잡혀 버리면 정말 큰일인데……."

그는 어떻게든 잡히지 않고 밖에서 일을 꾸며야 한다. 그래야 자신에게도 기회가 생긴다. 자료의 위치를 이야기했지만, 상대는 아직 의심을 지우지 않고 있을 것이다. 분명히 숨기는 게 있을 것이라고 생각할 테니까. 그래서 자료를 찾을 때까지는 어떻게든 자신을 살려놓을 것이다.

백 선생은 갑자기 혁민의 생각이 떠올랐다. 암울했던 시기에 유일한 즐거움을 주었던 존재여서 더욱 기억에 남았다.

"그 녀석까지 말려들면 좋지 않은데… 앞으로 한번 볼 수나 있으려나?"

백 선생이 그렇게 혁민을 보고 싶다는 생각을 하고 있을 때, 비슷한 생각을 하고 있는 사람이 또 있었다.

"뭐? 변호사?"

"예. 정혁민 변호사라고……."

지 대표는 그 변호사가 사사건건 말썽이라는 생각이 들었다. 그래서 이대로 가만히 있으면 안 되겠다고 판단했다.

"그 자식 불러. 내가 한번 봐야겠어."

"예, 알겠습니다."

지 대표는 미간에 내 천 자를 만들면서 중얼거렸다.

"변호사? 좋지. 세상에 무서울 거 없겠지. 사법고시 패스하고 주변에 전부 힘 있는 사람들 있고. 만나는 사람마다 굽실굽실하면서 대접해 주고. 그러니까 아주 세상이 다 자기 맘대로 돌아가는 것 같겠지……."

지 대표는 인상이 굳어지며 이를 살짝 갈았다.

"이상하게 어린 새끼들은 꼭 뜨거운 걸 만지고 나서야, 그런 거에 손을 대면 화상을 입는다는 걸 안다니까. 참 문제야 문제."

그는 변호사를 만나면 세상 이치에 관해서 이야기를 좀 해 주어야겠다고 생각했다. 그리고 그래도 잘 모른다 싶으면 조금 더 확실한 방법으로 알려주리라 마음먹었다.

* * *

"어서 오시죠."

지 대표는 자신의 방에 들어온 혁민에게 자리를 권했다. 고급스럽게 배치되어 있는 장식과 가구들. 혁민에게 손짓하는 지 대표의 얼굴에는 자신감이 가득했다. 이런 애송이 정도는 자신이 충분히 요리할 수 있다는 그런 생각을 한다는 게 겉으로도 보일 정도였다.

그렇게 생각을 하는 것도 당연할 것이다. 나이 차이도 20년 정도 되고, 그동안 겪어온 일들이나 헤치고 살아온 과정이 비교도 되지 않는다고 생각했을 테니까. 그래서일까? 지 대표는 처음부터 자신만만했다.

"바쁘실 텐데 이렇게 오시라고 해서 죄송합니다."

"뭐, 바쁜 거 아시는 것 같으니 바로 본론으로 들어가시죠. 시간은 금 아니겠습니까."

지 대표의 뺨이 살짝 꿈틀거렸다. 예상했던 반응이 아니었던 데다가 자신의 심기를 살짝 건드렸기 때문이었다. 하지만 지 대표는 이런 정도로 흔들리거나 그럴 사람은 아니었다.

'역시나 싸가지 없는 새끼구만. 이런 새끼들은 내가 또 잘 알지. 지 잘난 맛에 지금까지 살아온 인간들. 실패라는 걸 모르고 그냥 하고 싶은 거 다 하면서 날뛰는 새끼들.'

지 대표는 오히려 이런 스타일이 다루기 편할 수도 있다고 생각하고는 이내 웃는 표정을 지었다. 그리고 차분하게 이야기를 이어나갔다.

"아무리 급해도 차 한잔할 시간이 없겠습니까. 숨이나 좀 돌리시죠."

지 대표는 자연스럽게 차를 권하면서 가벼운 이야기부터 시작하려고 했다. 상대를 자신의 페이스로 끌어들이기 위해서는 어느 정도 사전 작업 같은 것도 필요했으니까.

자신이 압도적으로 유리한 위치라면 확 밀어붙이면 된다. 회사에서 상사의 위치와 같이 수직적인 관계에서 윗사람이라고 하면 이런 작업이 필요하지 않다. 하지만 처음 만나는 자리인 데다가, 변호사라고 하면 상대의 사회적 지위도 만만한 건 아니다.

그러니 이야기를 하면서 상대도 파악하고, 그러면서 자신이 주도하는 분위기를 만들려고 한 것이었다. 하지만 상대는 자신이 원하는 대로 움직이지 않았다.

"세상 사람들이 다 본인 같다고 생각하시면 곤란한데… 제가 요즘 워낙 바빠서 말이죠……."

혁민은 그렇게 이야기하고는 주섬주섬 일어날 채비를 했다. 그러자 지 대표는 황급하게 손을 들어 혁민을 말렸다.

"아이고, 변호사님 성질도 급하시네. 알았습니다. 본론 바로 얘기하죠."

지 대표는 초장부터 분위기가 이상하게 흘러간다는 느낌을 받았다. 초반에 가벼운 주도권 싸움을 했는데, 상대에게 밀렸다는 생각이 들었던 것이다. 반면에 혁민은 자신의 뜻대로 상황이 흘러가는 것에 만족했다.

대형 기획사 대표라고 하면 혁민과 같은 30대 초반의 변호사가 아무렇게나 대할 수 있는 사람이 아니다. 혹시나 강윤태와 같이 엄청난 백이 있으면 모를까, 그렇지 않은데도 이런 식으로 막 대하는 사람이 있다면 그건 미친놈이다.

하지만 예외적인 상황도 있는 법이다. 지금처럼 적대적인 상황에 일반적인 인간관계를 적용할 수는 없다. 이런 상황에서 상대의 사회적 지위나 나이가 자신보다 위에 있다고 해서 고분고분 끌려가는 건 멍청이들이나 하는 짓이다.

'끌려가는 것보다는 주도권을 내가 쥐고 있는 게 편하지.'

혁민은 지 대표가 어떻게 나오는지를 덤덤한 표정으로 지켜보고 있었다. 하지만 속으로는 온갖 생각이 맴돌고 있었다.

"제가 알아보니까 이번 일에 상당히 적극적으로 움직이고 계신다고 들었습니다."

"뭐, 아는 사람 일이다 보니……."

혁민은 오혜나라는 친구의 일이라 그런 것이라고 일단 말을 던졌다. 상대방이 믿든 말든 그건 중요하지 않았다. 그 말에 상대가 어떤 식으로 반응하는지를 보려고 한 거였다.

"두 분이 무척 가까운 사이이신가 봅니다. 이렇게까지 일을 하시는 걸 보면 말입니다."

"십 년도 넘은 친구 사이니까요."

"아, 그러셨군요. 그런데 말입니다……."

지 대표는 방향을 정했다. 친구 사이. 무척 모호한 사이다. 가족이나 연인이라고 한다면 쉽게 물러날 수 없는 그런 관계이다. 하지만 친구 사이? 얼마나 친한가에 따라 다르긴 하겠지만, 결속력이 가족이나 연인보다는 약하기 쉽다. 특히나 이성이라면 말이다.

'물러나게 하려면 그럴듯한 명분만 주면 되겠구만.'

정말 친구 사이라서 지금처럼 적극적으로 나서는 것이라고 한다면 오히려 쉽게 해결이 날 수도 있다. 당사자와 합의를 하면 변호사는 더 이상 끼어들 명분이 없으니까.

"뭔가 오해가 있으셨던 것 같습니다. 안 그래도 오 대표하고는 만나서 오해를 풀려고 하고 있습니다. 오해라는 놈이 참 묘해서 쌓이기 시작하면 아주 복잡해지더군요."

지 대표는 오 대표의 회사에 도움을 좀 주더라도 이 문제를 해결해야겠다고 생각했다. 루프리 사건은 아무것도 아니었다. 그거야 어떻게든 매조지를 할 수 있었다. 하지만 지금 이 변호사가 캐고 다니는 일이 드러나면 자신은 살아남지 못한다.

그러니 어떻게든 이 변호사를 그 사건으로부터 떼어내어야 했다. 그리고 가능하면 자신의 편으로 만들면 더 좋은 일이고.

"오해도 풀고 관계를 돈독하게 할 생각입니다. 지금 공동 투어나 프로모션을 같이 하는 방안을 생각 중인데……."

지 대표는 서로 도움이 되는 관계를 생각하고 있다고 말했다. 기획사에 소속되어 있는 유명 아이돌 그룹의 투어에 루프리가 오프닝으로 나오는 것도 생각 중이라고 하면서.

"저희는 대중의 오해를 풀 수 있어서 좋고, 오 대표는 좋은 기회를 잡는 것이니 좋고. 이런 게 바로 윈윈 아니겠습니까."

지 대표는 언뜻 보면 오 대표에게 일방적으로 유리한 조건 같아 보이지만 그런 게 아니라고 힘주어 말했다. 자신의 회사 같은 큰 회사는 이미지가 중요해서 오히려 자신이 더 얻는 게 많을 거라면서 말이다.

"루프리로서도 절호의 기회일 겁니다. 국내 팬들뿐만 아니라 외국에까지 이름을 알릴 수 있는 기회니까요. 이런 기회는 쉽게 오지 않습니다."

솔직한 이야기로 지 대표가 이런 제안을 한다면 오혜나는 받아들일 것이다. 오혜나의 성질 같으면 다 필요 없다고 하면서 들이받겠지만, 그녀는 혼자가 아니라 엄연히 한 회사의 대표다. 자신의 기분대로 행동할 수는 없는 자리.

혁민은 지 대표가 생각했던 것보다 단수가 높다는 걸 알 수 있었다. 본질을 파악하고 상대가 거부할 수 없는 패를 내밀었다. 이런 제안을 한다고 하면 혁민으로서는 할 말이 없었다.

하지만 역으로 지 대표가 그만큼 급하다는 것도 알 수 있었다. 정상적인 상황이라면 이런 제안을 절대로 하지 않을 테니까. 이미지? 우스운 이야기다. 이미지를 그렇게 신경 썼다면 진즉 어떤 움직임이 있었을 것이다.

'내가 글을 올린 사람과 만나니까 바로 만나자고 하고, 이런 제안을 한다 이거지?'

그만큼 궁지에 몰렸다는 이야기. 혁민은 이렇게 해서라도 사건이 알려지는 걸 막으려는 걸 보고는 자신이 생각하는 것보다 사건이 더 클 수도 있다는 생각이 들었다.

"어떻습니까? 이 정도면 오 대표도 만족할 것 같은데……."

"그렇겠네요. 오 대표도 그 정도 제안이라면 긍정적으로 생각할 것 같습니다. 저 같으면 받아들일 것 같네요. 하지만 이번에 마음고생을 너무 해서… 아시잖습니까. 여자들 사고방식은 남자들하고는 조금 달라서 말이죠."

혁민은 어떻게 될지 모르겠다고 조금 물러섰다. 지 대표는 눈을 게슴츠레하게 뜨고는 혁민을 쳐다보았다.

"그러면 제가 오 대표하고 문제가 해결되면 변호사님 같은 경우에는 다른 일에 집중하실 수가 있겠군요. 그렇겠죠?"

그것만 해결되면 손을 뗄 것이냐고 묻는 말.

혁민은 가만히 지 대표를 쳐다보았다. 어떻게 대답을 할까 살짝 고민이 되었다.

'조금 더 도발을 해? 아니면 이 정도로 끝? 지금 어떻게 하는 게 가장 좋은 방법이지?'

생각은 길지 않았다. 혁민은 결정을 내리고 대답했다. 아주 편안한 표정에 입에는 자연스러운 미소까지 지으면서 입을 열었다.

"당연한 일 아닙니까. 이렇게 돈도 되지 않는 일에 언제까지 매달릴 수야 없는 일이죠."

"아… 지인이라고 하시더니 정말 염가에 일을 해주시는가 봅니다. 허허허. 하기야 제가 알아보니 수임료가 상당하시다고 하시던데……."

"그냥 받을 만큼 받고 있습니다. 어차피 이런 일이야 능력제 아니겠습니까."

혁민은 살짝 거들먹거리는 모습으로 대답했다. 자신의 실력에 대한 긍지나 자부심이 가득한 사람으로 보이게끔.

"저도 일이 생기면 변호사님 찾아가야겠습니다. 이렇게 일을 제대로 처리해 주시는 분이 있다는 걸 알았으면 진즉에 선을 놓았을 텐데 말이죠."

"언제든 오셔도 됩니다. 제가 맡을 수 있는 사건이라고 하면야 언제나 환영이죠."

혁민은 하얀 이를 드러내며 웃었다. 지 대표도 일이 잘 마무리가 된 것 같다는 생각을 하면서 따라 웃었다. 자신이 고객이 될 수도 있다는 말에 혁민이 반응했다고 생각하는 것 같았다.

'돈 좋아하는 놈이라고 하더니. 역시나 돈이 될 만한 걸 던져 주니 반응을 하는군.'

지 대표는 이쯤에서 확실하게 마무리를 해야겠다고 생각했다. 그는 혁민에게 은근한 투로 이야기를 걸었다.

"가능하시면 저희 회사 자문 변호사를 맡아주시는 건 어떻겠습니까?"

"자문 변호사요?"

"예. 선생님 실력이야 다들 아는 거니 회사의 이사들도 반대하지 않을 겁니다."

혁민은 지 대표가 만만한 사람이 아니라는 걸 다시 느꼈다. 이 정도에서 넘어갈 만도 한데 혁민을 자문 변호사로 끌어들여서 확실하게 방점을 찍고 싶어 했다.

"이미 자문 계약을 맺은 곳이 있지 않던가요? 그리고 저는 자문 변호사는 맡지 않는 게 원칙이라서……."

"자문 계약이야 한 곳하고만 하라는 법이 있는 것도 아니니 문제가 될 건 없군요. 로펌하고 계약을 하고 따로 개인 변호사하고 자문 계약을 하는 곳도 종종 있습니다."

지 대표는 그건 문제 될 게 없다면서 혁민에게 자문 변호사를 맡지 않는 이유가 따로 있는지를 물었다. 보수는 넉넉하게 책정할 것이라면서. 그러면서 혁민을 유심히 살폈다. 뭔가 석연치 않다는 생각이 들어서였다.

"제가 어디 얽매이고 그러는 걸 좀 싫어해서요. 알아보시면 아시겠지만, 지금까지 제안이 온 곳도 몇 곳 있었는데 전부 거절했습니다. 조건 같은 거야 좋았지만, 제가 원체 그런 걸 싫어하는 성격이라서……."

"아… 그러시군요. 그래도 잘 생각해 보시죠."

지 대표는 원칙이란 거야 상황에 따라서 바뀔 수도 있고 성격도 나이가 들면 바뀌기도 한다고 이야기했다.

"이런저런 경험을 하다 보면 적응하게 되더군요. 세상은 혼자 살아가는 데가 아니니까 말입니다. 이번 기회에 뭔가 변화를 좀 줘보시죠."

지 대표는 은근한 투로 만약 자문 변호사를 수락하면 따로 좋은 자리를 마련하겠다고 이야기했다. 혁민은 그것이 어떤 자리인지 알 수 있었다. 자기편이라고 생각하면 확실하게 대접도 해주고, 그런 걸 통해서 묶어놓겠다는 의미.

"생각을 좀 해보겠습니다. 아직까지는 한 번도 없었던 일이라서."

"그러시죠. 그러면 오 대표하고 이야기를 마치고 다시 제가 연락을 드리겠습니다."

혁민은 알았다고 이야기했다. 그리고 밖으로 나오면서 생각했다.

"일단 혜나 회사에는 좋은 일이니까 그렇게 진행이 되도록 하는 게 좋겠지……."

하지만 자문 의뢰는 거절할 생각이었다. 그리고 조사를 하는 거도 멈출 생각은 없었다. 지 대표가 나중에 어떻게 그럴 수 있느냐고 따질 수도 있겠지만, 그거야 신경 쓰지 않았다.

"내가 확실하게 손을 떼겠다고 약속을 한 것도 아니니까."

그리고 약속을 했어도 상관없다는 생각을 하고 있었다. 혁민은 저런 인간을 상대할 때는 정직하게만 해서는 안 된다는 걸 잘 알고 있었다. 속이고 뒤통수를 치는 게 좋지 않은 짓이기는 했지만, 저런 인간을 상대할 때는 얼마든지 그럴 수 있는 것이라고 혁민은 생각했다.

"전쟁터에서 정직 같은 걸 찾는 것도 웃기는 일이지."

혁민은 지 대표가 알아차리기 전에 빨리 움직여야겠다고 생각하고는 발걸음을 재촉했다.

* * *

"여긴가?"

율희는 퇴원하고 점점 기억을 찾아가고 있었다. 사람들의 이야기를 듣고 여기저기 다니다 보니까 조금씩 기억이 돌아왔던 것이다.

하지만 유난히 혁민과 관련된 것만 잘 떠오르지 않았다. 그래서 혁민과 같이 갔던 장소나 관련된 일을 알아보고 다녔다. 그걸 해결하지 않고서는 정상으로 돌아왔다는 느낌이 들지 않을 것 같아서였다.

자신도 미칠 것 같았다. 한 사람과 관련된 기억만 떠오르지 않는다는 게 너무나도 이상했다. 그래서 혹시 자신이 지금 꿈을 꾸고 있는 게 아닌가 하는 생각도 했다.

"나도 참… 아직 병원에 누워 있는 거고 꿈을 꾸는 거라는 생각을 다 하다니……."

영화인지 외국 드라마인지는 모르겠지만, 그런 걸 어디선가 본 것 같았다. 오죽하면 그런 생각까지 했겠는가. 다른 기억은 조금씩이라도 다 돌아오고 있는데 유독 혁민과 관련된 기억만 떠오르지 않으니 너무나도 이상해서 그런 거였다.

"아!! 여긴가 보다."

율희는 주소를 확인하고는 이곳이 자신이 찾는 집이라는 걸 확인했다. 율희는 혁민의 이야기를 들으러 여러 사람을 찾아다녔는데, 오늘 약속을 한 사람은 소방관의 부인이었고, 바로 앞집이 그녀가 사는 집이었다.

"어서 오세요."

중년 부인은 활짝 웃으면서 율희를 맞이했다.

* * *

처음에 연락을 받았을 때는 또 기자가 연락을 한 것인가 했는데, 그런 게 아니었다. 율희는 부인이 자꾸만 어떤 이유인지 물어서 결국 사정 이야기를 했는데, 부인은 그 이야기를 듣더니 무척이나 안타까워했다.

"아유, 어떻게 그런 일이……."

부인은 율희의 손을 잡고는 안쓰러운 표정을 지었다. 그리고 자신의 일처럼 안타까워했다.

"그래서 사람들한테 물어보고 다니고 있거든요. 같이 갔던 장소도 가보고요."

"그러면 변호사님을 봐도 아무런 느낌도 없는 거예요? 기억도 안 나고?"

"예. 그래서 좀 민망할 때도 있어요. 친한 척하려고 하시다가 머뭇거리고 그러시거든요."

부인은 세상에는 참 별일도 많다고 이야기했다.

"같이 가보기도 하고 그랬어요?"

"예. 그런 적도 있는데 별다른 생각이 나질 않아서요."

율희는 처음에는 당연히 혁민과 같이 다녔는데 별다른 효과가 없었다고 했다. 그래서 요즘은 혼자 다니면서 무언가를 떠올리려고 해본다고 했다.

"같이 있는 게 오히려 부담스럽게 느껴져서 그런가 해서요."

"그럴 수도 있겠네. 서로 어색하니까 오히려 기억하는 데 방해가 될 수도 있겠네……."

부인은 자신의 일인 것처럼 흥분하면서 맞장구를 쳤다.

"그리고 변호사님 이야기도 듣고 다녀요. 듣다 보면 무언가 생각나는 게 있을 수도 있겠다 싶어서요."

분명히 맡았던 사건 관련해서도 이야기를 나누었을 테니까 듣다 보면 무언가 떠오르는 게 있지 않을까 해서 이야기를 듣고 다니는 거였다. 두 여자는 잠시 이런저런 이야기를 나누었다. 찻잔이 예쁘다는 것부터 입고 있는 옷이나 머리 같은 소소한 이야기였다.

"이 찻잔은 예전에 산 거야. 그것보다 목걸이가 굉장히 특이하네?"

"아, 이거요? 이건 어머님 유품이라서… 요즘 유행하고는 안 맞죠?"

율희의 이야기에 부인은 자신이 괜한 소리를 했다면서 미안하다고 했다.

"아니에요. 저도 잘 하고 다니지는 않는데, 이상하게 오늘따라 이게 눈에 들어와서……."

부인은 얼른 밝은 표정을 하면서 혁민 이야기를 하자고 말했다. 화제를 바꾸려고 일부러 그러는 티가 났지만, 둘 다 혁민의 이야기를 하는 게 좋다고 생각해 화제를 바꾸었다.

"기억나는 거 있으면 그냥 편하게 얘기해 주세요."

"알았어요. 내가 변호사님 일이라면 당연히 도와야지."

부인은 생각을 떠올리면서 이야기를 시작했다.

"일반적인 변호사님은 아니었어요. 아주 특별했지."

부인은 사건을 처음 맡았을 때부터 자신이 기억나는 대로 이야기했다. 쉽게 포기하지 않고 어떻게든 방법을 찾아내는 모습이 정말 인상적이었다고 말했다.

"처음에 봤던 인상하고는 조금 달랐어요. 그냥 보기에는 좀 유순하고 상냥한 사람처럼 보이잖아요? 뭐, 그럴 때도 있는데 어떨 때는 또 성격이 확 바뀐 것 같더라니까."

하지만 이야기를 들어도 율희는 딱히 떠오르는 게 없었다. 이야기 자체는 무척이나 흥미로웠다. 힘들 것 같은 일이었는데, 어떻게든 해내는 걸 들으니 대단한 사람이라는 생각도 들었다. 특히나 다 떨어진 옷과 장비를 경매에 내놓은 이야기는 감동적이기까지 했다.

"경매에는 전혀 어울리지 않는 물건이었는데 말이야. 아마도 그런 물건이 경매에 나온 일은 없었을 거라고 다들 그러더라고."

부인은 그런 생각을 한 혁민이 정말 대단하다고 말했다. 그리고 실제로 경매 회사 사장을 만나서 일을 성사시킨 것도 그랬고.

"변호사님이 그걸 해서 얻을 게 뭐가 있겠어. 그러니까 정말 대단한 분인 거지."

부인은 그렇게 이야기하다가 문득 떠오르는 게 있어 자리에서 일어났다.

"잠깐만 있어봐… 내가 그거 녹화를 해놓았거든?"

부인은 잠깐만 기다리라고 하고는 방에 들어가서 무언가를 가지고 왔다. USB 메모리였는데, 그걸 TV에 연결하고는 영상을 틀었다.

화면에는 미모의 여자 경매사가 카리스마 있는 눈빛으로 좌중을 둘러보면서 이야기를 하는 장면이 나왔다.

"이번 경매는 여러분도 잘 아실 특별 경매입니다."

사진이 보였다. 낡고 불에 그슬려 색이 바래고 변한 소방관의 옷과 장비. 그리고 경매장 안이 보였는데 무척이나 어수선한 분위기였다. 사람들이 여기저기서 번호표를 만지작거리는 모습이 보였다.

율희는 처음 보는 장면이라서 그 장면이 무엇을 의미하는지 몰랐지만, 부인은 그 당시의 감정이 느껴지는지 손을 가슴에 모으고는 심호흡을 했다. 그리고 무척이나 아련한 표정으로 화면을 보았다.

"이번 작품은……."

경매사가 물건을 설명하기 위해서 손으로 사진을 가리키다 잠시 머뭇거렸다. 그러자 부인의 눈에는 살짝 물기가 고였다. 그 당시에 방송을 보면서 자신도 먹먹한 감정을 느꼈던 것이 영상을 보니 다시 고대로 느껴졌다.

"시작가는 100만 원입니다. 지금부터 특별 경매를 시작하겠습니다."

경매사의 손이 앞으로 쭉 뻗었고, 그 이후로 빠르게 가격이 올라갔다.

"2천3백만 원, 27번. 2천4백만 원 계십니까? 2천4백만 원, 71번. 2천5백만 원 가겠습니다. 2천5백만 원, 118번……."

율희는 경매란 것이 이렇게 흥미로운 것이라는 걸 처음으로 느꼈다. 이내 두 사람의 각축전이 되었는데, 둘이 번갈아서 피켓을 들었다.

"지금까지 최고가는 5천3백만 원입니다. 하지만 아직 기회는 모두에게 열려 있습니다."

경매사가 사람들을 보면서 크게 손짓을 했지만 아무도 움직이지 않았다.

"5천3백만 원! 5천3백만 원!! 5천3백만 원!!! 낙찰입니다!!!"

그리고 낙찰받은 중년 여성이 갑자기 고개를 숙였다. 영상은 거기까지였다.

"그분도 남편이 소방관이었대요. 예전에 화재를 진압하다가 그만……."

부인은 율희에게 그 당시 이야기를 해주었다. 이야기를 하는 부인의 얼굴에는 기쁨과 회한, 안타까움과 감동과 같은 여러 감정이 뒤섞여 있었다.

"이게 다 변호사님 덕분이에요. 내가 지금까지 살아오면서 여러 사람 만났지만, 변호사님 같은 사람은 다시는 만나지 못할 거라고 생각해요."

부인은 세상에 다시없을 사람이라고 극찬을 했다. 하지만 그런 혁민을 싫어하는 사람도 있다면서 흥분했다. 소방관 중에 혁민을 좋지 않게 보는 사람이 있는데 자신은 이해할 수 없다고 말했다.

"아니, 사람이면 그럴 수가 있나? 잘못은 자기들이 해놓고서 그런 거 다 밝혀졌다고 변호사님을 욕해?"

혁민을 싫어하는 사람들은 자체적으로 해결할 수 있는 일을 밖에 알려서 소방관의 명예가 실추되었다고 생각하는 사람들이라고 이야기했다.

"모든 사람을 만족시킬 수는 없는 거잖아요. 세상에는 별난 사람도 많은 것 같아요."

"그러니까. 못난 놈들 같으니라고."

부인은 무척 흥분해서 그 사람들을 욕하다가 차츰 화를 가라앉혔다. 그리고 혁민이 아이를 무척 좋아했다는 말을 했다.

"애를요?"

"그래요. 내가 보니까 애를 참 좋아하는 것 같던데?"

율희는 전에 만난 강순자 아주머니가 생각났다. 그리고 지연이도. 분명히 혁민은 지연이도 무척 좋아했다고 했다.

'아이를 좋아하나 보네?'

그런데 갑자기 무언가가 머리에 떠오르려고 했다. 율희는 미간을 찡그린 채 생각을 떠올리려고 했지만, 떠오를 듯 떠오를 듯하면서 떠오르지 않았다.

"왜? 뭐 생각나는 거라도 있어?"

"예, 뭔가 생각이 나려고 했는데, 잘 떠오르지 않네요."

부인은 잘 생각해 보라고 했지만, 한번 놓친 것이라서 그런지 전혀 떠오르질 않았다. 하지만 처음으로 무언가가 떠오르려 한다는 사실에 만족했다. 이런 식이라면 조만간 모든 걸 기억할 수 있을 것 같았다.

* * *

"백 선생을 구할 방법이 없을까?"

장중범은 굳은 표정으로 이야기했다. 백 선생이 어떤 고초를 당하고 있을지 뻔히 알고 있어서 더욱 걱정스러웠다.

"쉽지 않지. 상대는 오히려 우리가 오는 걸 기다리고 있을 걸?"

"그렇겠지……."

장중범은 조금만 더 있었으면 무언가 수를 낼 수 있었을 텐데 안타깝다고 생각했다. 이제 조금만 더 있었으면 양지로 올라갈 수도 있었는데 바로 직전에 덜미를 잡혔으니 말이다.

그리고 이번 일을 진행하려면 백 선생의 도움이 필요했다. 그가 없더라도 못할 건 없었지만, 무척이나 힘든 과정이 될 것이다.

"그리고 그런 걸 모두 떠나서 함께하기로 한 사이니까."

배신당한 아픔이 있는 사람들이었다. 생명을 위협받는 추적을 받았고, 그런 와중에 만나서 함께하게 되기는 했다. 하지만 그런 공통분모가 없었다면 이렇게까지 가까워질 수는 없었을 것이다.

"잘해야 맞교환 정도겠지. 하지만 그렇게 되더라도 불리한 건 마찬가지야. 곧바로 쫓길 테니까."

"그래도 일단 구하고 나서 생각해야겠어."

배인수는 부정적이라고 이야기했지만, 장중범은 구하기로 이미 마음을 먹은 듯했다.

"좋을 대로. 보스는 당신이니까."

배인수는 그렇게 말하고는 장중범의 어깨를 툭 쳤다. 장중범은 어떤 일이 있어도 자신에게 신뢰를 보내는 배인수가 고마웠다. 이렇게 무조건적인 신뢰를 보내는 건 정말 쉽지 않은 일이라는 걸 누구보다 장중범은 잘 알고 있으니까.

배인수가 나가자 장중범은 훗 하고 헛웃음 소리를 내면서 중얼거렸다.

"그래도 나는 복 받은 놈이군. 이렇게 믿어주는 사람이 둘이나 되니까."

그가 말하는 한 명은 배인수, 다른 한 명은 민주엽이었다. 백 선생과는 함께하기로 했고, 가까운 사이이기는 했지만, 절대적인 신뢰라는 말을 쓸 정도까지는 아니었다. 적어도 지금까지는 그런 말을 붙일 정도는 아니라는 게 장중범의 생각이었다.

그는 민주엽이 걱정되었다. 저들이 이렇게 나오는 걸 봐서 민주엽도 가만히 두지 않았을 것 같아서였다.

"괜찮겠지. 적어도 나보다 일찍 죽지는 않을 거라고 했으니까."

민주엽은 조금은 특이하고 신비한 구석이 있는 친구였다. 정보 요원이면서 관상이나 사주 같은 걸 잘 보았다. 스파이와 관상. 무언가 어색한 조합 아닌가.

처음에는 다들 재미로 보았다. 그런데 기분 탓인지는 모르겠지만, 민주엽이 본 관상이나 사주는 상당히 잘 맞았다. 백발백중이라는 말은 거짓말이겠지만, 맞는 부분이 더 많은 건 사실이었다.

"귀신 들린 스파이라고 했지. 잘만 하면 세상에 둘도 없는 요원이 나올 거라고도 했고."

미신을 잘 믿지 않는 팀장이 중국이나 일본에 점을 보는 그런 직업으로 위장해서 자리를 잡아도 좋을 것 같다는 말을 할 정도였다. 윗선에다가 건의할 정도였으니 빈말은 아니었을 것이다.

능력이 정말이라고 하면 일본이나 중국이나 어딜 가든 자리 잡는 건 어렵지 않을 것이다. 그렇게 해서 유명 인사, 유력한 인물들과 교분을 쌓게 되면 얼마나 정보를 캐내기 좋은가. 그래서 실제로 제안을 올리기도 했다.

당시 조금 복잡한 일이 있었던 데다가 본인이 그냥 취미로 조금 보는 정도라고 극구 사양하는 바람에 흐지부지되기는 했지만, 장중범은 만약 민주엽이 중국이나 일본에 갔으면 틀림없이 자리를 잡았을 거라고 생각했다.

"하긴 그 자식이 나보고 중년에 개고생한다고 말한 게 딱 맞는 걸 보면 보통 녀석은 아니야."

장중범은 피식 웃었다. 예전에 관상과 사주를 보면서 민주엽과 나눈 말이 생각났기 때문이었다. 정보 요원이 되고 1년쯤 지났을 때였던가 그랬다.

"신기할 정도로 잘 맞는다고 해서 여자들이 엄청나게 그 녀석을 찾았지."

아마도 그 당시 여자 요원들에게 가장 인기 있는 요원이 민주엽이었을 것이다. 그래서 솔직히 조금 배알이 꼴린 것도 있었다. 민주엽이 자신이 좋아했던 여자 요원의 손과 얼굴을 이리저리 만지면서 이야기하고 그랬으니까.

그래서 얼굴 정도만 알고 이야기도 거의 해본 적이 없는 민주엽에게 장중범이 다가가서 말을 걸었다.

"나는 관상이 어떤 것 같습니까?"

"관상이요? 흠… 꼭 알아야겠습니까?"

"자신 없으면 이야기하지 않아도 되고."

장중범은 조금 삐딱하게 이야기했다. 사이비라고 생각하면서. 그러자 민주엽도 살짝 발끈하면서 이야기했다. 그때는 그랬다. 둘 다 20대였고 피가 끓는 나이였으니까.

"잘나가다가 액운이 있네요. 그 액운을 피하지 못하면 중년에 개고생 하겠어요."

"그러니까 그때까진 잘나가다가 액운이 오는데 그걸 잘 피해라?"

"그래요. 그런데 아마 피하지 못할 것 같은데?"

장중범은 피식 웃었다. 정보 요원이 되었으니 잘나가는 거야 당연한 일이다. 그리고 고비가 없는 인생이 어디 있단 말인가. 이런 말은 자신도 하겠다고 생각했다.

"그럼 말년은 어떻수?"

"그게 좀 이상한데… 말년이 보이질 않네……."

장중범은 코웃음 쳤다. 완전히 돌팔이라고 생각한 거였다. 그런데 민주엽은 표정이 심각했다. 무언가 납득이 되지 않는다는 그런 표정이었다. 그 이후로 민주엽과 장중범은 자주 같이 다이게 되었다.

주로 민주엽이 장중범에게 먼저 다가왔다. 장중범도 같이 지내다 보니 좋은 동료이고 믿을 만한 사람이라는 걸 알게 되었다. 나중에 정말 친해졌을 때 민주엽이 이야기했다.

"나중에 무슨 일이 생기면 내가 니 가족은 책임지지."

"얀마, 당연한 거 아냐. 나도 너한테 무슨 일 생기면 내가 니 가족 책임진다."

언제 어떻게 될지 모르는 운명을 가지고 살아가는 게 요원들이다. 임무를 수행하다가 목숨을 잃는 경우도 일반인이 생각하는 것보다 훨씬 많다.

"그래. 그런데 니 말년은 참 이상하네… 왜 이렇게 보이질 않는 거지?"

"니가 돌팔이니까 그런 거지 인마. 쓸데없는 소리 하지 말고 일이나 해."

장중범은 옛 생각에 슬며시 웃으면서 이번에 민주엽을 만나게 되면 자신의 말년이 어떻게 되는지 한번 물어봐야겠다고 생각했다.

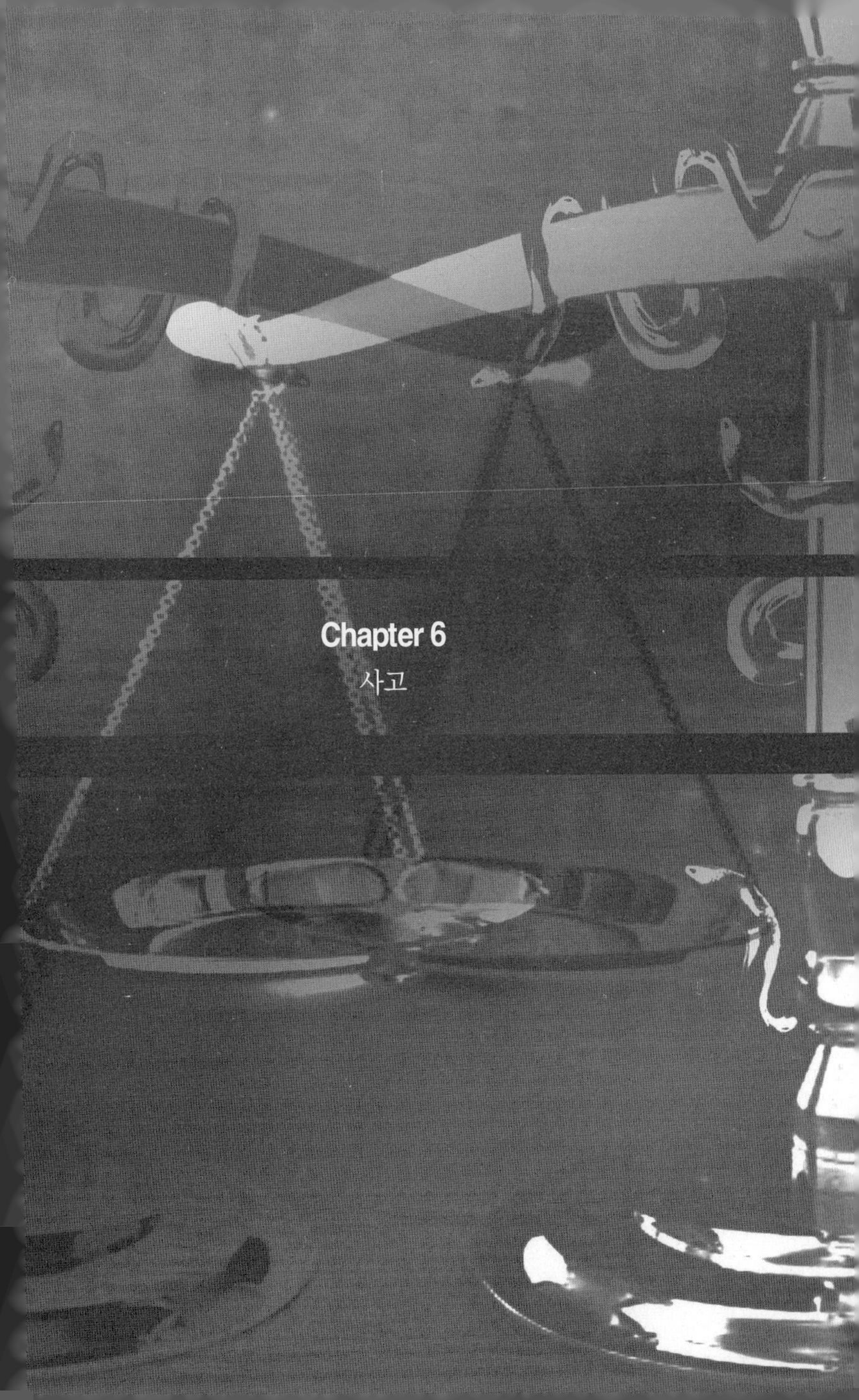

Chapter 6

사고

—그 이후로는 알 수가 없다?

"그렇습니다. 그 지점에서 모였다는 건 확인이 되었는데 거기서부터가……."

남자는 말을 흐렸다. 백 선생의 말대로 접선 지점 부근을 뒤졌더니 장중범이 왔었다는 걸 확인할 수 있었다. 하지만 그것뿐이었다. 어느 방향으로 사라졌는지조차 알 수가 없었다.

"워낙 시골이라서… CCTV도 거의 없어서……."

아직 지방에는 그런 곳도 있다. 게다가 일반 도로가 아닌 농로나 샛길을 이용하면 얼마든지 흔적을 남기지 않고 움직이는 게 가능하다.

—그러니까 결과적으로는 아무것도 모르는 것과 별반 다르지 않다는 거군.

"아닙니다. 지금도 흔적을 뒤쫓고 있습니다. 정보가 전무한 것과는 비교할 수 없는……."

남자가 변명을 하는데 선생님이라고 불리는 사람이 말을 끊고 들어왔다.

—백 선생이 나를 한번 보고 싶다고 했다지?

"예? 예… 그렇습니다."

—그러면 조만간 자리를 마련해야겠군.

"하지만 전에는 보지 않으시겠다고……."

—상황이라는 게 변하면 거기에 맞춰서 대응하는 건 당연한 일 아닌가?

선생님이라고 불린 사람은 분명히 백 선생은 이런 상황을 알고 있었을 것이라고 이야기했다. 사실 괜찮을까 싶기는 했다. 백 선생이 여간내기가 아니니 저 살인마 놈이 제대로 조사를 할 수 있을까 싶었다.

그래도 붙잡힌 몸이니 어쩌겠나 싶어서 맡겨놓았는데 역시나 자신이 걱정한 상황이 벌어지고 있었다. 백 선생이 협조하는 척하면서 시간을 벌고 있다고 생각되었다.

"자네는 백 선생 일은 그만두고 지 대표 부근을 좀 살펴봐."

그는 아무래도 지 대표가 이번에 무슨 사고를 칠 것 같다고 말했다.

"내가 붙여놓은 사람이 있으니 그에게 이야기를 들으면 된다."

—알겠습니다. 그러면 어디로 가면 되는 겁니까?

"내가 따로 알려주지."

통화를 마친 그는 짜증스러운 듯 의자의 팔걸이를 팍 내려쳤다. 그러고는 요즘 들어 왜 이렇게 문제가 연달아 터지는지 모르겠다며 신경질적으로 중얼거렸다.

"이상해. 일이 잘 풀리는 것 같기도 하고, 꼬이는 것 같기도 하고……."

한쪽에서는 일이 잘 진행되고 있었다. 자신의 후원을 받은 자들이 정부와 국회의 중요한 자리를 차지했다. 이제 조금만 더 진행되면 자신이 원하는 걸 제대로 펼칠 수 있을 것 같았다. 그런데 그런 중요한 순간에 일이 자꾸 터지는 거였다.

"지 대표는 아무래도 안 되겠어. 이번에 잘 넘어간다고 하더라도 아무래도……."

그는 지 대표가 효용 가치보다는 위험 요소가 더 큰 인물이라고 판단했다. 너무 많은 걸 알고 있었기 때문이었다. 자신이 하는 일은 아는 사람이 적은 게 좋은 일이 대부분이다.

백 선생도 비슷한 케이스였다. 백 선생의 일처리야 일품이었다. 하지만 그가 점점 많은 걸 알게 될수록 부담감은 커질 수밖에 없다. 그렇게 되면 어쩔 수 없는 일이다.

지금까지 다른 자들은 모두 잘 처리했다. 대부분은 그런 정도까지 일에 깊숙이 관여하지 않게 했고, 관여한 자는 어떤 방식을 써서든 비밀을 유지할 수 있게 했다. 유일하게 자신에게서 도망을 친 게 백 선생이었다.

"백 선생하고 장중범이라… 장중범이 빼돌린 자료도 되찾긴 해야 하는데……."

둘이 같이 있었다는 사실도 무척 부담스러웠다. 권력자들의 비리가 낱낱이 적혀 있는 그런 자료가 어디 흔한가. 한 가지만 세상에 나와도 나라 전체가 발칵 뒤집힐 수 있는 그런 자료였다. 그런데 그 자료를 빼돌린 두 사람이 같이 있었다?

이 사실을 자신과 연관된 권력자들이 알았다가는 자신은 죽은 목숨이나 다름없었다. 그러니 빨리 회수해야 했다. 그리고 그걸 이용해서 자신의 권력을 더욱 공고하게 만들면 되는 거다.

"위기는 기회일 수도 있는 거지. 그때 그랬던 것처럼……."

자신도 파멸의 나락으로 떨어질 뻔했던 적이 있었다. 하지만 위기를 잘 벗어나니 오히려 그게 큰 기회가 되었다는 걸 깨달았다. 아주 오래전 일이기는 했지만, 아직도 선명하게 그때를 기억하고 있었다.

그는 이번에 위험 요소가 될 만한 건 전부 제거해야겠다고 생각했다. 이제 자신의 목표가 바로 코앞이었다. 이런 상황에서 공연히 여유를 부리거나 적당히 일을 처리하다가 낭패를 본 경우를 수도 없이 보았다.

상황이 끝나기 전까지는 절대로 안심하면 안 된다. 정상 바로 직전이 가장 위험했다. 미끄러뜨리려고 하는 사람이 가장 많을 때가 바로 그때였으니까. 그리고 자신도 그런 식으로 무너뜨린 사람이 여럿 있었으니까.

"역시 그때처럼 처리하는 게 가장 확실해… 시체는 말이 없는 법이지."

* * *

"아직도 마음을 정하지 못했다는 건가요?"

"어렵네요. 복수를 하고 싶은 마음은 있지만, 두려워하고 있어요."

서 기자는 확실한 안전을 보장하지 않으면 자료를 줄 수 없다고 한다면서 한숨을 내쉬었다. 혁민도 이해는 되었다. 상대가 어디 보통 사람들인가. 이름만 대면 사람들이 알 만한 그런 인물들이었다.

그리고 그들에게 덤벼들었다가 사고를 당하거나 죽은 사람도 직접 보았다. 겁을 먹는 게 당연했다.

"확실한 안전이라… 외국에 나가지 않는 이상 그건 어려울 것 같은데……."

"외국에 나가더라도 위험하기는 마찬가집니다. 아니, 외국이면 더 위험할 수도 있죠."

혁민의 말에 서 기자는 외국이라고 안전한 건 아니라고 말했다. 오히려 돈만 주면 더 쉽게 상대를 처리할 수도 있다고 했다.

"그러면 결국 자료를 내놓지 않겠다는 소리 아닙니까?"

"음… 방법이 있기는 한데……."

"방법이요? 어떤 방법이 있는 건가요?"

혁민은 이런 상황에서 방법이 있다는 말에 조금 놀랐다. 도저히 타개책이 없어 보였기 때문이었다. 서 기자는 마음에 들지 않는다는 듯 한참을 망설이다가 이야기했다.

"거기에 나온 일부와 손을 잡는 겁니다."

서 기자의 말에 혁민은 깜짝 놀랐다. 어떤 말인지는 이해가 되었지만, 설마하니 서 기자가 그런 말을 할지는 몰랐기 때문이었다.

"그러니까 거래를 하자는 거 아닙니까. 권력자 일부와 거래를 해서 안전을 보장받고, 대신 그들은 빼주고."

"저도 마음에 들지는 않지만, 그게 그나마 할 수 있는 방법 중에서는 최선인 것 같네요."

서 기자도 이런 말을 하기는 싫었다면서 일그러진 얼굴로 이야기했다.

"하지만 그들에게서 보호를 받지 않는다면 방법이 없습니다."

"아무리 그렇다 하더라도 이건 아닌 것 같네요."

혁민은 고개를 저었다. 이래서는 달라질 게 아무것도 없다고 하면서. 이 정보를 갖게 된 쪽은 이걸 이용해서 더 큰 권력을 손에 쥘 것이다.

“당장은 안전한 것처럼 보여도 과연 그게 안전한 걸까요? 우리가 자료를 넘긴 쪽에서 불안 요소를 계속해서 안고 갈 것 같습니까? 그리고 반대쪽에서는 어떻게든 복수를 하려고 이를 갈 테고 말입니다.”

혁민은 오히려 더 위험해지는 방법이라고 이야기했다.

“그것도 그런데 지금 글을 올리는 사람도 말을 듣지 않네요…….”

“아니, 그 사람은 또 왜요?”

둘은 PC방에 가서 그 사람을 만날 수 있었다. 처음에는 난감했다. 자리를 바꿔가면서 올려서 어떤 사람인지 알 수 없었으니까. 그래서 주인에게 CCTV를 보자고 했다. 당연히 주인은 안 된다고 했다. 보고 싶으면 영장을 가져오라고 버텼다.

하지만 그러려면 시간도 너무 오래 걸리고 정보가 새 나갈 위험도 있었다. 그래서 조금 더 진솔한 대화를 나누었다. 일개 PC방 주인이 기자와 변호사의 말발을 당해낼 수는 없었다. 순식간에 설득당한 주인은 화면을 보여주었고, 누가 글을 올리는지 알 수 있었다. 그리고 그 사람이 오기를 기다렸다가 이야기를 나눌 수 있었다.

“자기는 계속해서 올리겠답니다. 아직은 괜찮을 거라고 하면서요. 그리고 지금 멈추면 그동안 했던 수고가 다 물거품이 될 거라나요?”

"일리가 없는 말은 아니지만 지금 지 대표가 눈에 불을 켜고 찾고 있는데……."

PC방 주인으로부터 연락이 왔는데, 혁민과 서 기자가 다녀간 지 이틀 뒤쯤 사람들이 찾아왔다고 했다. 그리고 똑같은 요구를 했다는 거였다.

"간신히 막아놓았는데……."

"그러게나 말입니다. 혹시 몰라서 전부 지웠기에 망정이지……."

지 대표도 글을 올린 사람을 찾을 거라고 판단해서 CCTV 화면을 지웠다. 주인은 그럴 수 없다고 했지만, 혁민이 적당한 금액을 건네자 마지못하는 척하면서 지웠다. 그래서 찾아온 사람들은 허탕을 친 것이다.

기록 자체가 없다는데 어쩔 것인가. 하지만 또 글을 올리면 그때는 정체가 드러날 수도 있다. 혁민은 골머리가 아팠다. 한 명은 너무 숨으려고 해서 문제고, 한 명은 너무 나대려고 해서 문제고.

"서 기자님이 자료 가진 쪽하고 이야기를 더 해보세요. 저는 그 인간한테 가볼 테니까."

"그럽시다. 그런데 이거 들리는 이야기가 좀 흉흉합니다. 지 대표가 지금 독이 바짝 오른 모양이에요. 자기가 생각한 대로 일이 풀리지 않으니까 말입니다."

서 기자는 혁민에게 조심하라고 이야기했다. 혁민은 알았다고 하고는 나가려는데 차동출 검사로부터 연락이 왔다.

“이 시간에 무슨 일이에요?”

—무슨 일은… 얘기나 좀 하자는 거지 뭐.

혁민은 이상하다고 생각했다. 평소와는 달리 조금 풀이 죽은 것 같은 느낌이 들어서였다.

“무슨 일 있어요? 목소리가 이상한데…….”

—아니야. 그건 그렇고 시간 괜찮겠어?

“알았어요. 지금 갈게요. 오래 있지는 못하겠지만.”

혁민은 고개를 갸웃거리면서 검찰청으로 향했다. 그리고 평소 그답지 않게 심각한 표정을 하고 있는 차동출을 만날 수 있었다.

“왜 그래요? 진짜 무슨 일 있는 거에요?”

“무슨 일은… 그냥 좀 고민이 있어서 그렇지…….”

혁민은 무슨 일이냐고 물었지만, 차동출은 쉽게 입을 열지 않았다.

“아니. 얘기하려고 부른 거 아니에요? 말을 안 하고 있으면 내가 어쩌겠어요.”

“그렇지… 사실은 말이야.”

차동출은 자신이 무엇 때문에 고민인지 털어놓았다. 지금 지 대표를 기소할 수도 있지만, 결과는 좋지 않을 것이다. 이사도 중간에 또 말을 바꾸었다. 그래서 검찰 내부에서도 무리라는 말까지 나오고 있다.

“나야 확신하지. 지 대표가 지시한 게 분명해. 그리고 파다가 보면 분명히 뭔가 걸릴 것 같기도 하고. 문제는 지금이야.”

차동출은 너무 복잡해서 어떻게 결론 내리기가 쉽지 않다고 했다.

"기소하는 것까지야 가능하다고 하도 범죄 사실을 제대로 입증하지 못해서 무죄로 풀려나면 검사로서는 아주 좋지 않지."

당연히 좋지 않을 수밖에 없다. 무리한 기소를 했다고 질책도 받을 것이고, 인사고과에도 악영향을 끼칠 것이다.

"다른 건 다 상관없거든. 내가 승진이나 그런 거 언제 신경 쓰는 사람이냐?

"하기야 그렇죠."

혁민은 피식 웃었다. 그런 거 신경 쓰는 사람이었으면 자신과 이렇게 친하게 지내지도 않았을 것이고 벌써 승진을 하고도 남았을 것이다.

"그런데 말이야, 지금 당장 기소를 하는 게 꼭 옳은 것인지는 잘 모르겠단 말이야."

차동출은 이번에 기소해서 무죄를 받으면 다시는 이 죄목으로 잡아들일 수 없으니 신중해야 한다고 이야기했다.

"그리고 솔직히 요즘 들어서 한계를 좀 많이 느낀다."

"갑자기 그게 무슨 소리예요. 천하의 차동출 검사님이."

차동출은 고개를 저었다. 아무리 밑바닥에서 뭔가를 하려고 해도 도저히 어쩔 수 없는 일이 너무나도 많다고 했다.

"내가 하는 일이 옳은 일이라고 생각하고 있었는데 조금은 달리 생각해야 하는 게 아닌가 하는 생각도 들어서… 처음부터 너무 날뛰어서 오히려 내가 할 수 있는 걸 못 하게 된 건 아닐까 하고.”

차동출은 아부하고 그런 건 아니더라도 특별히 모나지 않게 일하면서 속으로 칼을 갈고 있었으면 어땠을까 하는 생각을 한다고 했다.

“그냥 무난히 하면서 정말 중요한 때에 뭔가를 할 수 있는 그런 사람이 되는 게 더 옳은 길이 아니었나 하는 생각이 들어…….”

차동출은 지금 부장검사와도 많은 이야기를 나누었는데, 자신이 정말 원하는 걸 위해서는 조금은 바뀌어야 할 때가 아닌가 싶기도 하다고 했다.

“너도 잘 알잖아. 내가 일하는 스타일. 부장이 그러더라고. 죄지은 인간들 확실하게 처리하는 건 좋은데 위에서 뭐라고 한다고 들이받지는 말라고. 참을 때 참을 줄 아는 것도 용기라고. 그리고 지금 지 대표 기소하는 것보다 더 확실할 때 하는 게 좋지 않겠냐고…….”

혁민도 이 문제에 관해서는 쉽게 입을 열지 못했다. 부장검사의 말도 일리가 있었다. 어떤 부정을 저지르거나 죄를 못 본 척하고 봐주라는 게 아니지 않은가. 확실하게 단죄할 수 있는 방법을 찾으라는 거였다.

그리고 너무 모나게 굴면 오히려 좋지 않으니 조금만 성질을 누그러뜨리라고 한 거였고. 혁민도 조금 헷갈렸다. 어떤 게 더 옳은 길인지 쉽게 결정하기 어려웠다.

여기에 오기 전까지는 어떤 일이기에 그러나 했었는데 이야기를 듣고 나니 차동출이 이렇게 고민을 하는 게 이해가 되었다.

"니 생각은 어떠냐? 너 어떨 때는 할아버지 같은 소리 잘하잖냐."

차동출은 가볍게 웃으면서 이야기했다. 혁민은 잠시 머뭇거렸다. 그러다 입을 열었다.

혁민은 대답 대신 자신이 지금 겪고 있는 일을 이야기하기 시작했다. 답을 쉽게 내릴 수 없는 문제를 계속 생각해 봐야 정답이 떠오르지는 않는다. 오히려 그럴 때는 잠깐 화제를 돌리는 것도 좋은 방법이다.

"똑같이 원한이 있는데 한 명은 너무 나서려고 하고, 다른 한 명은 꼭꼭 숨으려고 하니……."

"같은 일이라도 어떻게 대처하느냐는 천차만별이니까."

같은 일을 당하더라도 사람에 따라서 대응하는 자세나 방법이 다르다. 불이 났을 때 어떤 사람은 헐레벌떡 도망가고, 어떤 사람은 불을 끄려고 한다.

"이런 거야 정답이 없는 거죠. 그냥 그 사람이 지금까지 살아온 삶, 그리고 가치관 같은 거에 따라서 달라지는 거니까."

혁민은 사람들이 언뜻 보기에는 비슷한 것처럼 보여도 정말 제각각이라는 이야기를 했다.

"그게 그 사람 캐릭터거든요. 아는 사람이 그러더라고요. 어려운 일, 큰 위기에 처했을 때 비로소 그 사람이 어떤 사람인지 알 수 있다고 말이에요."

혁민은 그 이야기를 하면서 갑자기 입맛이 쓴 걸 느꼈다. 예전에 자신이 어려웠을 때 외면했던 사람들이 생각나서였다. 그렇게 친근하고 간이라도 빼줄 것처럼 굴었던 사람들이 어쩌면 그렇게 180도 바뀌던지.

처음에는 무슨 엉뚱한 소리를 하느냐는 표정으로 바라보던 차동출도 혁민의 이야기에 호기심이 생겼는지 주의 깊게 들으면서 가끔 자신의 의견을 이야기했다.

"맞아. 주변에 있는 사람들 봐도 별거 아닌 일에는 대부분 반응이 비슷하거든. 그런데 사고 터지면 확실히 반응이 달라."

"그렇죠? 역시 사람은 위기를 겪어야 알 수 있다니까요."

그러면서 혁민은 이번 일도 좀 단순하게 생각하면 되지 않겠느냐고 말했다.

"단순하게? 단순하게 생각하라는 게 어떤 의미지?"

"그냥 제삼자라고 생각하고 생각해 보면 어떨까 싶어서요. 차동출을 잘 아는 사람이라고 생각하고 이런 경우에 차동출이라면 어떻게 행동할까를 생각해 보는 거죠."

혁민은 자신의 일이라고 생각하면 주관과 감정 같은 게 개입하니 문제가 복잡해 보일 수도 있다고 했다. 그래서 조금 떨어져서 살펴보면 오히려 잘 보일 거라고 말했다.

"오호… 그거 일리가 있다. 다른 사람이라고 생각하고 살펴보라 이거지?"

“그냥 그러면 좋지 않을까 하는 생각이 들어서요. 모르겠어요. 효과가 있을지 없을지는.”

차동출은 한번 해보겠다고 하고는 상상의 나래를 펼쳤다. 그리고 혁민도 마찬가지 생각을 해보았다. 지금까지는 너무 차동출에 감정이입을 해서 생각을 한 것 같아서 한발 물러나서 살펴보기로 했다.

‘내가 아는 차동출 검사라면 이런 상황에서 어떻게 행동할까?’

그렇게 생각하니 답은 금방 나왔다. 차동출이라면 이리저리 재고 그러지 않을 것 같았다. 그냥 자신이 생각하는 대로 했을 것이다. 최선을 다해서 범죄 사실을 입증하고, 죄가 있다고 생각되면 나중에 어떻게 될 것이라는 건 생각하지 않고 지 대표를 기소할 것이다. 그게 혁민이 아는 차동출이었다.

혁민은 생각을 마치고 고개를 들어 차동출을 보았다. 차동출은 입을 굳게 다물고 고개를 살짝 끄덕이고 있었다. 아마도 결론을 내린 모양이었다.

“역시 나라면 당연히 그렇게 했겠지?”

“저랑 같은 생각을 한 모양이네요. 당연히 그랬겠죠. 요즘 나이 들어서 간이 좀 쪼그라든 거 아니에요? 이런 걸로 고민을 하고?”

혁민이 슬며시 웃으면서 이야기하니 차동출이 발끈하는 표정을 지었다.

“야, 혁민이 많이 컸네… 나한테 이런 얘기도 다 하고…….”

"이거 왜 이러십니까. 같이 늙어가는 처지에……."

차동출은 기분이 좋아서 봐준다고 이야기하고는 역시나 혜나가 말한 게 맞는 것 같다며 중얼거렸다. 혁민은 혜나라는 말에 호기심을 보이며 물었다.

"혜나요? 혜나한테도 이번 일 관련해서 이야기했어요? 뭐라고 했는데요?"

"어? 아아~ 그냥 좀 답답해서 끝나고 술 한잔하면서 이런 저런 이야기를 했지."

차동출은 오혜나도 비슷한 이야기를 했다고 말했다.

"나답지 않다는 얘기를 하더라고. 자기가 아는 차 검사는 고민도 하지 않을 거라나?"

"그래요? 하긴 그렇게 말했을 법하네요. 그런데 혜나하고는 자주 만나시나 봐요?"

혁민은 눈을 게슴츠레하게 뜨고는 물었다. 우리 동출 오빠라고 오혜나가 부르는 것이나 자신보다 먼저 혜나하고 술을 마시면서 이야기를 한 것이나 무척이나 수상쩍었기 때문이었다.

"어? 뭐 그냥……."

차동출은 시선을 다른 곳으로 돌리면서 대답을 회피했다. 혁민은 계속해서 어떤 관계인지 물었지만, 차동출은 우물쭈물하다가 급히 화제를 돌렸다.

"지 대표는 기소하는 방향으로 해야겠다. 증거는 조금 더 찾아보고. 전에 했던 일도 있으니까 증언을 해줄 사람이 더 있을

지도 모르지. 그 일을 한 사람 관련해서 증거가 나올 수도 있고."

"물론 그렇죠. 그런데 혜나하고는 어디까지 갔어요?"

"어허… 그것보다 너도 지금 조사하는 거 잘 정리해. 둘이서 사고 한번 쳐 보자고."

"당연히 그래야죠. 그런데 진도가… 손? 아니면 입술?"

혁민은 계속해서 싱글거리면서 질문을 던졌다. 차동출이 어쩔 줄을 몰라 하는 모습을 보는 게 너무 재미있어서였다.

"난 바빠서 들어가 봐야겠다."

차동출은 아주 어색한 타이밍에 어색한 말을 던져 대화를 끝내고는 후다닥 밖으로 나갔다.

* * *

"동출아, 너 정말……."

"제가 알아서 하겠습니다. 저도 생각해서 내린 결론입니다."

차동출이 지 대표를 기소하겠다고 하자 부장검사는 고개를 내저었다. 그렇게 말렸건만 결국 일이 이렇게 되자 부장검사는 허탈감이 밀려왔다.

"재판 가도 어떻게 될지는 알고 있지?"

"세상일이란 게 꼭 생각대로만 되지는 않는 거 아닙니까. 게다가 지금 다른 혐의까지 나오고 있어서 건수가 커질 것 같습니다."

차동출은 혁민에게서 들을 이야기를 풀어놓았다. 그리고 그 건에 관해서도 증거를 모으고 있다고 이야기했다.

부장검사는 한숨을 내쉬었다. 적당한 선에서 마무리하고 다음을 기약하라고 이야기했는데 오히려 판을 키우고 있으니 걱정스러웠던 것이다.

"큰 물고기를 잡을 때는 튼튼한 그물을 준비해야 하는 건데……."

"그렇다고 찾아온 기회를 놓칠 수는 없는 거 아닙니까. 그물이 준비되었을 때는 이미 늦을 수도 있습니다."

차동출은 믿고 맡겨달라고 이야기했다. 부장검사는 고개를 절레절레 젓더니 잘해보라고 이야기했다. 본인이 이렇게까지 나오는데 어쩌겠는가.

"하지만 잘 알아둬. 모든 일에는 대가가 따르는 거야. 이번에는 역풍을 맞으면 나도 널 보호해 주기 어려워."

거물을 건드릴 때는 그만큼 준비를 철저하게 해야 한다. 잘못하면 오히려 역으로 당할 수가 있으니까. 물론 지 대표가 엄청난 거물이라는 건 아니었다. 하지만 그와 연관된 사람들은 무시무시한 권력자들이었다.

지 대표와 관련된 소문이야 무성했다. 권력자들이 뒤를 봐주고 있다는 건 공공연한 비밀이었고, 그 대가가 어떤 것이라는 것도 이야기가 돌았다. 하지만 거기에 대해서 조사하거나 건드릴 수는 없었다.

그를 건드린다는 건 그 뒤에 있는 사람들을 전부 적으로 만든다는 의미다. 엄청나게 부담이 가는 일이다. 하지만 부장검사는 한 번은 터질 때도 되었다는 생각도 들었다.

"언제까지 부장님 그늘에 있겠습니까. 이번에 사고 한번 치고 위로 올라가거나 아니면 옷 벗는 거죠."

"그래. 사고를 쳐도 딸린 식구 없을 때 쳐라. 마누라하고 애들 있으면 사고 치고 싶어도 못 친다."

부장검사는 차동출이 부럽다고 이야기했다.

"그런데 정말 확실한 거지? 공연히 잘못 건드렸다가 잔챙이들만 잡히고 몸통은 전부 도망가는 수가 있다고."

"증거가 확실하다고 합니다. 그러니 뒤에 있는 사람들이 아무리 대단하다고 해도 손을 쓸 방법이 없을 겁니다."

차동출은 제대로 엮어보겠다며 자신감을 보였다. 증거만 확보되면 지 대표가 빠져나갈 길은 절대로 없을 거라면서.

차동출이 강한 어조로 지 대표는 이제 끝이라고 이야기하고 있을 때, 그가 언급한 지 대표는 혁민을 맞이하고 있었다.

"어서 오시죠."

단어만 가지고 평가하자면 정중한 듯 보였으나 말투나 표정은 전혀 그렇지 않았다. 분명히 협조적인 관계가 되기로 약속을 한 줄 알았는데, 혁민이 지 대표의 생각대로 움직이지 않아서 그런 거였다.

자신은 약속을 지켰다. 오혜나 대표와 만나서 걸그룹 루프리를 유명 아이돌 그룹의 아시아 투어에 참여시키기로 한 것이다. 아시아 11개국 15개의 도시를 도는 투어이고, 오프닝 무대에 나오는 것이니 루프리에게는 좋은 기회다.

오혜나 대표가 찬성한 것은 당연한 일이었다. 대신 기사를 내보냈다. 회사 이미지를 좋게 할 내용으로 범벅을 한 기사였다. 그런데 혁민은 계속해서 자신의 뒤를 캐고 다녔다.

"이거 이런 식으로 나오면 곤란한 거 아닙니까?"

지 대표의 까칠한 말소리가 혁민에게 떨어졌다. 그것도 혁민이 자리에 앉기도 전에 말이다. 하지만 혁민은 태연한 표정으로 소파에 앉고는 능청스러운 표정으로 말했다.

"아따, 대표님 성질 참 급하시네."

"허어… 아니, 변호사님. 지금 그렇게 태연해도 되는 겁니까?"

지 대표는 씩씩거리면서 이야기했다. 그리고 빨리 어떻게 된 것인지 이야기를 해보라고 말했다. 하지만 혁민은 소파에 턱 하니 기대면서 여유를 부리면서 말했다.

"아니, 아무리 급해도 차 한잔할 시간이 없겠습니까. 숨이나 좀 돌립시다."

지 대표는 기가 막혀서 말을 하지 못했다. 그리고 지금 그런 한가한 소리가 나오느냐고 이야기를 하려다가 문득 떠오르는 게 있었다. 지금 혁민이 한 말은 전에 사무실에서 자신이 한 말이었다.

'이 새끼가 지금 사람을 가지고 놀아?'

자신을 조롱하는 거였다. 자신이 한 말을 그대로 돌려주면서 말이다. 지 대표의 눈빛이 매서워졌다. 혁민이 애초에 약속을 지킬 생각이 없었다는 생각이 들어서 그런 거였다.

'이 자식. 정말 가만히 두어서는 안 되겠어. 감히 나를 가지고 놀려?'

지 대표는 본래 사람을 잘 믿는 사람은 아니었다. 원래 약속을 하고 뒤통수치는 일을 빈번하게 하는 사람일수록 다른 사람을 잘 믿지 않는다. 지 대표가 바로 그랬다.

하지만 이번에는 설마 했다. 상대가 변호사여서 설마하니 자신을 속이겠는가 했었다. 그랬는데 정말 보기 좋게 당했다.

"이렇게 나오시면 오 대표하고 있었던 이야기를 취소할 수도 있습니다."

"그러시든지요. 그거야 지 대표님 마음 아니겠습니까."

혁민은 지 대표의 말을 태연하게 받아넘겼다. 지 대표가 마음만 먹으면 그렇게 할 수도 있겠지만, 그럴 가능성은 낮다고 생각했기에 태연할 수 있었던 것이다.

'언론에다가 그렇게 기사를 때려놓고 바로 취소한다고? 지금 그랬다가는 손해가 얼만데… 게다가 대형 기획사가 작은 기획사 데리고 갑질한다는 소리도 들을 테고.'

그런 걸 다 감수한다면 취소할 수 있다. 하지만 그럴 가능성은 극히 낮았다.

"하아, 이거야 원. 무슨 말이 통해야……."

지 대표는 혁민을 노려보면서 앞자리에 앉았다. 어지간한 사람이라면 자세라도 바로 할 텐데, 혁민은 전혀 그럴 생각이 없는 듯했다. 여전히 껄렁껄렁한 태도로 지 대표를 쳐다보았다.

'아니, 뭐 이딴 변호사가 다 있어?'

지 대표는 혁민이 지금이야 이렇게 고개를 빳빳하게 들고 거들먹거리고 있지만, 조금만 지나면 자신의 바짓가랑이를 잡고 고개를 숙이리라 생각했다. 변호사라는 게 조금 걸리기는 했지만, 그래 봐야 일반인보다 조금 나은 정도였다.

지 대표는 힘의 차이를 확실하게 느끼게 해주겠다고 생각하면서 입을 열었다.

"자꾸만 뭘 캐고 다닌다던데 그만두는 게 좋을 거야. 자기 분에 넘치는 걸 하려다 보면 몸에 무리가 오거든. 뱁새가 황새 쫓아가다가 다리 찢어졌다는 얘기 정도는 들어봤겠지?"

"어이구, 무서워라. 그러면 저는 '알겠습니다~' 하고는 하던 일 그만둬야 하는 건가요오?"

혁민은 아주 오버하면서 이야기했다. 마치 연극을 하는 것 같은 행동이었는데, 그걸 본 지 대표의 얼굴이 콱 일그러졌다.

"이봐, 자네 아직 어려서 세상에 대해서 잘 모르는 모양이군. 그렇지?"

"글쎄요? 알 만큼은 안다고 생각하는데……."

혁민은 여전이 빙글빙글 웃으면서 말했다. 지금 자신이 지 대표의 시선을 잡아놓고 있는 동안에도 서 기자는 바쁘게 움직이고 있었다. 하지만 그런 걸 알지 못하는 지 대표는 얄밉게 구는 혁민에게 자신의 분노를 표현하고 있었다.

"무서운 게 없겠지. 실패한 적도 별로 없을 테고. 세상이 다 자기 생각대로 움직이는 것 같겠지?"

"설마요. 그렇게 생각하는 멍청이가 어디 있겠습니까. 세상 일이란 게 변수가 얼마나 많은데요. 저는 그렇게 생각한 적 한 번도 없습니다."

혁민은 대신 생각나는 게 있다고 했다.

"댐에 구멍 난 이야기 아시죠? 처음에는 아주 작은 구멍이 삽시간에 커지는 얘기요. 그거 진짜로 그렇거든요? 삽시간에 물이 쏟아져 들어오거든요. 네덜란드 애는 손으로 막았다고 하는데, 이게 손으로 막을 수 없는 그런 시점도 있어서 말이죠……."

그렇게 이야기하면서 혁민은 지 대표를 빤히 쳐다보았다. 이미 사건이 밝혀지는 걸 막을 수 없다는 이야기. 지 대표는 이를 갈면서 이야기했다.

"정말 세상모르는구만. 세상이 어떻게 돌아가는지 몰라."

"알만큼은 안다니까요."

"아니, 잘 몰라. 하지만 곧 알게 될 거야."

지 대표는 혁민을 날카롭게 쏘아보며 말했다.

"제가 보기에는 모르는 사람은 따로 있는 것 같네요. 세상이 변했어요. 어떻게 변했는지 곧 아시게 되겠네요."

* * *

“정말입니까? 자료를 넘기겠다고 했단 말이죠?”

“그렇다니까요. 이제 된 겁니다.”

혁민과 서 기자는 하이파이브를 하고는 손을 꽉 잡았다. 자료를 가지고 있던 사람이 고민 끝에 결심한 거였다. 대신 자신의 정체를 비밀로 해달라는 조건이었다.

“사실 그 사람 입장에서야 그럴 만도 하죠. 자기 눈앞에서 사람이 죽는 걸 봤으니까.”

혁민은 이해할 수 있었다. 사람이 살아가면서 누군가가 죽는 걸 보는 일은 흔하지 않다. 그것도 병이 들어서 그런 것도 아니고 자신의 눈앞에서 사고로 누군가가 죽는 걸 보는 일은 더욱더 흔하지 않다.

거기다가 그것이 누군가가 고의로 그런 것이라면. 그 사고를 낸 사람이 단순한 과실로 생각보다 약한 처벌을 받았다면. 그런 상황에서 누군가가 찾아와서 조용히 사는 게 좋을 거라는 말을 했다면.

“죽고 싶은 사람이 어디 있습니까. 죽은 사람이야 죽은 사람이고 산 사람은 살아야 하니까요. 게다가 가족도 있고 하니… 가족 있으면 더 어렵다는 거 변호사님도 아시잖습니까.”

“그럼요. 책임져야 할 누군가가 있으면 쉽게 나서기 어렵죠. 그래도 큰 결심을 한 거네요. 사실 정체를 밝히지 않는 조건이라고는 했지만, 어떻게든 드러나게 되어 있잖습니까."

서 기자는 어떻게든 그를 보호할 생각이라고 했다. 그리고 혹시 모르니 자료를 받게 되면 카피해서 주겠다고 말했다.

"그런 일이 없는 게 가장 좋겠지만, 지금까지 해온 일로 봐서는 가만히 있지는 않을 것 같아서요. 확실한 게 좋으니까요."

"그래도 요즘은 워낙 기술이 발달해서 쉽게 움직이기는 어려울 겁니다. CCTV니 블랙박스니 이런 게 얼마나 많은데요."

"그러면 얼마나 좋겠습니까. 하지만 그런 것도 다 피해 가는 방법이 있어서요. 그리고… 아닙니다."

서 기자는 무언가 이야기를 하려다가 멈추었다. 혁민은 어떤 말을 하려고 했었는지 물어보려다가 그만두었다. 말을 멈춘 데는 그만한 이유가 있을 테니까. 혁민이 질문을 하지 않자 오히려 서 기자가 슬며시 웃으면서 물었다.

"물어보지 않으십니까? 저 같으면 궁금해서 바로 물어봤을 것 같은데요."

"이유가 있겠죠. 그리고 알려줄 거면 말하지 않아도 알려주실 거고, 안 되는 거면 말해봐야 얘기 안 해주실 거 아닙니까."

혁민의 말에 서 기자가 킥킥대며 웃었다. 맞는 말이라고 하면서 그런 질문을 한 자신이 바보 같았다고 중얼거렸다.

"이건 정말 알고만 계세요. 저도 우연히 들은 이야기인데 사실관계는 아직 확인된 건 없으니까요."

서 기자는 자신이 들은 이야기를 해주었다.

"조사하다가 우연히 들은 건데 말입니다. 흠… 이런 지저분한 사건의 뒤처리를 하는 조직이 있다는군요. 그것도 상당히 오래전부터 활동한 조직이요."

"그게 가능한 겁니까? 그런 일이 있을 수는 있겠지만, 조직적으로, 그것도 오래전부터 활동했다니. 영화 속 이야기 같다는 느낌이네요."

서 기자는 자신도 쉽게 믿어지지 않았다고 했다. 자신도 정말 절친한 선배한테서 들은 건데, 자신이 이 사건을 조사하는 걸 알고는 은밀히 불러서 말해주었다는 거였다.

"그 선배도 이런 이야기를 다른 사람에게 하는 게 처음이라고 하더라고요. 왜냐하면, 그 선배한테 이야기를 한 사람이 말을 하고 얼마 지나지 않아 갑자기 사고로 죽었다고……."

"만약 정말이라면 심각한 일이군요……."

혁민의 표정도 딱딱하게 굳었다. 비리를 저지르고 권력을 휘두르는 거야 숱하게 보아왔다. 그러면서도 이런저런 수단을 써서 교묘하게 처벌을 받지 않고 비껴가는 것도 보았고. 하지만 이런 식으로 움직이는 조직이 있을 것이라고는 생각지도 못했다.

"그 선배 이야기로는 예전에 정보 조직에 있었던 사람들을 위주로 해서 만들어진 거라는 얘기가 있다고 하더라고요. 사람들 입을 막을 필요가 있잖습니까. 그리고 그게 권력자들하고는 무관한 사람이어야 하고요."

그런 필요성 때문에 만들어졌고, 은밀하게 활동을 해온 조직이라고 했다. 지금까지 그 정체가 드러나지 않은 건 뒤에서 봐주는 힘이 있기 때문이고.

"드러난 것도 아주 우연이었다고 하더라고요. 선배한테 이야기해 준 사람은 조세회피지역에 있는 페이퍼 컴퍼니를 조사하고 있었답니다. 그런데 이상하게 빠져나간 자금이 있다는 걸 알고 그걸 추적했거든요."

그 페이퍼 컴퍼니는 이름만 대면 알 수 있는 권력자와 연관이 되어 있었고, 자금은 여러 단계를 거쳐서 다시 국내로 이어져 있었다.

"조사는 거기까지밖에 하지 못했다고 하더군요. 갑자기 모든 게 막혀 버려서요. 그래도 포기하지 않고 개인적으로 은밀히 알아보다가 그런 조직이 있다는 정보를 입수한 거죠. 물론 그걸 알고 얼마 지나지 않아서 변을 당하기는 했지만……."

서 기자는 간혹가다가 어떤 사건의 중요한 증인이 갑자기 입을 다물거나 말을 바꾸는 경우가 허다하지 않으냐고 말했다.

"그거야 이런저런 압력을 넣어서 그런 거 아닙니까."

"물론이죠. 그런데 그렇게 해도 통하지 않으면 조금 더 격한 방법을 쓴다고 합니다. 아주 치졸하지만, 효과 만점인 방법들이 많거든요."

가족이나 소중한 사람의 생명을 담보로 협박하는 방법이 그런 것 중 하나고, 정 여의치 않으면 직접 손을 쓰기도 한다고 했다.

"왜 그런 경우 있잖아요. 어떤 사건의 중요한 증인인데 갑자기 자살하거나 사라졌다가 시체로 발견되는 경우."

"간혹 있죠. 하지만 그거야 심적인 부담을 느껴서 자살하는 경우가 많은 걸로 아는데요……."

"그렇죠. 그런데 그런 케이스 중에서 일부분은 자살이 아니라는 거예요."

혁민은 정말 소름이 몸에 쫙 돋았다. 실제로 자살로 보기에는 석연치 않은 구석이 있지만, 그냥 자살이라고 하고 넘어가는 경우가 떠올랐기 때문이었다.

"생각을 해보세요. 정보 계통에 있었다고 하면 어떤 식으로 처리해야 자살로 보인다는 것 정도는 훤할 거 아닙니까. 그렇게 처리하고 위에서 전화 몇 번 하면 그냥 자살로 좋나는 거예요. 그리고 사건의 진실은 묻히는 거죠."

서 기자는 그러니 혁민도 조심하라고 이야기했다. 혹시 모르니 말이다.

*　　*　　*

지 대표는 마지막이라고 하면서 다시 협상을 시도했다. 하지만 혁민의 대답은 마찬가지였다. 어차피 기호지세였다. 여기서 물러난다고 하면 안전이 보장될까? 절대로 그렇지 않다는 게 혁민의 판단이었다.

"어떻게든 뒤통수를 치려고 하겠지. 오히려 세간을 떠들썩하게 하는 게 훨씬 안전해."

혁민은 그렇게 중얼거리면서 건물 밖으로 나왔다. 몇 번 다니면서 얼굴이 익어서인지 경비원이 인사를 했고, 혁민도 웃으면서 인사를 받았다. 그런데 건물 밖으로 나와서 조금 걸어가다가 갑자기 혁민의 발이 그 자리에 딱 붙었다. 그리고 그의 눈에는 잔뜩 힘이 들어갔다.

혁민의 눈앞에는 덩치가 큰 남자가 지나가고 있었다. 혁민보다 목 하나는 더 있는 것 같은 거한. 그는 마스크를 하고 있었는데, 혁민은 남자의 모습을 보자마자 그가 누구인지 알 수 있었다.

'이 새끼가 왜 여기에 있어?!!'

자신을 죽인 남자. 바로 그 남자가 분명했다. 혁민의 얼굴은 있는 대로 일그러졌고, 이가 갈리면서 까드득 하는 소리가 났다. 하지만 그 남자는 그런 혁민을 보지 못한 채 건물 안으로 들어갔다.

혁민은 순간적으로 고민했다. 혹시 자신이 다른 사람을 그 남자로 착각한 것이 아닌가 싶어서였다. 사실 얼굴을 본 것도 아닌데 마스크를 쓴 모습만 보고 그 남자라고 확신한다는 게 좀 이상한 일 아닌가 싶기도 했다.

이성적으로 생각하면 그랬다. 하지만 자신의 모든 감각이 저 남자가 바로 그 남자라고 말하고 있었다. 혁민은 심장이 미친 듯이 펄떡거리는 걸 느꼈다. 가만히 있으면 심장이 몸 밖으로 튀어 나갈 것 같았다.

발걸음이 저절로 움직였다. 그리고 그 남자의 뒤를 천천히 뒤따르기 시작했다. 경비원이 출입하는 사람들을 체크하고 있었지만, 남자는 출입증을 보여주고 안으로 들어갔다.

"저기, 안에 두고 온 게 있어서요."

"아, 예……."

혁민은 경비원에게 그렇게 이야기를 했고, 방금 건물에서 나온 걸 아는 경비원은 아무런 의심도 하지 않고 혁민을 안으로 들여보내 주었다.

'어디로 갔지?'

건물 안에 들어온 혁민은 재빨리 거한이 어디로 갔는지 둘러보았다. 그리고 곧바로 그가 있는 곳을 찾을 수 있었다. 덩치가 워낙 커서 눈에 잘 들어왔기 때문이었다. 혁민은 자연스럽게 엘리베이터가 있는 곳으로 향했다.

혁민은 거한의 약간 뒤쪽에 서서 그의 모습을 살폈다. 그런데 거한을 보고 있으니 피부와 몸에 있는 잔털들이 일제히 솟아올랐다. 강한 정전기가 몸을 쫙 훑고 지나가는 그런 느낌이 들었다.

'이 남자가 그 새끼라는 생각을 해서 그런 건가?'

이 남자가 자신의 몸에 칼을 꽂아 넣은 사람이라는 생각이라는 생각을 해서 그런 것일 수도 있다. 정말 진저리쳐지는 일이었으니 상상만 해도 몸이 저절로 반응하는 게 이상하지 않았다. 아니면 정말로 몸이 기억하고 있어서 그럴 수도 있었다.

혁민은 그런 생각을 하면서 계속해서 거한을 살폈는데, 남자는 시선을 느꼈는지 옆을 슬쩍 돌아보았다. 혁민은 순간적으로 시선을 회피했다.

왜 그랬는지는 알 수 없었다. 눈을 마주치면 안 될 것 같은 생각이 들어서 그런 것 같기도 했고, 막연한 공포를 느껴서 그런 것 같기도 했다. 하지만 거한의 표정이나 태도에 별다른 변화는 없었다.

띵.

엘리베이터가 도착했다는 소리가 들리고 문이 열렸다. 두 남자가 서로 이야기를 하면서 밖으로 빠져나오자 거한이 먼저 엘리베이터에 올랐다. 혁민은 갑자기 고민이 되었다.

여기까지 따라온 것도 사실 왜 그랬는지 생각이 나지 않았다. 그냥 본능이 시킨 것처럼 저절로 발이 움직여서 이곳까지 온 것 같은 느낌이었다. 머리가 멍하고 아무런 생각도 나지 않았다.

'같이 타? 그냥 여기서 돌아가?'

저 남자하고 둘이서 밀폐된 공간에 있어야 한다는 생각이 드니 몸이 움직이지 않았다. 그리고 그냥 여기서 저 남자가 몇 층으로 가는지만 확인해도 되지 않을까 하는 생각이 들었다. 하지만 혁민의 그런 고민은 쉽게 해결되었다.

"잠시만요."

여자 한 명이 혁민의 옆을 스치면서 엘리베이터에 올랐다. 다른 사람이 엘리베이터에 타자 확실히 느낌이 달라졌다. 들어가기가 꺼려졌던 그 공간이 그렇게까지 두렵고 불안하게 생각되지 않았던 것이다.

혁민은 자연스럽게 엘리베이터 안으로 들어갔다. 그리고 거한과는 가장 멀리 떨어진 오른쪽 구석에 자리를 잡았다. 버튼 바로 앞에 있는 여자도 거한의 덩치에 놀랐는지 힐끔힐끔 그를 쳐다보았다.

그리고 혁민과 마찬가지로 남자가 고개를 돌리자 시선을 피하면서 딴청을 부렸고. 그 모습을 보자 혁민은 자신도 아까 이 여자처럼 보였겠구나 싶었다.

'5층과 7층이라.'

혁민은 불이 들어와 있는 버튼을 확인했다. 7층은 이 건물의 가장 꼭대기. 지 대표의 사무실이 있는 층이었다. 누가 몇 층을 눌렀는지는 보지 못한 혁민은 무조건 여자가 내리는 층에서 내리기로 했다.

다행인지는 모르겠지만, 여자는 5층에서 내렸다. 그렇다는 이야기는 거한이 지 대표를 만나러 간다는 이야기.

혁민은 5층에서 곧바로 다시 엘리베이터를 타고 아래로 내려왔다. 남들이 보았다면 아무것도 아닌 일이라고 하겠지만, 혁민의 심장은 지금 그 어떤 때보다도 격렬하게 움직이고 있었다. 너무 격하게 뛰어서 심장이 뜨겁게 느껴질 정도로.

'확실해. 그 남자야. 바로 그 남자.'

혁민은 건물 밖으로 나와서는 곧바로 의자로 삼을 만한 곳에 걸터앉아 숨을 골랐다. 단순하게 건물에 들어가 엘리베이터를 타고 5층까지 갔다가 내려왔다. 그런데 자신의 몸은 엄청난 모험과 경험을 한 것처럼 축 늘어졌다.

기운이 하나도 없었다. 물먹은 솜처럼 축 늘어져서 이대로 잠깐 누워서 잤으면 좋겠다는 생각마저 들었다. 하지만 그럴 수는 없었다. 조금 이따가 율희와 만나기로 했기 때문이었다.

"그래, 잠깐만 쉬었다가… 어차피 시간도 좀 여유가 있으니까……."

혁민은 자리에서 억지로 몸을 일으켰다. 일어나면서 아구구구 하는 할아버지나 낼 법한 소리를 냈다. 그는 이리저리 움직여서 몸을 좀 풀고는 근처에 보이는 편의점으로 향했다. 거기에 앉아서 음료수라도 마시면서 쉬어야겠다고 생각하면서.

그리고 그 시각, 율희는 윤태의 차를 타고 집으로 향하고 있었다.

"괜찮다니까요. 매번 이러면 너무 미안한데……."

"무슨 소리야. 그냥 집에 데려다주는 것뿐인데……."

율희는 집에 도착하자 잠깐 들어와서 차라도 한잔하고 가라고 이야기했다.

"고맙긴 한데 들어가도 괜찮은 건지 모르겠네?"

"괜찮아요. 아빠도 지금 집에 있으니까 좋아하실 거예요."

윤태는 고개를 끄덕였는데, 표정에는 미묘하지만 안타깝다는 아쉬움의 감정이 언뜻 보였다. 하지만 율희의 뒤편에 서 있었기 때문에 율희는 그런 모습을 보지 못했다.

"어서 오게."

민주엽이 윤태를 반가운 얼굴로 맞이했다. 딸이 생명을 건진 것이 윤태의 덕분이었으니 얼마나 고맙겠는가. 민주엽은 거실에 있는 소파에 앉으라고 했고, 율희는 가방을 놓아두기 위해서 자신의 방으로 들어갔다.

민주엽과 윤태는 말을 하지 못하고 어색하게 앉아 있었는데, 갑자기 둘 다 벌떡 자리에서 일어섰다. 율희가 방에서 나오다가 갑자기 머리를 부여잡고 신음 소리를 냈기 때문이었다.

*　　*　　*

"어디 아프니?"

"괜찮아?"

민주엽과 강윤태가 동시에 율희에게 다가갔다. 율희는 한 손으로 관자놀이를 누르면서 인상을 잔뜩 찌푸리고 있었다. 그 모습을 보고 두 남자는 더욱 걱정했다.

율희가 어떤 아이인가. 다른 사람에게 걱정을 끼치는 걸 싫어해서 어지간하면 이런 모습을 보이지 않을 성격이다. 거기다가 뇌 수술을 한 지 얼마 되지 않는다. 그래서 두 사람은 더욱 염려스럽고 걱정이 되었다.

"머리가 어떤데? 아니다, 이럴 게 아니지. 병원엘 가자."

민주엽은 근심이 가득한 얼굴로 병원에 가자고 이야기를 했고, 강윤태도 그게 좋다고 맞장구쳤다. 하지만 율희는 억지로 웃는 표정을 하면서 손을 가볍게 내저었다.

"아니에요. 괜찮아요. 갑자기 머리가 좀……."

율희는 아픈 게 아니라 자꾸 무언가가 떠오르려고 한다고 이야기했다. 그제야 두 사람은 안도의 숨을 내쉬면서 다행이라고 이야기했다.

"그렇다면 다행이네… 난 또 수술한 게 문제가 있나 해서 가슴이 철렁했지……."

민주엽은 율희를 부축해서 소파로 데려왔다. 앉아서 잠깐 쉬라고 하면서 물을 따라 왔다. 율희는 여전히 찡그린 표정이었는데 자꾸 고개를 움직이면서 어딘가 불편한 표정을 했다. 눈을 감고 움찔움찔하는 게 꼭 악몽을 꾸는 사람처럼 보였다.

처음에 무언가 떠오르려고 할 때까지는 이 정도는 아니었다. 그런데 소파에 앉자 갑자기 엄청난 공포가 확 밀려들었다. 그래서 율희는 엄청난 악몽을 꾸는 것과 비슷한 상태였다. 아니, 훨씬 더 심한 상황이었다.

무언가 어마어마하게 무섭고 끔찍한 느낌이 머릿속을 헤집고 다녀서 가슴이 진정되지 않았다. 너무나도 압도적이고 살벌한 느낌이라서 온몸이 저릿저릿할 정도였다.

'뭐지? 왜 아무것도 보이지 않지? 그런데 이런 느낌은 또 뭐야? 왜 이런 살벌한 느낌이…….'

율희는 차라리 무언가가 확실하게 떠오르면 좋겠다고 생각했다. 그러면 오히려 이렇게 섬뜩하고 두려운 느낌은 들지 않을 테니까. 하지만 어떤 기억인지 모습은 보이지 않고 무언가 공포스럽다는 느낌만 몸에 퍼지고 있어서 무척 괴로웠다.

어둠 속에서 모습은 감춘 채 무서운 존재가 다가오는 그런 느낌. 율희의 숨이 조금씩 거칠어졌다. 이상하게 눈을 뜨고 환한 거실을 보고 싶었지만, 눈이 떠지질 않았다. 누군가가 눈을 손으로 덮고 있는 것 같았다.

"괜찮아. 기억이 잘 나지 않으면 굳이 기억하려고 애쓸 필요 없어."

강윤태가 옆에서 지켜보다가 안쓰러운 듯 이야기했다. 하지만 율희는 계속해서 악몽 같은 느낌에 시달리고 있었다. 문제는 눈을 뜰 수가 없다는 거였다. 눈만 뜰 수 있다면 정말 아무것도 아닌 일일 텐데, 그렇지를 못하니 공포감이 몇 배나 더했다.

두 남자는 율희의 상태가 좋지 않다고 생각했지만, 어느 정도인지는 알지 못했다. 율희의 몸이 잘게 떨리고 있다는 것조차 알지 못한 채 그저 걱정스러운 표정으로 지켜보고만 있었으니까.

그것도 율희가 티를 내지 않으려고 애써서 그 정도였지, 그녀가 받고 있는 느낌을 그대로 드러냈다면 두 남자는 호들갑을 떨면서 난리를 쳤을 것이다.

율희는 두려움을 꽉 눌러 참으면서 눈을 뜨려는 걸 포기했다. 아무리 시도해도 눈이 떠지지 않았기 때문이었다. 하지만 시간이 지나자 조금씩 진정되기 시작했다.

어둠과 공포. 그 낯선 감정이 처음 몸을 휩쓸고 지나갔을 때는 너무 놀라서 어찌할 바를 몰랐었다.

그러나 조금씩 어둠과 공포에 익숙해지자 처음처럼 몸서리가 쳐질 정도는 아니었다. 율희는 조금씩 다른 감각이 열리는 걸 느꼈다. 모든 감각이 공포에 얼어붙었다가 조금씩 풀리는 그런 느낌이 들었다.

'무슨 소리지? 무슨 소리가 나는 것 같은데?'

어디선가 쿵쿵거리는 소리가 들리는 것 같았다. 그리고 손에도 무언가가 있는 것 같은 느낌이 들었다. 여전히 보이는 건 없었지만, 그래도 전처럼 두렵고 불안하지는 않았다. 물론 전과 비교해서 그렇다는 것이니 섬뜩한 느낌이 사라졌다는 건 아니었다.

"괜찮아? 어디 좋지 않으면 바로 이야기하고……."

윤태의 목소리가 들렸다. 친근하고 따스한 느낌. 율희는 고개를 끄덕이면서 대답했다.

"알았어요. 괜찮아요. 조금만 쉬면 될 거예요."

말은 그렇게 했지만, 심장이 쪼그라드는 것 같은 느낌은 어전했다. 처음처럼 숨도 쉬지 못할 것 같은 그런 정도는 아니었지만, 그래도 여전히 공포가 그녀를 완전히 지배하고 있었다.

"병원에 가는 게 좋지 않겠니?"

민주엽이 바로 옆에서 이야기했다. 아무래도 딸의 상태가 심상치 않아 보였기 때문이었다. 율희는 민주엽의 목소리를 듣자 마음이 전보다 훨씬 안정되는 걸 느꼈다. 자신을 꽉 붙잡고 있던 공포가 확연하게 약해진 느낌.

율희는 저절로 미소를 지었다. 그리고 천천히 고개를 저으면서 괜찮다고 이야기했다. 이제 많이 나아졌다고 말하면서.

"그러면 다행이기는 한데……."

민주엽은 여전히 걱정스럽다는 투로 말했다. 그때 율희는 기억이 조금 더 선명해지는 걸 느낄 수 있었다. 그리고 지금 자신이 느끼고 있는 감정이 이전에도 똑같이 느꼈던 감정이라는 걸 기억할 수 있었다.

'맞아, 집에 그 사람이 왔을 때였어."

사이코패스가 집에 왔을 때였다. 누군가가 자신을 죽이기 위해서 왔다는 사실을 알고는 거의 패닉 상태였다. 문을 잠그고 숨어 있었지만, 어떤 상황인지 보이지 않아서 그런지 오히려 공포는 더 심했다.

율희는 지금까지 사이코패스가 자신의 집에 왔던 기억을 하지 못했다는 걸 알았다. 그리고 우당탕하는 소리와 비명, 그리고 탕 하는 총소리까지 기억했다. 그리고 이렇게 된 것이 혁민 때문이라는 것도 기억났다.

눈은 뜨지 않았지만, 그때 상황이 선하게 그려졌다. 그리고 자신과 아버지를 이렇게 위험하게 만든 사람이 혁민이라는 사실에 조금 화가 났다. 주변 사정이나 그런 건 생각나지 않았다. 그저 혁민 때문에 이런 일이 벌어졌다는 것만 떠올랐다.

"그런데 눈은 왜 계속 감고 있니?"

민주엽의 말에 율희는 한층 더 진정되는 걸 느꼈다. 포근하고 듬직한 느낌. 무의식중에 자신을 지켜줄 거라는 생각이 들어서 그런지는 몰라도 몸과 마음이 훨씬 편안하고 노곤해지는 그런 기분이 들었다.

"아… 혁민 군이 온 모양인데?"

초인종 소리가 울리자 민주엽이 슬쩍 시간을 보더니 중얼거렸다. 그는 자리에서 일어나더니 현관으로 걸어갔는데, 율희는 혁민이라는 이름을 듣자 인상을 조금 찌푸렸다. 지금 느끼고 있는 기분 나쁜 감정이 모두 혁민 때문이라는 생각이 떠올라서였다.

"아니! 율희야? 왜 그래? 어디 아파?"

혁민이 신발을 벗고 들어오다가 율희를 보더니 다급하게 물었다. 율희에게 당장 달려갈 것같이 굴면서. 하지만 그런 일은 벌어지지 않았다. 민주엽이 말리면서 왜 그런지를 이야기해주었기 때문이었다.

"뭔가 기억이 떠오르는 모양이야. 뭔지는 잘 모르겠지만."

"안 좋은 기억인가 본데요? 어유, 얼굴 창백한 거 봐. 몸도 떨고 있고."

혁민은 근심 가득한 얼굴을 한 채 율희에게 다가갔다. 율희는 처음에는 혁민이라는 이름이 기분이 나빴었는데 혁민의 목소리를 듣자 무언가 다른 감정이 떠올랐다.

따사롭고 부드러운 햇살을 받고 있는 것 같기도 했고, 보들보들하고 푹신푹신한 이불에 폭 싸인 것 같은 그런 느낌도 들었다. 그리고 점점 다른 기억들이 떠오르기 시작했다.

그렇게도 떠오르지 않던 혁민에 관한 기억이었다. 처음부터 지금까지 있었던 모든 것이 전부 떠올랐다. 율희는 눈을 번쩍 떴다.

"오빠."

"어, 율희야. 괜찮지? 어디 아픈 거 아니지?"

율희는 배시시 웃으면서 고개를 끄덕였다. 둘은 언제 잡았는지도 모르게 자연스럽게 손을 부여잡고 있었다. 너무나도 당연하다는 듯이. 둘은 마주 보면서 웃었고, 그 모습을 본 윤태도 미소 지었다. 하지만 윤태의 미소에는 씁쓸함이 진하게 배어 있었다.

*　　*　　*

"정말 그만두지 못하겠다 이거야?"

"물론입니다. 정당한 사유를 말씀해 주시면 고려해 보겠습니다."

차동출은 고개를 뻣뻣하게 들고 말했다. 검사장은 황당하다는 표정으로 차동출을 쳐다보았다. 지금까지 자신의 말을 이렇게까지 당당하게 거절한 검사는 처음이었기 때문이었다.

검찰은 무척이나 규율이 강한 조직이다. 상명하복이 자연스러운 곳이어서 이런 식으로 뻗대는 사람은 아주 드물었다. 검사장은 차동출을 찬찬히 살폈다. 그리고 역시 세간의 평가가 틀리지 않는다고 생각했다.

'제대로 미친 놈이라고 하더니 정말이구만. 아예 검사 생활을 할 생각이 없는 건가?'

검사장이 휘하에 있는 모든 검사에 관해서 자세히 알 수는 없는 일이다. 하지만 어디나 튀는 놈이 있게 마련이다. 그래서 차동출이 어떤지에 대해서는 들은 바가 있었다. 이렇게 직접 보는 건 처음이었지만.

검사장은 다시 한 번 차분하게 물었다. 여기서 멈출 생각이 없는지를. 차동출의 대답은 한결같았다. 멈출 거면 시작하지도 않았다고 대답했다.

"어떻게 될 건지는 알고서 하는 건가? 이거 기소해 봐야 망신만 당하기 쉽다는 거 알고는 있느냔 말이야."

"알고 있지만, 생각대로 되지는 않을 겁니다. 그래도 검사 생활을 한 게 몇 년인데 그런 것도 모르겠습니까. 하지만 이쪽에서 가지고 있는 카드도 만만치 않습니다."

"그래? 알았어. 그러면 해봐. 기왕 할 거면 제대로 해."

검사장은 그렇게 말하고는 차동출에게 나가보라고 이야기했다. 차동출은 약간 의아하다는 표정을 지었지만, 고개를 숙여 인사를 하고는 문밖으로 나갔다. 차동출이 나가자 검사는 입맛을 다셨다. 조금 귀찮게 되었기 때문이었다.

"어쩔 수 없지. 다음번에 다른 부탁을 들어준다고 하는 수밖에……."

검사장은 체면 살짝 구기게 생겼다며 투덜거렸다. 위로 올라갈수록 부탁을 하고 부탁을 받는 일이 많아진다. 검사장도 신세를 진 일이 있으니 부탁을 받았을 때 거절할 수는 없었다. 하지만 일이 이렇게 되었으니 미안하다고 하면서 다음에는 꼭 들어주겠다고 말해야 했다.

어차피 상대도 부탁한다고 모든 일이 다 해결되는 건 아니라는 사실을 잘 안다. 보아하니 차동출에 관해서도 조사를 좀 한 것 같으니 그냥 혹시나 해서 찔러본 것 같았다.

"전화해서 얘기하고는 술이나 한번 사야겠구만."

검사장이 그렇게 중얼거리고 있을 때, 차동출은 자신의 방으로 향하면서 왜 이렇게 서 기자가 오지 않는지 짜증을 내고 있었다. 오기로 한 시간이 벌써 지났는데 연락도 없고 전화도 받지 않았다.

"자료만 넘겨받으면 제대로 한번 할 수 있는데, 왜 이렇게 굼뜬 거야? 혹시 무슨 일이 생긴 건 아니겠지?"

혁민에게 소개를 받아서 차동출은 서 기자와 혁민이 지금까지 뭘 알아냈는지 전부 들었다. 하지만 말만 가지고 거물을 엮을 수는 없는 일. 증거가 가장 중요했다. 그리고 오늘 그 증거를 받기로 했다.

차동출은 조금 불안하다는 생각이 들었다. 검사장으로부터 이야기를 들은 것이나 서 기자가 늦는 것이 전부 누군가가 손을 쓰기 시작해서 그런 거라는 생각이 들어서였다.

그리고 그의 생각대로 서 기자는 누군가와 함께 있었다.

"쉽게 가자니까, 쉽게. 기자라는 양반이 말귀를 못 알아먹네……."

남자 한 명이 건들거리면서 서 기자의 뺨을 툭툭 쳤다. 그러면서 자료를 넘긴 사람이 누구인지 말하라고 강요했다.

창고 같기도 했고, 전에 공장이었던 것 같기도 한 장소였다. 상당히 널찍한 곳이었는데, 녹슨 파이프 같은 게 여기저기 굴러다녔다.

"모른다니까. 난 그저 이 자료를 택배로 받은 것뿐이야."

"아하, 택배……."

남자는 낄낄대며 웃었다. 그러더니 슬쩍 앞쪽을 쳐다보았다. 거기에는 덩치가 커다란 남자가 있었는데, 거한은 천천히 고개를 저었다.

"아우, 진짜 운 좋은 줄 알라고. 이거 오늘 제대로 손 좀 쓰나 했더니……."

남자는 짜증스럽다는 듯 투덜거렸다. 고문도 하고 피 맛도 좀 보나 싶었는데, 그러지 못하게 되어 그런 거였다. 남자는 거한을 향해서 이야기했다.

"그냥 저수지에다가 버리죠? 그게 깔끔하잖습니까. 아니면 산에다가 묻든가요."

남자는 간만에 손을 좀 쓰고 싶다면서 그렇게 이야기했지만, 거한은 고개를 저었다. 이번에는 본보기를 보일 생각으로 산에서 실족사한 걸로 처리할 생각이었기 때문이었다.

서 기자는 자신이 지금 어떤 상황인지 알 수 있었다. 두려웠다. 이대로 있다가는 자신은 죽은 목숨이었으니까. 하지만 마음을 진정시켰다. 자신을 위협해서 자료를 건넨 사람이 누구인지 알아내기 위해서 이러는 거라고 생각했다.

믿는 구석도 있었다. 오늘 차 검사를 만나기로 약속했다. 그러니 자신이 없어진 걸 안다면 어떻게든 손을 쓸 것이다.

'그래. 누구인지 말을 하지 않고 버티자. 분명히 나를 찾으러 나설 테니까 그때까지만 버티면 되는 거야.'

서 기자는 눈을 굴리면서 그렇게 생각했다. 그리고 주변을 둘러보았다. 갑자기 정신을 잃었다가 깨어보니 이곳이었다. 언제 어떻게 이곳으로 왔는지는 모르겠지만, 아마도 마취약 같은 걸 사용한 것 같았다.

'요즘이 어떤 세상인데. 감쪽같이 납치한다고 했겠지만, 분명히 흔적이 남았을 거야. 그러니 시간만 있으면 경찰이 찾을 수 있을 거야.'

서 기자는 그렇게 생각하면서 차 검사가 빨리 움직이기를 기원했다.

그리고 그의 바람대로 차동출은 아무래도 이상하다고 생각하고 여기저기 연락을 해보았고, 서 기자가 사라졌다는 걸 알았다.

"이거 분명히 무슨 사고가 생긴 거야, 사고가……."

차동출은 자신이 할 수 있는 방법을 모두 동원해서 서 기자를 찾아 나섰다.

『괴짜 변호사 : 악마의 저울』 10권에 계속…

이 시대를 선도하는 이북 사이트

이젠북

www.ezenbook.co.kr

더욱 막강해진 라인업!
최강의 작가들이 보이는 최고의 재미.

이들의 "유료연재"가 시작됩니다!

김재한 『성운을 먹는 자』
홍정훈 『월야환담 광월야』
이지환 『어린황후』
좌백 『천마군림 2부』
김정률 『아나크레온』
태제 『태왕기 현왕전』
전진검 『퍼팩트 로드』
방태산 『완벽한 인생』
왕후장상 『전혁』
설경구 『게임볼』

검색창에 **이젠북** 을 쳐보세요!

초대형 24시 만화방

신간 100%, 샤워실, 흡연실, 수면실(침대석), 커플석, 세탁기 완비

▪ 강북 노원역점 ▪

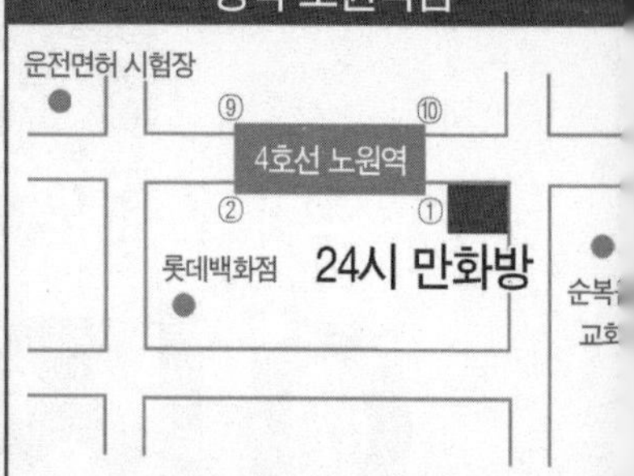

서울 노원구 상계동 340-6 노원역 1번 출구 앞 3층
02) 951-8324 (화용빌딩 3층)

▪ 일산 정발산역점 ▪

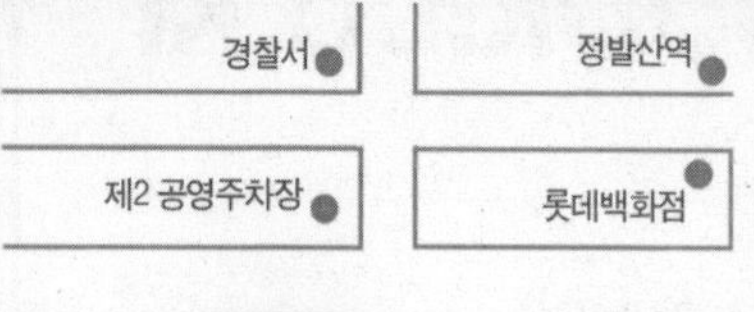

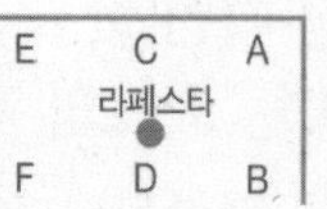

라페스타 E동 건너편 먹자골목 내 객잔건물 5층
031) 914-1957

▪ 일산 화정역점 ▪

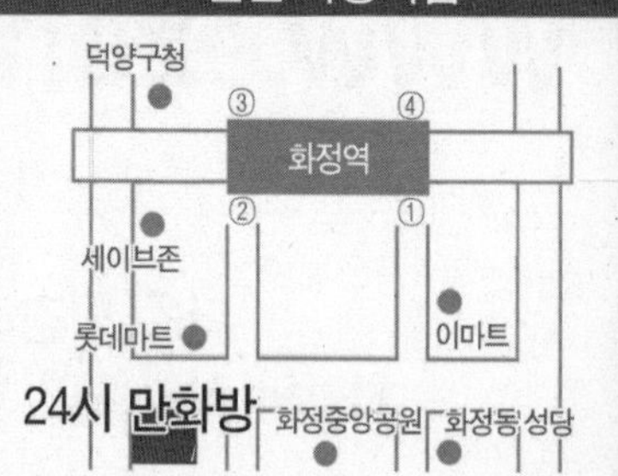

경기도 고양시 덕양구 화정동 984번지 서일빌딩 7
031) 979-4874 (서일사우나 건물 7층)

▪ 부천 역곡역점 ▪

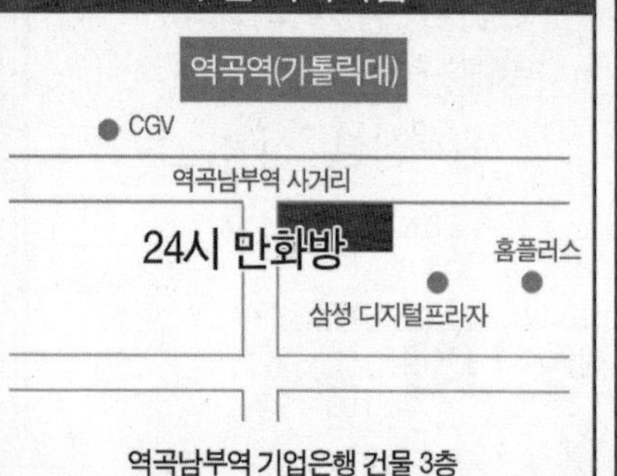

역곡남부역 기업은행 건물 3층
032) 665-5525

▪ 부평역점 ▪

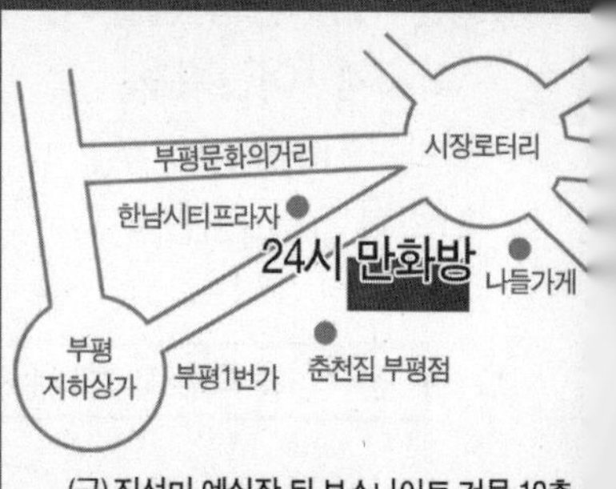

(구) 진선미 예식장 뒤 보스나이트 건물 10층
032) 522-2871

네르가시아 장편소설

FUSION FANTASTIC STORY

도시 무왕 연대기

글로벌 기업의 후계자 김태하.
탄탄대로를 걷던 그에게 거대한 음모가 덮쳐 온다!

『도시 무왕 연대기』

가장 믿고 있었던 친척의 배신,
그가 탄 비행기는 추락하고 만다.

혹한의 땅에서 기적같이 살아나
기연을 만나게 되는데…….

모든 것을 잃은 남자,
김태하의 화끈한 복수극이 시작된다!

Book Publishing CHUNGEORAM

유행이 아닌 자유추구 - www.chungeoram.com

FUSION FANTASTIC STORY
인기영 장편 소설
리턴 레이드 헌터
Return Raid Hunter

하늘에 출현한 거대한 여인의 형상…….
그것은 멸망의 전조였다.

『리턴 레이드 헌터』

창공을 메운 초거대 외계인들과
세상의 초인들이 격돌하는 그 순간.
인류의 패배와 함께 11년 전으로 회귀한 전율!

과연 그는, 세계의 멸망을 막을 수 있을 것인가.

세계 멸망을 향한 카운트다운 속에서 피어나는
그의 전율스러운 이야기!

Book Publishing CHUNGEORAM
유행이 아닌 자유추구 - www.chungeoram.com

만상조 新무협 판타지 소설

FANTASTIC ORIENTAL HEROES

광풍제월

천하제일이란 이름은 불변(不變)하지 않는다!

『광풍제월』

시천마(始天魔) 혁무원(赫撫源)에 의한 천마일통(天魔一統)!
그의 무시무시한 무공 앞에 구대문파는 멸문했고,
무림은 일통되었다.

"그는 너무나도 강했지.
그래서 우리는 패배했고, 이곳에 갇혔다."

천하제일이란 그림자에 가려져 있던 수많은 이인자들.

"만약……."
"이인자들의 무공을 한데로 모은다면 어떨까?"
"시천마, 그놈을 엿 먹일 수도 있을 거야."

이들의 뜻을 이어받은 소년, 소하.
그의 무림 진출기가 시작된다.

Book Publishing CHUNGEORAM

유행이 아닌 자유추구 -
WWW.chungeoram.com

FUSION FANTASTIC STORY

임영기 장편 소설

바람의 마스터

Wind Master

중국집 배달원으로 평범한 삶을 살던 한태수.
음식 배달 중 마라톤 행렬에 휩쓸려
하프마라톤을 뛰게 되는데…….
늦깎이로 시작한 육상에서 발견한 놀라운 재능!

과거는 모두 서론에 불과할 뿐,
이제부터가 본론이다.
두 눈 똑똑히 뜨고 잘 봐라.
내가 어떻게 세계를 제패하는지…….

남은 것은 승리와 영광뿐!

Book Publishing CHUNGEORAM

먹운 장편 소설

FUSION FANTASTIC STORY

전풍 삼국지

2세기 말 중국 대륙.
역사상 가장 치열했던 쟁패(爭霸)의
시기가 열린다!

중국 고대문학을 공부하던 전도형,
술 마시고 일어나니 도겸의 둘째 아들이 되었다?

조조는 아비의 원수를 갚으러 쳐들어오고
유비는 서주를 빼앗으려 기회만 노리는데…….

"역시 옛사람들은 순수하다니까.
유비가 어설픈 연기로도 성공한 데는 다 이유가 있지, 암."

때로는 군자처럼, 때로는 효웅처럼!
도형이 보여주는 난세를 살아가는 법!

Book Publishing CHUNGEORAM

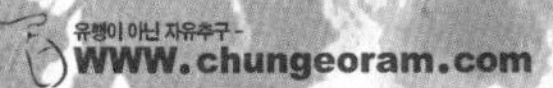

FUSION FANTASTIC STORY

비츄 장편소설

올 스탯 슬레이어

강해지고 싶은 자, 스탯을 올려라!

『올 스탯 슬레이어』

갑작스런 몬스터의 출현으로 급변한 세계.
그리고 등장한 슬레이어.

[유현석 님은 슬레이어로 선택되었습니다.]
"미친… 내가 아직도 꿈을 꾸나?"

권태로움에 빠져 있던 그가…

"뭐냐 너?"
"글쎄. 나도 예상은 못했는데, 한 방에 죽네."

슬레이어로 각성하다!

Book Publishing CHUNGEORAM

이경영 판타지 장편소설

'FANTASY FRONTIER SPIRIT'

그라니트

용들의 땅

GRANITE

사고로 위장된 사건에 의해 동료를 모두 잃고 서로를 만나게 된 '치프'와 '데스디아'.
사건의 이면에 상식을 벗어난 음모가 있음을 알게 된 둘은
동료들의 죽음을 가슴에 새긴 채 각자의 고향으로 돌아간다.
2년 후, 뜻하지 않게 다시 만난 두 사람은 동료들의 복수를 위해
개척용역회사 '그라니트 용역'을 설립해 다시금 그 땅을 찾게 되는데…….

용들이 지배하는 땅 그라니트!
그곳에서 펼쳐지는 고대로부터 이어지는 운명적 만남,
깊어지는 오해, 그리고 채워지는 상처.

『가즈 나이트』시리즈 이경영 작가의 미래형 판타지 신작!

Book Publishing CHUNGEORAM

니콜로 장편 소설

FUSION FANTASTIC STORY

마왕의 게임

『경영의 대가』, 『아레나, 이계사냥기』
니콜로 작가의 신작!

『마왕의 게임』

마계 군주들의 치열한 서열전
궁지에 몰린 악마군주 그레모리는 불패의 명장을 소환하지만…….

"거짓을 간파하는 재주를 지녔다고?"
"그렇다, 건방진 인간."
"그럼 이것도 거짓인지 간파해 보아라."

"-나는 이 같은 싸움에서 일만 번 넘게 이겨보았다."

e스포츠의 전설 이신, 악마들의 게임에 끼어들다!

Book Publishing CHUNGEORAM